A hora vazia

Paulo Levy

A hora vazia

BÚSSOLA

Foto de Capa
123rtf–ID: 121086359

Capa
Editora Bússola

Editoração e finalização
Áttema :: Assessoria Editorial, Comunicação & Design : www.attema.com.br

Revisão
Adir de Lima

Dados Internacionais de Catalogação na Publicação (CIP)
(Câmara Brasileira do Livro, SP, Brasil)

Levy, Paulo
A hora vazia / Paulo Levy. – 1. ed. –
São Paulo: Bússola, 2025.

ISBN 978-65-86710-05-2

1. Ficção policial e de mistério (Literatura brasileira) I. Título.

25-252847 CDD-B869.93

Índices para catálogo sistemático:
1. Ficção policial e de mistério : Literatura brasileira 869.93
Aline Graziele Benitez - Bibliotecária - CRB-1/3129

Ao meu filho Chico.

"Apenas três coisas não podem
ser escondidas por muito tempo:
o sol, a lua e a verdade."

Buda

Capítulo 1

Leu no relógio 22h34 e contou no balde dezessete lulas. Todas de bom tamanho.

Mentalmente, dividiu-as entre Cláudio e ele, deixando a maioria ao amigo pescador e dono da pequena baleeira. Sua cota era suficiente para um *risotto* a dois com Dulce, ou um aperitivo modesto com ela e as crianças.

Crianças?, questionou-se.

Roberta estava prestes a completar dezoito anos. Seu tempo se dividia entre os estudos para o vestibular e o fedelho por quem estava apaixonada e que ele, Dornelas, ainda não tivera oportunidade de conhecer.

Das orelhas de Luciano, aos quinze anos, como que jorravam hormônios, desculpa usada para justificar as notas miseráveis na escola. Hormônios demais, neurônios de menos, disse certa vez o pediatra ao explicar a fase atrapalhada da adolescência. Mas essa era uma desculpa esfarrapada. A verdade era que o filho gastava boas horas perseguindo bandidos e trocando tiros nos jogos de console.

Dornelas teve um estalo revelador: o moleque vai ser um policial.

Já Helena, aos três, única criança na família, era motivo de boa dose de preocupação. Não raro, a curiosidade insaciável a colocava em alguma enrascada, como no dia em que ateou fogo em folhas secas caídas no quintal de casa, usando apenas o sol e uma lente de aumento.

Para pai e mãe, filhos nunca deixam de ser crianças, pensou e abriu um leve sorriso o delegado.

Levantou, então, os olhos para uma negritude profunda e salpicada de pontinhos luminosos, e depois baixou para a lâmpada acesa presa com arame à ponta de um cabo de vassoura, este amarrado paralelo à água, para fora do barco, a uma das vigas de sustentação da capota. Do soquete saía um fio preto que serpenteava o cabo e terminava nos polos de uma bateria de automóvel, no piso.

Uma gambiarra.

O mar crispado sacudia o barquinho num vaivém sem fim, como um pêndulo. A lâmpada subia e, quando descia, quase mergulhava na água. Fachos espessos de luz penetravam na imensidão e revelavam um espetáculo de dança e cores dos Olhos de Cão e Sargentos à caça de pequenas presas. E essas a outras ainda menores. A eterna luta pela sobrevivência que nem mesmo a escuridão da noite consegue aplacar.

Enroladas às vigas da capota, seis linhas sumiam na água com os angarilhos nas pontas, a alguns palmos do fundo, prontos para o ataque implacável de uma lula.

O murmulho cadenciado das ondas contra o costado exercia em Dornelas o mesmo efeito de uma meditação, quando a consciência se expande, os sentidos se aguçam e a realidade se estreita.

Dono de uma atenção concentrada, porém relaxada, ele cuidava de três das linhas com o empenho de um violinista ao dedilhar as cordas de um Stradivarius.

O encanto foi quebrado por uma musiquinha irritante e repetitiva.

Ajoelhado sobre o deque da popa, lavando as mãos na água, Cláudio disse:

– Doutor!

Dornelas saiu do transe e se voltou para ele.

– Seu celular... – Cláudio apontou para o aparelho sobre a tampa do motor.

Dornelas largou uma das linhas e foi buscá-lo. Olhou o nome no visor, bufou e atendeu:

– É o que estou pensando, Solano?

– Doutor... aqui... deu...

Deu merda, completou mentalmente a frase o delegado, mas disse:

– O que aconteceu?

Uma sucessão de timbres agressivos, como palavrões em alemão, surgiu do outro lado da linha. Afastou o aparelho do rosto e fitou as barrinhas do indicador de sinal. Retomou a ligação:

– 3G aqui, Solano. Está picando muito.

– Um hom... ca...

– O quê?

– ... ado na...

Impossível seguir com a conversa daquele jeito. Código Morse seria mais fácil. Sem saber se Solano entenderia tudo, resolveu dizer:

– Faça o que for preciso. Vou demorar mais de uma hora para chegar à cidade.

Desligou e enfiou o celular no bolso.

Fazia um bom tempo que ele não saía para uma pescaria à noite, especialmente de lulas. As condições não poderiam estar melhores. A estação de chuvas havia terminado e a água estava ideal em nitidez e temperatura.

Lembranças esparsas da última pescaria subiram à mente; a alegria do filho puxando a linha com uma lula presa ao angarilho; na volta para casa, tarde da noite, Luciano estirado e dormindo no colchonete sobre a capota de tão cansado.

Essa imagem o reconfortou.

A partir daquele dia, a pesca de lulas se transformou na profunda e silenciosa conexão que ele agora compartilhava com o filho, uma parceria que ele nunca conseguiu estabelecer com o próprio pai.

Dornelas lamentou o fato de os filhos mais velhos morarem com a mãe no Rio de Janeiro, a três horas de distância. Mas esse era um lamento vazio e ele sabia disso. Mesmo que morassem em Palmyra, Luciano e Roberta estavam na idade de fazer coisas muito mais interessantes do que passar os finais de semana olhando para a cara de bundão do pai.

Assim, do nada, sem aviso, acendeu-se um holofote no peito. E ali, longe de casa e da delegacia, Dornelas concluiu ter alcançado o delicado equilíbrio entre trabalho e vida pessoal.

O que fazer, então?

Não foi preciso dizer uma palavra.

Cláudio, atento ao amigo, começou a recolher suas linhas tão logo Dornelas começou a recolher as dele.

Ao terminarem, o delegado pulou para o deque da proa, agarrou o cabo de âncora, esticou-o e esperou o marinheiro girar a manivela para se ouvir um rangido metálico, um arfar profundo seguido de uma tosse surda e o motor começou a funcionar.

★

Resolveu seguir de pé. Preferiu ali do que debaixo da capota, num dos assentos, onde o barulho do motor era ensurdecedor e ele não tinha a ampla visão que a proa proporcionava.

As pernas começaram a cansar dos sacolejos meia hora mais tarde, em frente à Praia de Santa Rita. A língua rochosa com a cruz de pedra da Ponta Grossa surgiria em alguns minutos.

Sempre atento aos movimentos de outros barcos, especialmente de pesca, que fervilhavam nessa época do ano, Cláudio conduzia a baleeira com serenidade estoica. As luzes de navegação estavam acesas e as águas tranquilas.

Ao cruzarem o ponto exato onde costumava fisgar bicudas, o pescador apontou a proa para a cidade e Dornelas resolveu descer e se ajeitar num dos assentos laterais, longe dos borrifos.

A manobra revelou um amontoado de pedras, terra e mata – a Ilha do Mantimento –, diante da coluna iluminada e trêmula de Palmyra, ao sopé das montanhas, no horizonte.

O delegado não resistiu muito tempo sentado. Assim que sentiu as pernas descansadas, voltou para a proa. Ele queria apreciar a vista que mais gostava da cidade: do mar, à noite.

A Ilha do Mantimento passou a estibordo, devagarinho foi sendo deixada para trás e acabou por descortinar um simplório e mal-ajambrado espetáculo de tijolos, história, natureza e luz.

Dornelas encheu os pulmões e se deu conta do privilégio de poder morar na cidade onde nascera e que lhe dava o ganha-pão no trabalho que amava realizar.

E, assim, ele se deixou levar e os olhos varreram casualmente o cais, o manguezal em frente à Rua Fresca, a Igreja de Nossa Senhora das Dores, a foz do rio, o morro do antigo Forte e um giroflex na Ilha Plana, bem antes.

Ficou encafifado.

Três, quatro barcos de passeio, não soube dizer, sacolejavam como bercinhos amarrados no deque da ilhota.

Ali funcionava uma pousada de apenas quatro chalés.

Pensou um pouco, enfiou a cabeça debaixo da capota, apontou para lá e gritou para Cláudio, na popa:

– ILHA PLANA!

O pescador levantou o dedão no ar e acertou a proa para onde Dornelas apontara.

A estranheza do delegado aumentava a cada braça navegada.

Por um instante, os fachos luminosos do giroflex o transportaram para o passado nostálgico da Remelexo, a única boate de Palmyra, onde costumava dançar com as garotas na adolescência, ao som de Donna Summer. Afastou o pensamento e identificou a lancha da Capitania dos Portos. Os ribombos de luz vinham de lá. Havia outras, fracas, aqui e ali, em alguns pontos da ilha.

Lanternas, velas, celulares?

Difícil dizer.

Ele sabia que luz elétrica não chegava à ilha. Um único gerador costumava funcionar das 18h às 22h, somente. Essa era uma das condições do acordo firmado entre o proprietário e a Secretaria do Meio Ambiente para a pousada poder funcionar.

Olhou o relógio: 23h22.

Capitania dos Portos, noite, turistas. Vai saber!

Mas nos porões da alma, sentiu-se envolvido pela mesma escuridão espessa e pegajosa, de lhe torcer as entranhas, sempre que se aproxima da cena de um crime.

★

A confirmação veio com a imagem de um homem balançando os braços no ar, a tela do celular acesa numa das mãos.

Solano.

Então foi aqui a merda, sussurrou para si o delegado. Dobrou os joelhos e gritou para Cláudio:

— VOU FICAR. SIGA EM FRENTE.

O pescador nem sequer se preocupou com o cabo de âncora; aproximou a proa o suficiente para o delegado pular para o deque na primeira chance que teve, e seguiu para a cidade.

★

— Qual o tamanho da merda? — perguntou Dornelas assim que o investigador se aproximou.

Solano coçou a cabeça.

— Das grandes.

O chefe postou-se diante dele, o olhar inquisitivo e perscrutador, os cantos da boca caídos — uma carranca em carne e osso — e o subordinado desabafou:

— Um homem enforcado.

Dornelas não disse nada, sinal de que queria mais. Solano emendou:

— Um dos turistas saiu para dar uma voltinha pela ilha após fumar um baseado e tropeçou no cão de guarda, no escuro. Primeiro ele...

— Peraí — cortou-o no meio da frase o delegado. — Ele saiu para fumar antes ou depois de o gerador ser desligado?

— Depois.

— O cachorro estava deitado ou em pé quando foi, sei lá, atropelado?

— Deitado.

— Cuidado com o depoimento dele — disse Dornelas mais para si do que para o subordinado.

— Perfeito, doutor.

Solano fez uma pausa para reorganizar o pensamento, mas encontrou os olhos do delegado clamando por informação.

— Resumindo, após tropeçar, ele cutucou o cachorro com o pé para ver se o bicho estava dormindo.

— Deixe ver se entendi: ele tropeçou e, não contente, cutucou o animal?

— Isso.

— E o bicho não se mexeu.

— Não.

— Qual a raça?

— Mastim Napolitano.

Dornelas arregalou os olhos.

— Quantos baseados essa besta fumou? Tropece num Mastim Napolitano e ele arranca sua perna. — Fez uma breve pausa e completou: — Ou ambas.

Solano conteve uma risada.

— Pensei o mesmo, doutor. O cachorro estava morto, possivelmente envenenado. O sujeito achou aquilo muito estranho e seguiu a trilha para avisar os caseiros.

— Mataram um turista ou o caseiro? — adiantou-se o delegado. No cérebro, a ansiedade mano a mano com a curiosidade.

— Não.

— Quem então?

— O senhor vai ver.

— Você está me assustando com tanto mistério — disparou o chefe, que fez uma breve pausa e retomou: — Vamos voltar um pouco. Você disse caseiros, no plural.

— Um casal, a filha do dono da ilha e o marido. Eles têm um menino de cinco anos.

— Ah! — grunhiu e considerou continuar a conversa em movimento, quem sabe numa caminhadinha até a ponte de ligação do deque com a ilha. Conteve-se. Dornelas queria iniciar sua análise daquele lugar exato, como se a tábua onde pisava tivesse se transformado no marco-zero da investigação, como fazem as cidades estendendo-se em ruas, alamedas, avenidas e estradas de um ponto inicial. Como faz um neurônio ao criar ramificações.

— Quem é a vítima, então?

— Não é hóspede.

— Quem?

— Aí está a merda.

— Você vai me dizer ou vou ter de descobrir sozinho?

— Acho melhor o senhor tirar suas próprias conclusões.

— Tá bom. Quantos hóspedes, então?

— Quatro. Dois casais. Dois chalés estão vazios.

O chefe avançou com o queixo, querendo mais.

— Não sabem e não viram nada — completou Solano. — A não ser o hóspede do baseado...

— Que... ?

— Deu um encontrão com a vítima no caminho para avisar os caseiros.

— Santo Cristo! Vale dar um susto nesse imbecil para ver se acorda.

Solano abriu um leve sorriso, pensou em fazer um comentário, mas preferiu ficar quieto. Aguardou.

— Onde? — gesticulou o delegado com as mãos no ar.

— Pendurado numa das vigas do restaurante.

— Temos sete possibilidades — afirmou Dornelas. — Os quatro hóspedes, os caseiros...

— Ou alguém de fora — completou Solano.

— Câmeras?

— Nada. Sem energia, sem câmeras.

Mas o delegado não se deu por vencido.

— Nem aquelas que funcionam com placa fotovoltaica?

— Pensei nisso — afirmou o investigador. — Nada mesmo.

— Pena — disse, e deu uma espiada por sobre os ombros do investigador, para as luzinhas que se movimentavam ao longo da minúscula ilha. — Quem chamou a gente?

— Robson, o caseiro, após acudir o sujeito do baseado. Ele saiu aos gritos assim que beijou as canelas da vítima.

— Ficou poético, é?

A pergunta do delegado carregava uma provocação típica de uma relação de amigos fraternos e não de chefe-subordinado, como era o caso. Solano gostou da piada, da intimidade, mas preferiu ficar quieto.

— Você veio sozinho?

— Não. Caparrós e o doutor Peixoto também vieram.

— Pegaram carona com a Capitania dos Portos, presumo.

— Sim senhor. A lancha do Corpo de Bombeiros está quebrada. — Solano balançou a cabeça e disse em tom de repulsa: — Tinha uma turma da Polícia Federal no cais. O senhor sabe o que eles estão fazendo aqui?

— Não faço ideia. Essa gente trabalha na surdina, não abre o bico. Na certa, devem estar numa operação contra drogas ou tráfico de animais. — Dornelas fez uma pausa. — Vamos voltar para o nosso caso. Quem mais está aqui?

— Dois barcos de passeio que os turistas chamaram. Eles querem porque querem voltar para a cidade. Ninguém sai até pegarmos o depoimento de todo mundo.

— Faz bem. E os bombeiros, a perícia?

— A Jaque e o Lotufo estão cuidando disso, da delegacia.

— Ótimo. — Dornelas como que ligou um cronômetro no cérebro, começou a se mexer, mas voltou-se para Solano e perguntou: — Por que o gerador está desligado?

— Foi danificado. Tudo indica que intencionalmente.

O delegado pensou um pouco, deu-se por satisfeito, mas resolveu perguntar, mesmo assim:

– Mais alguma coisa?

– Por enquanto, é isso.

Tirou o celular do bolso e enviou uma mensagem curta no WhatsApp de Dulce: Crime na Ilha Plana. Vou demorar. Guardou o celular no bolso, encarou o investigador e arrematou:

– Siga com as oitivas. Preciso de uma lanterna.

Capítulo 2

Estava cansado da escuridão.

Acendeu a lanterna e o mundo tomou forma.

Em primeiro lugar, varreu com a luz o deque inteiro e nada lhe saltou aos olhos.

Deitou, debruçou-se sobre a beirada, inspecionou o vão entre a água e o piso, e depois as boias de sustentação. Queria se certificar de que não havia nada amarrado a uma delas, ou mesmo o assassino, escondido, à espera de transporte. Sabia se tratar de uma ideia simplória e improvável, para não dizer absurda, mas que não podia ser ignorada.

Voltou a ficar de pé, iluminou o caminho à frente e parou no degrau de ligação do deque com a ilha. Alto pra burro. Se tivesse seguido o impulso de caminhar no escuro, teria se estabacado no chão ou caído no mar.

De um dos lados da ponte, havia uma rocha enorme entremeada de rachaduras, como um cérebro gigante. Sobre ela, uma escultura enferrujada de uma lula em pé, tamanho humano, cópia fiel à do desenho animado, Lula Lelé, que assistia na infância. Neste caso, com um dos tentáculos levantados, como que saudando os transeuntes.

Atrás da rocha, um galpão comprido — vigas de madeira cobertas de sapé — com mesas e bancos alinhados à beira-mar. Varreu-o de ponta a ponta com o facho da lanterna.

Nenhum corpo pendurado ali.

Se não foi nesse restaurante, deve ter outro, presumiu. Aliás, para que dois numa ilha tão pequena?

Este ficava numa das pontas do que consistia num amontoado de rochas com bons metros quadrados adicionais de construção, tudo distribuído em 90 metros de comprimento por 40 metros de largura, na parte mais larga.

Na época em que tudo foi erguido, não se dava muita importância para licença ambiental. Secretaria do Meio Ambiente era um órgão ainda em gestação. Como os tempos, as leis e os ventos políticos sempre mudam, o proprietário se viu diante de duas possibilidades: regularizar o irregular ou fechar as portas. Esta opção trazia uma exigência adicional: deixar tudo como a mãe natureza havia concebido, o que envolvia não apenas derrubar o que havia sido construído, como recuperar a flora nativa.

No final das contas, ele conseguiu se entender com a Prefeitura e voltou a abrir as portas, neste caso, deques.

Virou para o lado direito e se deparou com outra rocha, esta coberta por uma grande placa de madeira com a frase esculpida:

"Benvindo a ilha Plana".

Lamentou os erros de acentuação e grafia, pisou em terra firme e deu numa bifurcação. À direita, havia uma trilha sinuosa que passava por uma casinha. Agachou para poder enxergar por baixo da ramagem e iluminou uma bicicleta infantil, uma cadeira de plástico, roupas de criança penduradas num varal de chão e os típicos avisos pendurados aqui e ali: entrada proibida, respeite a natureza, não suba nas pedras.

Algumas das luzinhas vistas do mar vinham daquele lugar. Presumiu ser a casa dos caseiros.

Iria para lá mais tarde.

Apontou a lanterna para a frente, iluminou a mureta do lado oposto e, mentalmente, fez uma conta maluca: atravessaria a ilha com trinta passos, daqueles de soldado.

Optou por seguir à esquerda.

Iluminou o restaurante de outro ângulo e notou que havia um paredão de pedra separando a construção de outra maior, atrás.

Atento e vigilante, resolveu circundar o paredão de pedra e

passou a escutar sussurros incompreensíveis, depois viu três silhuetas humanas parcamente iluminadas por duas brasas de cigarro.

Ao vê-lo se aproximar, um silêncio tomou conta.

Dornelas avançou devagar, mas só de muito perto conseguiu identificar um conhecido da Capitania dos Portos, um sargento boa-praça.

— Boa noite, Nogueira — estendeu a mão o delegado.

— Doutor — o sargento devolveu o aperto.

Acenou a cabeça para os outros dois e seu olhar foi magnetizado por dois pés de homem balançando ao sabor do vento, na altura dos olhos, a alguns metros dali. Levantou o facho de luz e quase caiu para trás: o sujeito vestia uma calça de pano bege suja e rasgada, o torso estava nu, havia uma corda em volta do pescoço, a língua pendia para fora da boca e os olhos arregalados miravam lugar nenhum.

— Deus do céu! — desabafou o delegado, estarrecido. — Coitado!

Entendeu então o que Solano queria dizer. A merda era grande, a ponto de chegar ao pescoço.

— É o Jô, não é, doutor? — tateou Nogueira, postando-se ao seu lado.

Dornelas fez que sim com a cabeça e sussurrou:

— Ele mesmo, o Escravo de Palmyra.

★

A cena era tão forte, brutal, que Dornelas pôs a mão na cabeça e foi dar uma volta. Ele precisava de um tempo para organizar os pensamentos.

Com um turbilhão de emoções no peito, procurou fixar-se, em primeiro lugar, nas questões práticas da investigação, nos procedimentos, na busca de pistas, nas possíveis testemunhas, nas oitivas, na burocracia, mesmo sabendo que isso não o levaria a lugar algum naquele momento. A tarefa, aparentemente simples, tinha como objetivo afastá-lo de uma constatação inevitável: o crime provocaria um impacto de proporções colossais na opinião pública, no dia seguinte.

Seria impossível desviar a atenção de algo tão grande. Tomou fôlego e pôs-se a encarar a realidade.

Um negro enforcado criará uma onda de revolta não apenas em Palmyra, mas em todo o país. O crime reabrirá as antigas feridas nunca totalmente curadas da história infame da cidade e do Brasil com a escravatura, a quantidade de vidas exploradas e perdidas em mais de 350 anos.

Considerou que a notícia provocaria o efeito de uma gigantesca erupção vulcânica com capacidade de se alastrar por todo o território nacional, tendo como epicentros as redações dos dois jornais locais e as três afiliadas regionais dos canais de TV.

Pensou na coletiva de imprensa que seria obrigado a marcar e, por um segundo, o sangue gelou. Muito cedo para isso, ponderou. Pôs a ideia de lado e considerou a pressão do crime sobre o prefeito de Palmyra e o governador do Estado do Rio de Janeiro. Contou até com a possibilidade de o presidente da República se manifestar sobre o assunto.

Merda!

Voltou a atenção ao Jô e penalizou-se por vê-lo naquela situação. Não podia dizer que o conhecia bem. As informações sobre ele eram vagas. Ele era visto com frequência em frente à Igreja de Santa Thereza vestido como um escravo do século XIX. Jô se dava ao trabalho de conscientizar os turistas da ligação de Palmyra com a escravatura. Era uma ocupação voluntária pelo qual recebia uns bons trocados, porém não o suficiente para se manter. Por ser um rosto conhecido na cidade, Dornelas lembrava-se de ter ouvido falar que ele completava a renda em algum trabalho com carteira assinada.

Verificaria isso depois.

Sabia de vídeos dele na internet. Lembrou de ter assistido a um documentário no qual Jô afirmava que os mais interessados na história de Palmyra não eram os brasileiros, mas os gringos vindos dos quatro cantos do mundo. Reclamava do interesse do brasileiro em apenas tirar fotos. E sempre que pediam, retrucava com uma frase de Heródoto: é preciso pensar o passado para compreender o presente e idealizar o futuro.

Não demorou para Jô se tornar um personagem popular e querido na cidade e na internet, e ele ganhar o apelido de Escravo de Palmyra.

Coitado, lamentou Dornelas mais uma vez e penalizou-se pelo rapaz, por vê-lo naquele estado. Prometeu para si fazer o impossível para capturar quem estivesse por trás dessa barbaridade.

Sentiu-se ácido e irritado, chamou Solano de lado e disparou a instrução:

— Tire essa gente daqui!

Saiu de banda e foi esfriar a cabeça a alguns metros dali, sobre a mureta, a um passo do mar.

★

Minutos mais tarde, Solano deparou-se com o chefe, imóvel, o olhar fixo no horizonte, os braços soltos ao longo do corpo, a mão direita agarrada à lanterna acesa, o facho da luz fixo em marolas desaparecendo numa rocha qualquer. Aos olhos do investigador, o delegado estava perdido em pensamentos, viajando, talvez em outro planeta. Disse, com jeito:

— Doutor.

Dornelas voltou-se para o investigador com olhos fixos de peixe. Não deu um pio. Solano preencheu o silêncio:

— Posso mostrar uma coisa para o senhor?

— Claro, claro — disse o chefe, voltando à realidade.

Solano conduziu-o por uma trilha que serpenteava por trás da casa dos caseiros e terminava numa espécie de caverna escura formada por duas rochas altas. Madeirame empenado se fazia de teto e tela alambrado fechava o fundo e a frente. Havia um portãozinho escancarado e, no batente, uma argola de onde pendia uma corrente grossa e um cadeado aberto. O cheiro era insuportável, uma mistura de carniça, urina e fezes de animal.

– O cão de guarda dormia preso aqui, doutor – disse Solano cobrindo o nariz com uma das mãos.

Dornelas passou por ele, agachou, varreu a caverna com o facho da lanterna, o madeirame do teto, depois um palete roído, onde presumiu que o animal devia deitar, o pote de comida vazio, o de água pela metade, o portão, e parou no cadeado aberto.

– O cachorro ficava solto durante o dia?

– Me expressei mal. Ele era solto quando não havia hóspedes na ilha. E apenas à noite. Com hóspedes, vivia preso.

– Quem tem a chave desse cadeado?

– Apenas o caseiro.

– Nesse caso, o cachorro foi solto com os hóspedes na ilha.

– Exato.

– O que o caseiro tem a dizer sobre isso?

– Ele não sabe explicar.

– Onde está o cachorro?

Solano apontou a cabeça para o lado oposto e disse:

– Por ali.

Caminharam uns vinte metros pela trilha de pedra e o investigador jogou luz sobre o cão inerte no chão, deitado de lado, os olhos vidrados, a língua ensanguentada para fora da boca como um bife, as orelhas e pelancas escorridas como cera derretida sobre os músculos.

Dornelas agachou novamente e estudou a cena, a posição do animal e iluminou a trilha que seguia para o extremo oposto da ilha.

– O hóspede veio por esse caminho – presumiu.

– Sim senhor – confirmou Solano.

– Ele não viu que estava atrás da casa dos caseiros? Por que seguiu em frente até o restaurante?

– Ele diz ter se confundido depois do susto de tropeçar no cachorro.

– Quero um papo com ele amanhã, na delegacia.

– Cuido disso, doutor.

Dornelas ficou de pé, circundou o cachorro e varreu o facho da lanterna por toda a extensão da trilha, até onde a luz alcançava, e voltou pela areia. Fez isso mais de uma vez. Estava à procura de algum objeto, pegada, resto de material, o que fosse.

Como a área era extensa, não foi possível ver muita coisa. Seria preciso analisar tudo mais de perto durante o dia, metro a metro. Voltou-se para o investigador e deu a instrução:

– Peça para o Chagas analisar o conteúdo no estômago do animal e se havia alguma substância na água. Se foi veneno, qual.

– Ok.

– E isole esta área.

A resposta não veio de imediato. Solano analisava o celular. Ao terminar, disse:

– Eu ainda quero mostrar uma coisa para o senhor.

– Certo, então peça para o Caparrós fazer isso. Agora!

Ao ver o subordinado com o aparelho na mão, Dornelas teve um estalo e disse:

– Apreenda os celulares de todos na ilha. Não quero fotos da vítima nas redes sociais.

– Bem pensado.

– Se é que isso já não aconteceu.

Solano fez o chamado, passou as diretrizes do chefe e desligou.

– Por aqui.

Foi a vez de o investigador dar a volta no cachorro, que ocupava boa parte da largura da trilha, circundar a casa dos caseiros e desembocar no que parecia os fundos de uma oficina mecânica bagunçada: um gerador de energia das antigas besuntado em óleo e sujeira, mal coberto por uma lona e parafusado em quatro bigornas de trilhos; sobre uma mureta, três barris plásticos, possivelmente com óleo diesel; ao lado, uma bateria de caminhão, cabos e tubos trançados ligando toda a parafernália, e uma lâmpada pendente por um fio preso a uma viga no teto, este coberto de telhas de amianto. Solano disse:

— Aqui está, doutor — apontou para uma tira de borracha enrolada no chão, como uma serpente. — Cortaram a correia do motor.

Mas o investigador estava falando sozinho.

Olhou em volta e viu que o chefe havia ficado para trás. Ele varria meticulosamente todo o caminho com a luz da lanterna.

Solano resolveu aguardar.

Em dado momento, Dornelas abandonou a trilha e, na ponta dos pés, embrenhou-se na areia e estacou, o facho da lanterna fixo em um pequeno objeto cintilante na areia. Gritou de lá:

— Você tem um saquinho?

O investigador vasculhou os bolsos, puxou um saco plástico e caminhou na direção do delegado. Ao vê-lo se aproximar, Dornelas o alertou:

— Não venha até aqui. Vou até você.

Como um exímio bailarino, o delegado deu um rodopio no lugar, fincou o pé numa das pegadas deixadas pelo caminho e foi até Solano.

Isso o fez lembrar-se de um crime ocorrido na noite de abertura de uma das edições da Flip, há muitos anos, em que pegadas haviam sido deixadas na areia da Prainha, do outro lado da baía, e terminavam no bar, onde um corpo foi encontrado.

Abandonou o pensamento, pegou o saquinho da mão do investigador, voltou para o objeto na areia e recolheu-o com o cuidado de não deixar nele suas próprias digitais. Levantou-o na altura dos olhos.

— Uma faquinha de limão — voltou-se para o investigador: — O que você disse a respeito do gerador?

— Que a correia foi cortada.

Faz sentido, pensou e enfiou a faca ensacada no bolso; iluminou a areia do entorno e adiante, por entre os coqueiros, e notou pegadas fundas e bem espaçadas a caminho do mar. Elas terminavam num pequeno deque montado sobre uma formação rochosa. Ao lado, uma placa com a mensagem: deixe na areia apenas pegadas.

O delegado abriu um leve sorriso e disparou a instrução:

— Isole toda esta área também.

— Pode deixar — disse Solano, enquanto admirava o chefe e seu estilo esmiuçador e focado.

Dornelas voltou para a trilha, iluminou o rosto do investigador e disse:

— Vamos ver o gerador.

Deu uma boa olhada no conjunto todo, depois avançou pelo emaranhado de cabos e tubos; levantou a lona, viu a correia cortada no chão, distanciou-se mentalmente da cena e pensou estar olhando para um enorme coração biônico construído para bater fora do corpo. Neste caso, distribuir energia elétrica para um amontoado de rochas, areia e terra, isolado no mar.

Um coração assassinado.

Não encontrou nada de novo ali.

Resolveu, então, seguir o impulso de visitar os chalés.

Capítulo 3

Na primeira passada de olhos, viu ao longe, por entre as folhas e bulbos das helicônias, o pé da parede do que presumiu ser o primeiro chalé.

Sabia da existência de outros três iguais mais adiante, também alinhados à beira-mar, um seguido do outro, como imensos blocos de Lego.

Ao chegar mais perto, notou não haver movimento no terraço. Presumiu ser um dos apartamentos sem uso. Com um gesto da mão, orientou Solano a verificar a frente enquanto ele seguiu pelos fundos.

Estacou diante da porta, envolveu a maçaneta com parte da camisa – não queria melar o trabalho da perícia – e empurrou-a com o ombro. Trancada. Não havia brecha por onde dar uma espiadela no lado de dentro.

Com os sentidos de um predador faminto, os olhos e ouvidos atentos a qualquer ruído, vibração ou luz que surgissem pela janela do banheiro, apagou a lanterna e completou a volta pelo lado oposto. Deu-se conta de que só um grito conseguiria superar os estrondos das marolas contra a mureta, sob o terraço, na parte da frente.

Chegou ao deque coberto por um telhado e deu com Solano enfiado no celular. Acendeu a lanterna. Havia duas espreguiçadeiras e um conjunto formado por uma mesinha circular e duas cadeiras. Todas vazias e viradas para o mar.

– Notícias de casa? – perguntou o delegado, ciente de que o subordinado, pai recente, monitorava por ali, com a mulher, a saúde da filha de apenas quatro meses.

O investigador devolveu um olhar desanimado e disse:

— A febre ainda não baixou.

— Se quiser voltar, vá tranquilo. Seguro aqui.

Solano guardou o aparelho no bolso, o olhar baixo e subserviente, os movimentos tensos, calculados e disse:

— Estamos aguardando uma ligação do pediatra. Minha sogra está lá para ajudar.

Dornelas, pai de três filhos com duas mulheres, foi até ele, encarou-o, pousou a mão no ombro do investigador e disse, paternal:

— Vai ficar tudo bem.

Pela primeira vez em muitos anos trabalhando juntos, Dornelas viu um Solano enfraquecido, hesitante, e notou que ele sofria do mesmo mal da grande maioria dos policiais: a dificuldade de lidar com a vida e a verdade, não com a morte e a mentira, matéria-prima do trabalho.

— Vai ficar tudo bem — repetiu e jogou um espesso facho de luz pelos vidros da saleta e pelas brechas das cortinas. Na mente, a intenção bisbilhoteira de quem espreita a vida alheia. Deparou-se com uma cama de casal arrumada, abajures sobre mesas de cabeceira e armários com as portas fechadas. Viu a evaporadora do ar-condicionado na parede, no alto, a porta de acesso ao banheiro e o balcão da sala, onde havia uma pia, um fogão de duas bocas, um armário embutido e um frigobar.

Conforto com simplicidade.

Recuou alguns passos, passou os olhos nos grossos caibros do telhado, nas ripas embarrigadas, nas frestas entre as telhas, depois nas paredes de tijolos gastas e acinzentadas, cantos arredondados, quebrados, e ficou em dúvida em como classificar a construção: uma casa pequena ou uma grande casa de bonecas. Virou-se para o investigador e disse:

— Pegue as chaves dos chalés vazios, deste e do outro. Quero dar uma boa olhada na parte de dentro.

— É pra já.

O investigador sumiu na escuridão.

O delegado seguiu com sua análise.

Iluminou o piso de madeira e a mureta à beira-mar. Voltou de onde veio e jogou luz para dentro do banheiro, pela janela do chuveiro.

Nada chamou sua atenção.

Caminhou para o próximo chalé, aparentemente vazio também. Na intuição, nenhum alerta ou sobressalto. Seguiu essa orientação e fez neste chalé uma análise ainda mais superficial do que fizera no primeiro.

Ao fundo, o vaivém de um bate-papo entrecortado pelo murmulho das ondas.

Atravessou o canteiro que dividia um chalé do outro e chegou ao terceiro. A conversa vinha de lá, a familiaridade de uma voz crescendo a cada passo, o timbre do Peixoto claro e anasalado como o grasnado de um pato. O vice estava sentado numa das cadeiras do terraço, a bituca de um cigarro acesa entre os dedos, conversando com um homem e uma mulher.

Os hóspedes, na certa.

Dizer sentados juntos seria mentira. Estavam colados, ela com olhar ausente e desamparado, agarrada nele como um carrapato. O sujeito, ombros largos e a eterna barba de três dias, emanava segurança, atenção e solicitude.

Uma vela acesa numa casca de coco foi colocada no piso, no meio deles, a chama espelhada nos olhos dos três, a intimidade sinistra de uma reunião de sociedade secreta.

— Peixoto — disse o delegado.

O vice-delegado ficou de pé e recebeu o chefe:

— Doutor, estes são Caio e Luana.

Com um gesto da mão, Dornelas sugeriu que ele voltasse a se sentar e cumprimentou burocraticamente o casal. Voltou-se para o rapaz:

— Você achou o corpo?

— Não senhor.

— E você? — voltando-se para a mulher, enquanto se ajeitava na espreguiçadeira vazia.

No instante seguinte, e enquanto a resposta não vinha, decifrou a mensagem emitida pelo corpo de sua interlocutora: cabeça baixa, olhar submisso, mãos largadas sobre o colo.

Bom sinal não era.

– Não saímos daqui – atropelou Caio.

Dornelas não gostou do que viu e deixou de ouvir. Ficou irritado e intrigado, não apenas pela interrupção, mas por ver Luana calada, submissa, impotente.

– Como ficaram sabendo do crime?

– Estávamos deitados quando ouvi um grito alto – disse Caio.

– Grito de homem ou de mulher?

– Foi agudo, mas pareceu de homem para mim.

Dornelas voltou-se para Luana.

– E você, ouviu alguma coisa?

A moça fez que não com a cabeça.

– Levantei e saí no terraço para tentar enxergar alguma coisa – intrometeu-se Caio mais uma vez. – Estava muito escuro.

Que pentelho! Resolveu insistir com a moça.

– Você visitou a cena do crime?

Luana repetiu o aceno.

– Não senhor – confirmou Caio, a voz vinda como a de uma velha caixa de som esquecida num canto da sala. – Eu queria ver o que aconteceu, mas não queria deixar a Luana sozinha – fez uma breve pausa e completou: – O senhor entende?

Impaciente com tantas interrupções, o delegado desistiu de Luana e voltou a atenção ao rapaz.

– Você chamou um dos barcos, suponho.

– Sim senhor. Quero voltar à cidade o mais rápido possível.

– Dormir com um cadáver na ilha? Nem pensar – completou Luana, saindo do silêncio.

– Não mesmo. Não sei para onde vamos esta noite.

Peixoto acompanhava a oitiva como se assistisse a uma partida de tênis, calado e com a cabeça pra lá e pra cá.

– São de onde? – mudou o rumo da conversa o delegado.

— São Paulo.

Virou-se para o vice.

— Você verificou os celulares dos dois?

Uma rajada do sudoeste, fria e forte, virou a casca do coco. A vela se soltou, deu um rodopio sobre o deque e apagou.

— O senhor não tem o direito de fazer isso — protestou Caio, a voz ecoando na escuridão.

Como que acionada por um elástico, Luana ficou de pé num salto, entrou e voltou de dentro do chalé com uma caixa de fósforos na mão. Ela fez uma conchinha com a mão, acendeu um palito, a vela, colou-a de volta no fundo da casca e colocou o conjunto no mesmo lugar de antes.

Dornelas deu de ombros para o protesto e retrucou:

— Fazer o quê?

— Olhar o nosso celular.

Vendo-se desafiado, o delegado respirou fundo, sentiu os pés como que fincando raízes no chão e perguntou, de um jeito duro e seco:

— Por que não?

— O que posso ter no meu celular se não tive nada a ver com aquilo?

— Aquilo o quê? — rebateu, curioso pela resposta que viria. A armadilha estava armada. O rapaz, um bufão desatento, caminhava firme para dentro dela.

— O cara enforcado.

— Como você sabe se não saiu daqui?

Peixoto, até então calado, resolveu se posicionar tão logo os olhos do delegado pousaram inquisitivos sobre ele.

— Eu não disse nada.

Dornelas voltou-se para Caio.

— Então?

— Bom, o senhor sabe, as notícias correm.

— Se você não foi até a cena do crime e não tem fotos no seu celular, não vejo razão para tanta resistência. Se tem, mentiu no seu depoimento e serei obrigado a indiciá-lo — Dornelas levantou um dedo no ar e afirmou: – A partir de agora, suas atitudes e respostas vão me dizer se seu nome vai para o final ou para o topo da lista.

Luana, que até então mantinha uma expressão cansada e inerte, levantou a cabeça e disparou:

– Para com essa bobagem, amor. Entrega logo o seu celular.

Levantou-se, entrou no quarto e voltou com um aparelho na mão, que entregou a Dornelas.

– Aqui está o meu.

Um olhar exasperado surgiu no rosto do marido, namorido, namorado, peguete ou ficante, que desabafou:

– Mas, amor!

– Amor o quê? – rebateu Luana, os punhos em riste. – Entregue logo seu aparelho e vamos embora deste lugar. Não aguento mais!

Caio ficou de pé, agarrou-a pelo braço e conduziu-a para dentro do quarto. Peixoto e Dornelas encararam-se desconfiados por sobre a luz da vela e passaram a acompanhar calados os vultos se movimentando e trocando imprecações no escuro em cochichos agressivos e abafados.

O delegado pensou em intervir, mas como que por encanto, um dos vultos se desgarrou da discussão, a tela de um celular se acendeu e o aparelho saiu voando pelo quarto e parou diante do seu rosto, como naqueles números de circo onde o mágico faz suas estripulias no escuro vestido de preto.

– Aqui está – disse Caio, que se ajeitou na pontinha da espreguiçadeira, esfregou as mãos e disse: – Veja bem, doutor. Eu...

Dornelas aguardou uma frase que não veio e resolveu preencher o silêncio.

– Eu?

– Saí do chalé e fui ver o que aconteceu.

– Por quê?

– Pura curiosidade.

– Por que você não disse isso quando perguntei? Isso muda bastante sua situação.

– Muda como? Não tive nada a ver com aquilo! – Caio ficou de pé num esforço mal disfarçado de esconder sua vulnerabilidade, o que passou despercebido por Peixoto, mas não por Dornelas que, atento à linguagem corporal do seu interlocutor, e consciente de sua própria compleição robusta, ficou em pé também e colocou diante do rapaz seu 1,85 m de inteligência e presença física, uma figura naturalmente intimidadora e dramática, sobretudo no suave baile da vela, entre luz e sombra.

Em vez de responder, o delegado levantou o aparelho e perguntou:

– Qual a senha?

– 2142.

Acessou o celular e foi logo para o aplicativo de fotos. Havia doze fotos da vítima, de diversos ângulos.

– O que significa isso?

Caio não respondeu. Dornelas fez outra pergunta:

– Qual dessas foi parar nas redes sociais?

O rapaz baixou a cabeça. Dornelas entregou ambos os aparelhos para Peixoto e disse:

– Guarde com você. Pedirei imediatamente para que o juiz Souza Botelho decrete a quebra dos sigilos telefônico e de dados de ambos.

Ele sabia que o imediatamente não passava de uma bravata digna dos filmes americanos. Nesse caso, seria no dia seguinte, se muito, e sabe lá a que horas. Tudo dependeria do humor e da boa vontade do juiz.

Por outro lado, levasse ou não Caio a bravata a sério, o delegado não queria dar brecha para ele ou a namorada ligarem à operadora de celular, registrarem o roubo dos aparelhos e, com isso, conseguirem o bloqueio das linhas ou a limpeza dos dados.

Virou-se para o rapaz e avisou, a voz ácida:

– Se daqui para a frente algum dado sumir desses aparelhos, o nome de vocês sobe para o topo da lista.

Sem perder a compostura, Caio fez que sim com a cabeça. Luana ficou nitidamente assustada.

Peixoto enfiou os aparelhos nos bolsos da calça e voltou-se para Luana.

– Qual a senha do seu?

– 3758.

Certo de que o urro das marolas não permitiria que suas palavras fossem ouvidas de longe, Dornelas chamou Peixoto de lado e sussurrou-lhe no ouvido:

– Puxe ainda hoje todos os dados pelo Cellebrite[1]. Do juiz cuido eu – voltou-se para Caio e berrou na tentativa de superar o barulho do mar: – Vieram de carro a Palmyra?

– Sim senhor.

– Onde está?

– No Centro Histórico.

– Onde?

– Na rua, em frente à antiga cadeia.

O delegado girou sobre os calcanhares, caminhou até a pontinha da mureta e passou a olhar o mar enquanto a mente ponderava a situação em que o rapaz havia se enfiado e arrastado a moça. Das duas, uma: ou o sujeito era um idiota, ou ambos agiam como dois profissionais.

Na dúvida, optou pela segunda.

Num estalo, foi além e considerou o risco de eles partirem para São Paulo tão logo pisassem na cidade e encontrassem o carro. Uma sirene berrou no cérebro. Seria um problemão montado em outro e depois em outro ainda.

Três ao todo. Puta que pariu!

O primeiro, pela fuga em si. As lentes da imprensa passariam a vê-lo, delegado, como um bobalhão.

O segundo, o consequente rótulo de bundão que ele ganharia na corporação na manhã seguinte. Nos corredores, a boca pequena, correria a história daquele delegado que deixou uma tartaruga fugir por debaixo das próprias pernas.

O terceiro, a encheção de saco, o tempo e a burocracia para se arrolar um suspeito em outro Estado, quanto mais o levar a Palmyra

[1] *Software* utilizado por unidades da polícia para extração de dados e redes sociais de aparelhos de celular para fins de investigação.

para depor. Sentiu-se soterrado ao imaginar a longa e arrastada batalha legal assim que o processo criminal fosse instaurado.

Além disso, não se pode dizer, nem de longe, que a Justiça do Rio de Janeiro é um exemplo de rapidez e eficiência.

Apenas uma ferramenta jurídica poderia segurar Caio na cidade: a prisão preventiva. Como não houve flagrante, haveria campo jurídico para uma medida tão extrema?

Passar cinco dias na prisão não é uma experiência agradável, especialmente no Brasil, onde as prisões mais se assemelham a um curso preparatório para o crime. Não seria abuso de autoridade, senão uma violência, jogar na cadeia alguém que pode não ter envolvimento algum com o crime?

Saiu dessa nuvem de pensamentos como quem espanta uma revoada de marimbondos, voltou para o terraço e deu as instruções para o vice:

— Volte com os dois para a cidade, registre a oitiva e depois hospede-os naquela pousada perto da delegacia. Não lembro o nome, mas eles têm camas limpas e tarifa honesta. — Virou-se para Caio, estendeu a mão no ar e disse: — A chave do seu carro.

— Mas, doutor!

Dornelas sequer se mexeu.

— O senhor pode emprestar a lanterna? — bufou Caio.

O delegado a entregou e o rapaz entrou no chalé, vasculhou uma das malas, voltou com a chave nas mãos e entregou-a ao delegado com a lanterna. Dornelas guardou a chave no bolso e apagou a lanterna, pois a lâmpada começava a falhar.

— Quero vocês na delegacia amanhã, digamos, 9h30?

Luana olhou para Caio, que respondeu:

— Pode ser.

Ótimo. Deu a oitiva como encerrada, deu-lhes um até mais, as costas e seguiu para o próximo chalé.

★

Um facho de luz cambaleante surgiu no gramado. Era Solano, que o interceptou correndo. O investigador resfolegava.

— E aí? — disse o delegado, assim que ele chegou mais perto.

— As chaves dos chalés — disse Solano, entregando-lhe duas boias marítimas do tamanho de punhos fechados. Em cada uma havia duas chaves presas por cordinhas. Enfim, aparatos impossíveis de se guardar no bolso ou afundar.

No entanto, Dornelas percebeu haver algo mais no investigador, profundo e misterioso, denunciado por terror genuíno nos olhos, expressão exclusiva de pais devotados. Adiantou-se e disse:

— Cuide da família. Seguro aqui.

— Obrigado, doutor — disse Solano, hesitante.

— Conseguiu tirar aquela gente de perto da vítima?

— Sim senhor.

— O Nogueira vai te levar?

— Vou ver com ele, mas acho que sim.

— Peça para ele voltar depois.

— Pode deixar.

— Avise o Caparrós.

— Já avisei — Solano apontou a cabeça para o quarto e último chalé. — Ele deve estar aí.

Essa frase apertou um botão na mente do delegado, um clarão se acendeu e ele se deu conta do quanto prezava o trabalho de Solano, tanto nas grandes como nas pequenas coisas. O homem era brilhante, importava-se com os detalhes, tinha uma habilidade nata de associar informações desconexas e criar uma narrativa plausível e convidativa para uma investigação; era leal e comprometido, dono de apurados sensos ético e de justiça; era ponderado; mas, sobretudo, tinha culhões para tomar decisões difíceis com rapidez. Sem falar na amizade.

Apenas disse:

— Estou na torcida. Fico à sua escuta caso precise de alguma coisa.

— Obrigado, doutor.

Capítulo 4

Uma luzinha bailando na escuridão emanava do vitrô do banheiro, possivelmente vinda de uma vela. Dornelas pensou em dar uma espiada. No íntimo, a intenção era bisbilhoteira. Desistiu. A chance de encarar uma cena constrangedora era grande.

Em vez disso, seguiu para o terraço e viu um homem sentado numa das espreguiçadeiras – de costas e sem camisa, os longos cabelos loiros ao vento – apagando um cigarro no chão. O odor de maconha era pungente.

Nada do Caparrós.

Pisou no deque como um gato, estacou e deu uma olhada para dentro do chalé, por uma das vidraças. Uma sombra humana de contornos sinuosos se projetava no chão diante da porta do banheiro. Uma mulher, de pé em frente à pia, presumiu. Mesmo com o burburinho das ondas, foi possível distinguir que o chuveiro estava desligado e a descarga não havia sido acionada.

Quem sabe a pia.

Ciente de que sua presença não fora notada, voltou a atenção para o homem ainda de costas e considerou duas linhas de ação: dar uma de policial durão e fazer um estardalhaço, o caminho mais fácil e previsível, ou seguir pela ponderação e o diálogo. Com um corpo na ilha e um drogado como testemunha, decidiu por esta.

Com o nó dos dedos, deu duas batidas num dos vidros.

Sem efeito. Resolveu ligar a lanterna e ouviu um grunhido.

– QUIÉH?

Com a atenção dividida entre o movimento no banheiro e o homem na espreguiçadeira, apenas disse:

— Delegado Joaquim Dornelas. Qual o seu nome?

A resposta não veio. Sem saber a razão, resolveu esperar um pouco. Segundos depois, como que acionado por fios invisíveis, o homem ficou de pé aos trancos, balançou no lugar e largou-se a caminhar na direção do delegado, os passos duros e mal articulados de Igor, de O *Jovem Frankenstein*, de Mel Brooks, e entrou no clarão da lanterna.

Dornelas acompanhou atento o ziguezague, mas só de muito perto se deu conta do estado deplorável do sujeito.

Nada de útil sairá daqui hoje, concluiu e deu um salto para socorrê-lo, um peso morto projetando-se para a frente num tombo iminente, de cara. Na manobra, soltou a lanterna, que se espatifou no chão. A escuridão voltou. Mesmo assim, conseguiu agarrá-lo pelas axilas antes que o homem se estatelasse no piso.

Uma mulher surgiu de repente, do banheiro — e o ajudou a arrastar o sujeito para a cadeira mais próxima.

Suado e irritado pela situação, o delegado tirou o celular do bolso, acendeu a lanterna do aparelho e com ela banhou o que considerou um trapo humano sentado: braços e ombros musculosos de um atleta ou surfista, as mãos grandes largadas sobre o colo, a boca, um rasgo no rosto de linhas severas, o nariz batatudo, os pequenos olhos vermelhos perdidos num universo distante.

O homem levantou as mãos para proteger o rosto da luz intensa e urrou qualquer coisa que Dornelas não entendeu.

Caso perdido.

Com um movimento da cabeça, chamou a mulher de lado e convidou-a a sentar onde antes o companheiro estava.

Puxou uma cadeira, ajeitou-se, colocou o celular no chão com a lanterna acesa virada para cima e disse:

— Meu nome é Joaquim Dornelas. Sou o delegado responsável pela investigação do crime ocorrido esta noite, nesta ilha. — Mal terminou a frase e teve um estalo: e se o Jô foi assassinado fora da ilha e o corpo trazido para cá? Decidiu guardar esse pensamento num escaninho da mente e voltou-se para a mulher. — Qual é o seu nome?

Enfiada numa camiseta branca decotada, os bicos dos seios marcando o tecido, um short jeans minúsculo cobrindo um corpo firme e sinuoso, nas proporções corretas, ela cruzou as coxas bronzeadas e avançou na cadeira, os braços sobre o joelho, o olhar vivo, astuto, fixo no de Dornelas.

Pura provocação encarnada em mulher.

Uma luz intensa atravessou o cérebro do delegado, como um sinalizador náutico cruzando o céu noturno.

– Sueli – disse num meneio com a cabeça. – Sinto muito pelo meu marido. Ele exagerou na dose hoje.

– Perda total – emendou Dornelas e o celular tocou. Pediu um minuto, pegou-o no chão, olhou o nome no visor, ficou de pé e se afastou. – Diga, Solano.

– Doutor, cruzei com os bombeiros no caminho para a cidade. Eles devem chegar aí a qualquer momento.

– Ótimo. Sabe do Chagas?

– Está junto.

– Boa. E o Caparrós? Não o vi aqui.

– Estava com a vítima até a hora de eu sair.

– Peça para ele me ligar.

– Pode deixar.

Desligaram.

O delegado voltou para a cadeira, a mente atiçada pela curta conversa com Solano, as possibilidades da investigação, as obrigações, as instruções, os caminhos a seguir, tudo embolado e crepitando na cachola como milho de pipoca em gordura fervente. Livrou-se dos pensamentos e disse:

– Desculpe. Onde estávamos?

– O senhor pediu para eu falar sobre o meu marido, de hoje...

– Perfeito. Prossiga.

– Bem, em poucas palavras, ele é francês. Sou brasileira. Moramos em Paris.

– Férias aqui?

– Tipo de férias.

— Explique-se.

— Viemos em férias, mas nos apaixonamos pela cidade, pela baía e decidimos ter um *pied-à-terre* em Palmyra.

Dornelas ficou sem saber se a frase carregava tons de arrogância, típicos de pessoas que se veem acima das demais, ou se ela havia incorporado na alma a elegância natural dos franceses. Numa primeira análise, deu 35 anos para ela. Quem sabe menos.

— Quando chegaram?

— Antes de ontem.

— Na cidade ou na ilha?

— Em ambas.

Dornelas anuiu com um movimento da cabeça. Sueli prosseguiu:

— Trabalho com...

— Peraí — cortou o delegado. — Vamos nos ater a hoje, fazer um filme de trás para a frente. Conte do momento presente para trás.

Ela deu um pulinho no assento e começou:

— Bom, acabei de sair do banho, como o senhor pode ver — passou as mãos nos cachos morenos espessos, molhados. — Viemos para cá, no terraço, assim que voltamos do jantar na cidade.

— Onde jantaram?

— No restaurante Peppo, Puppo...

— Pippo — completou Dornelas.

— Isso mesmo. Comemos uma moqueca maravilhosa. O senhor sabe, hoje é sexta-feira... — olhou o relógio e disse: — Ainda não é dia de uma paulista comer pizza.

Dornelas abriu um leve sorriso e perguntou:

— Foram e voltaram no mesmo barco?

— Sim.

— Qual o nome e contato do marinheiro?

— Está no meu celular. Entreguei ao seu investigador, o Caputo, Campelo...

— Caparrós — completou novamente Dornelas numa mistura de impaciência e desconfiança. — Você fumou maconha também?

– Não senhor. Não curto. Aliás, curto, mas não como meu marido – ela encarou o delegado e se deu conta do motivo da pergunta. – Minha memória piorou muito depois da Covid. Os sintomas foram leves. Ficou essa sequela, a memória ruim. Só isso.

– Arrã – concordou um Dornelas absorto e empenhado em estudá-la dos pés à cabeça. Ele procurava um meio rápido de descrevê-la, como se fosse possível caracterizar, rapidamente, uma mulher, ou com apenas uma palavra. – Filhos?

– Ele tem uma filha do primeiro casamento. Mora na França também.

– Com vocês?

– Não. Na própria casa, em Lyon.

– Idade?

– 23.

Dornelas como que inspirou as informações e guardou-as numa salinha da mente, aberta para a investigação. Sem mostrar nem um traço sequer de ansiedade, a mulher esperou que ele organizasse a cabeça. Transparência ou dissimulação?, questionou-se o delegado. Não soube responder.

– A que horas saíram para a cidade? – retomou.

– Lembro de ter olhado a hora no meu celular assim que entramos no barco. Eram 19h12, tenho certeza. Tínhamos uma mesa reservada para as 19h30. Segundo o marinheiro, são 20 minutos daqui até a cidade. Chegamos ao restaurante com 10 minutos de atraso.

– A ilha estava iluminada quando saíram?

– Sim senhor. Usei o secador de cabelos depois do banho.

– Espere um pouco, você tomou um banho antes e outro depois do jantar?

– E outro agora.

– Três, então!

– Sim.

– A que horas foi isso, digo, o primeiro banho?

– 18h30, mais ou menos.

– E o segundo?

– Logo depois da nossa chegada, perto das 22h.

– A ilha estava iluminada ou apagada quando voltaram?

– Iluminada. Apagou tudo quando chegamos aqui. Sorte!

– Qual a razão do segundo banho?

– Então, com o vento dessa noite, eu e meu marido nos molhamos no caminho de volta. Uma lancha das grandes passou a toda perto de nós. O marinheiro até tentou desviar. Não deu tempo. Esses barquinhos de passeio são muito lentos.

A explicação é convincente, pensou o delegado. Vale ver se bate com a história do marinheiro. Trataria disso depois. Olhou o relógio e disse:

– Passa da meia-noite. Você tomou o terceiro banho apenas agora? O que fez da hora que chegou até a hora desse terceiro banho?

Sentindo-se desafiada, invadida, Sueli enrijeceu no lugar, os pelos das pernas crispados, e disse:

– Bem, eu e meu marido bebemos uma garrafa de vinho no jantar..., o senhor sabe, chegamos aqui..., esse lugar..., pintou um clima..., a ilha às escuras..., acendemos uma vela..., – ela se contorceu no lugar e disparou, altiva como uma leoa: – Foi no chuveiro, se é que isso importa.

Dornelas, glacial, apenas perguntou:

– E depois?

– Nos arrastamos até a cama e dormimos. Meu marido deitou ao meu lado e depois, pelo que soube mais tarde, foi dar uma volta na ilha. Acordei com um grito e ele apareceu aqui apavorado dizendo haver batido a cabeça nas pernas de um homem. Achei bem estranho.

– Vocês terminaram de jantar e vieram direto para cá ou circularam pela cidade?

– Circulamos um pouco. Eu queria comprar um Espírito Santo de madeira numa daquelas lojinhas de artesanato. O senhor sabe o que é?

– Sim, sei. Encontrou?

— Arrã. Está guardado na mala. Quer ver?

Dornelas levantou a mão no ar, ponderou algumas questões e disse:

— Seu marido fumou maconha antes ou após vocês fazerem amor?

— Bom, deixa eu ver — disse ela, olhando para o alto: — Ele acendeu um baseado aqui no quarto, antes de irmos para a cidade e outro assim que chegamos do jantar.

— O que fizeram depois que ele chegou apavorado?

— Tentei acalmá-lo. Não entendi bem o que havia acontecido. Pensei que ele havia exagerado na maconha, mas...

Uma pausa.

— Mas? — insistiu Dornelas.

— Ele estava alterado, aterrorizado mesmo. Saí atrás da lanterna. Fica ali na bancada. Fomos juntos tirar a coisa a limpo. Quando vi o cachorro deitado, a língua de fora, fiquei apavorada e voltamos para cá.

— E? — intercedeu o delegado, vendo-se como a pedra fundamental na travessia de um córrego, entre uma margem e outra.

— Nos trancamos aqui e liguei para vocês. Estou repetindo o que disse ao seu investigador.

Dornelas ficou intrigado com um detalhe:

— Você ligou para nós, da Civil, ou para a PM?

— Direto para vocês.

Estranhou, mas resolveu cuidar disso outra hora. Retomou:

— E depois?

— O Campeiro demorou a chegar...

— Caparrós — interviu Dornelas, impaciente.

— Isso. Entrei no banho assim que ele foi embora. Meu marido ficou aqui fumando mais um pouco.

— Três baseados na mesma noite!

— Fazer o quê? Ele queria relaxar! — desabafou Sueli com as mãos no ar.

Como se tivessem ensaiado, ambos viraram no mesmo instante para o homem inerte na cadeira. Ele dormia amontoado sobre as pernas como escombros de um prédio recém-demolido.

— Funcionou — concluiu o delegado, numa meia risada.

— Sinto muito por isso.

— Preciso bater um papo com ele amanhã. Aguardo vocês na delegacia às 10h. Ok?

— O papo demora, doutor? Marcamos com um marinheiro para dar um passeio de barco pela baía, talvez almoçar no Catimbau.

— Depende. Às 9, então.

— Obrigada. Mais alguma coisa? Estou bem cansada com tudo isso.

— Por hoje é só. Quando voltam a São Paulo?

— Ainda não sabemos. Temos alguns imóveis para ver.

— Vieram de carro?

— Sim, alugado. Estacionamos num pátio próximo à rodoviária.

— Sei qual é — O delegado pegou o celular do chão, ficou de pé, fitou o homem na cadeira mais uma vez e voltou-se para Sueli: — Vai deixá-lo aí?

Ela levantou e disse:

— Nah! Vou levá-lo para a cama. Estou acostumada.

— Boa noite, então.

— Boa noite.

Ao dar-lhe as costas, estacou, deu meia volta e voltou-se à mulher, que se preparava para entrar no chalé.

— Você chamou um barco para voltar à cidade?

— Deus meu — respondeu ela, pondo as mãos na cabeça — esqueci de avisar que não precisaremos dele. Meu marido não está em condições de sair daqui.

— É o mesmo que usaram para ir e voltar do jantar?

— Não. Aquele não podia nos atender. Chamei outro. Vou já cancelar o transporte. — Ela sapateou no lugar, bateu as mãos nos bolsos e finalmente disse: — Não tenho como. Seu investigador ficou com os nossos celulares.

— Sem problemas. Cuido disso — ofereceu-se Dornelas.

— Obrigado.

— Boa noite.

— Para o senhor também.

Dornelas apagou a lanterna do celular, enfiou-o no bolso e lembrou-se que sabia da existência de um deque próximo dali, na extremidade oposta à dos restaurantes. E logo adiante, fincadas no fundo do mar, havia estacas de concreto envolvidas por tubos de PVC, os vergalhões nas pontas expostos ao ar livre, enferrujados, os restos de uma construção do que seria um heliporto.

Não custava dar uma olhada.

Até onde sabia, o projeto foi barrado pela Secretaria do Meio Ambiente na fase inicial, faz muitos anos. O dono da ilha recebeu uma multa pesada pela obra irregular. E só. Nada mais foi feito. As estacas permanecem no mesmo lugar até hoje, uma aberração da interferência humana, uma agressão permanente à natureza, aos turistas e à Palmyra.

Deu a volta no chalé pelo lado oposto, andou por uma nesga de trilha, acendeu a lanterna do celular mais uma vez e chegou a um deque — a versão em miniatura de um trampolim de madeira, torto e capenga, erguido sobre um mar de rochas.

Concluiu ser o que sobrara do projeto.

Havia um cabo náutico, uma das pontas amarrada a um gancho, num poste, e a outra noutro, no chão. Tudo indicava ter sido arrancado. Do cabo pendia uma plaqueta. Dornelas a virou e leu: Proibido o acesso.

Avançou na área não permitida, estudou as pedras dois, três metros abaixo. Uma língua rochosa descia dali ao mar. Num rasgo de intuição, pensou ter visto algo grande próximo a uma das colunas de concreto, ao longe, no escuro. Um vulto boiando.

Apontou a lanterna do celular. A luzinha perecia no caminho, era engolida pela escuridão.

Tomado por uma curiosidade infantil, formulou um caminho entre as rochas, os passos necessários, onde se segurar e se apoiar, e desceu como um caranguejo até as pedras, e dali à beira da água.

Jogou o círculo luminoso na noite escura e as nuances de algo comprido foram ganhando nitidez; e uma canoa presa por um cabo a uma das estacas foi revelada, como um peixe grande e exausto preso ao anzol. A popa estava a apenas alguns metros das mãos do delegado.

Curiosidade demais para pouca distância.

Impossível resistir.

Dornelas equilibrou o celular numa pedrinha no chão, a luz apontada para ele, e entrou no mar a passos de gueixa. Tateando o fundo pé ante pé, água nas coxas, mas molhado até a barriga por insistência das marolas, agarrou a popa e deu um puxão na canoa. Queria soltá-la de algum jeito.

Sem sucesso.

– DOUTOR! – gritou Caparrós, do deque.

Imerso na tarefa, o delegado não lhe deu atenção.

Conhecedor da teimosia do chefe quando mete uma coisa na cachola, Caparrós se atirou muralha abaixo, chegou à beira-mar e entrou na água também. Ambos agarraram o pequeno casco, cada um de um lado, e deram diversos puxões até o cabo partir e liberar a canoa.

Arrastaram-na para terra firme.

Esbaforido e molhado, os olhos faiscando de uma obsessão enlouquecida, Dornelas buscou o celular no chão e passou a estudar o que sabia ser uma canoa caiçara de um pau só.

Na primeira passada de olhos, teve um vislumbre da infância, dos dias em que cruzava a baía de Palmyra sentado no fundo da Faceira, a canoa do pai, remador dos bons, para buscarem os peixes do almoço na Ilha dos Macacos.

O velho Antonio cuidava da Faceira com a mesma paixão de um aficionado por carros antigos. Dona Marcia chegou a desenvolver uma pontinha de ciúme pela canoa.

Voltou ao presente e começou a estudar o barquinho.

Era azul, três assentos, casco de uns quatro metros de comprimento e um nome espirituoso nos forros dos costados, na proa: Musa da Cajaíba.

Havia um remo de madeira no fundo. Numa análise rápida, confirmou a lapidação nas proporções corretas de um quinto entre cabo e pá, esta curva e com quilha para cortar a água. O equilíbrio perfeito entre engenharia naval, design e construção.

Uma obra de arte.

Prova do seu gosto pelo artesanato caiçara era o remo do pai pendurado na parede da sala até hoje.

Tomado por uma nostalgia acalentadora, virou-se para Caparrós e disse:

— Vamos puxá-la para o seco, encostá-la na mureta.

Agarrados um na popa e outro na proa, assim o fizeram.

Ao colocar a canoa no chão, suado e ofegante, Dornelas jogou luz no interior e notou uma aguinha vermelha acumulada no fundo.

Encarou Caparrós e disparou:

— Vá até a casa dos caseiros e peça um vidro limpo, com tampa — ressaltou com o dedo no ar. — Recolha o máximo possível dessa água e mande para a perícia. Peça análise para sangue humano. Se for, se é da vítima.

— Pode deixar, doutor.

— Dispense o barco de passeio chamado pela Sueli. O francês deu perda total.

— Deixe comigo.

— Passe no galpão do gerador, pegue a lona plástica que cobre aquela parafernália e cubra a canoa.

— Arrã.

— E encontre o dono.

Caparrós fez que sim com a cabeça e se preparou para escalar a muralha.

Dornelas deu uma última olhada na canoa e decidiu tirar uma foto. Quem sabe isso poderia ser útil no futuro da investigação. Puxou o celular do bolso e reparou que a bateria do aparelho havia acabado.

Emitiu um sussurrou definitivo:

— Deu por hoje.

Capítulo 5

Passava das três da matina quando girou a chave e abriu a porta da casa. Estava exausto, com frio, as calças e parte da camisa molhadas, o celular inoperante e sem sua cota de lulas para comer com a família.

Para evitar a bronca de Dulce na manhã seguinte, achou melhor tirar os sapatos encharcados na calçada. Ao entrar, par em mãos, ouviu o som das patinhas de Lupi descendo as escadas. Mesmo sonado, o cãozinho apareceu se contorcendo para recebê-lo, o rabinho agitado como ventilador em máxima velocidade. Após uma noitada de trabalho imprevisto, caminhar por ruas vazias e chegar em casa às escuras, a acolhida do cachorro teve o mesmo valor de um abraço apertado.

Dornelas agradeceu com um afago, entrou, trancou a porta atrás de si e foi direto para a lavanderia. Despiu-se diante da lava-roupas, jogou a maçaroca molhada no tanque e desceu nu até a cozinha agarrado à carteira, à arma e ao celular. Largou tudo para secar em cima da pia.

Com o estômago a ponto de mascar as costelas de fome, abriu a geladeira, formulou na mente algumas combinações dos restos que encontrou e desistiu. Era demais para ele, àquela hora, e nu, o trabalho de montar um prato, esquentá-lo no micro-ondas e sentar à mesa para comer.

Sem titubear, pegou uma cumbuca no armário, uma colher na gaveta e duas latas dos ingredientes fundamentais para sua receita favorita das horas incertas, nomeada de goró pela ex-mulher: seis colheres de farinha láctea, duas de leite em pó sem lactose — imposição da idade — e um copo generoso de água.

Misturou tudo numa pasta espessa e mandou goela abaixo.

Ao terminar, enxaguou a cumbuca para evitar formigas e deixou-a na pia; apagou a luz e se preparou para subir as escadas.

Antes de deixar a sala às escuras, olhou em volta à procura do cachorro e concluiu que o danado havia subido primeiro, na surdina, e ele, Dornelas, nem sequer dera conta disso.

Perdoou-se por se sentir cansado, levemente mareado, o mundo girando devagarinho, e subiu.

No corredor dos quartos, parcamente iluminado pelo pequeno abajur, pensou em passar no quarto da filha e dar-lhe um beijo de boa noite. Desistiu ao considerar que Helena poderia acordar e tomar um tremendo susto ao ver um homenzarrão nu ao lado da cama, peludo e desgrenhado, mesmo que fosse o próprio pai.

A visão poderia assombrá-la pelo resto da vida.

Fechou então o portãozinho da escada e entrou em seu quarto. Dulce estava estirada de bruços na cama, o rosto enterrado no travesseiro, camuflado pelos cabelos revoltos. Deu-lhe um beijo no ombro. A mulher se contorceu, gemeu e depois voltou a dormir.

Dornelas foi ao banheiro, pôs o celular para carregar, tomou um daqueles banhos de esvaziar a caixa d'água, secou-se, escovou os dentes, vestiu uma cueca e uma camiseta limpas e se esgueirou no escuro até a cama; largou o corpo entre as cobertas e, ao colocar a cabeça no travesseiro, deu um salto com o guinchado estridente de Hitchcock, o gato, aninhado ali.

— Sai pra lá — afastou o animal para o meio da cama e se entregou inteiramente a um sono profundo e renovador.

★

Helena apareceu no quarto com sua lontra de pelúcia antes de o primeiro raio de sol se esgueirar pelas frestas das janelas. Ela escalou o pai, que grunhiu, e se aninhou por cima das cobertas entre ele e Dulce. O gato aconchegou-se, enroladinho, uma bola de pelos, entre as pernas do delegado. Lupi, que dormia no quarto da filha – segundo Dornelas, um vira-casaca – deu o ar da graça minutos mais tarde e se arrastou para debaixo da cama.

Dornelas gostava desse movimento, da bagunça matinal, da proximidade com aqueles que ama, do calor, da união da família, mesmo que o sentimento não fosse completo. Faltavam os filhos mais velhos morando com a mãe, no Rio de Janeiro.

Mas essa era outra vida e ele outro homem.

★

Meio que por milagre, acordou de súbito às 7h e viu-se sozinho na cama. Coçou os olhos e ouviu vozes no andar de baixo. Levantou, abriu as janelas – o dia embaçado por uma garoa fina – foi ao banheiro e escovou os dentes; vestiu-se com jeans, uma camiseta qualquer e tênis. Nada de terno e gravata num sábado.

Desceu.

– Bom dia – disse Dulce ao vê-lo surgir na sala. A mulher, que tomava o café da manhã de camisola, estudou-o dos pés à cabeça enquanto ele caminhava na sua direção. – Você vai trabalhar desse jeito?

Dornelas analisou as próprias roupas e escureceu por dentro como um polvo ao mudar de cor.

– O que tem de errado?

– Pelo amor de Deus, Joca, olhe o tamanho dessa mancha na camiseta, parece uma barata subindo pela barriga! Um delegado de polícia não pode aparecer assim!

Que diabos!, pensou e se sentiu pequeno e invadido, como se sentia na infância quando recebia uma bronca da mãe.

Carrancudo, deu um beijo protocolar em Dulce, fez meia volta e subiu até o quarto para trocar de camiseta. Escolheu uma apropriada e vestiu-a. Desceu, foi direto até a filha, entretida com seus lápis de cor e um livro de pintar na mesinha de centro, envolveu o rostinho entre as mãos, deu-lhe um beijo na testa e disse:

– Bom dia, meu coração.

— Bom dia, papai — disse Helena, sem nem sequer olhar para ele. A atividade tomava toda a sua atenção.

Dornelas voltou à mesa do café e se sentou.

— Posso jogar aquela camiseta fora ou dar para alguém? — tateou Dulce. — Você tem mais roupas em situação igual ou pior.

Ele sabia, no íntimo, que ela estava com a razão, mas, para marcar território, rebateu:

— Ainda não.

— É sempre bom se livrar do velho, Joca, abrir espaço para o novo. A vida é renovação, movimento! — insistiu Dulce, girando as mãos no ar.

Dornelas fechou-se como um molusco. Se autorizasse uma busca e apreensão em seu armário, metade das roupas, ou mais, sumiriam num estalar de dedos, justamente as mais velhas e gostosas, a ponto de virarem pó, que pelo tempo e uso haviam tomado o formato do corpo e o vestiam como uma segunda pele.

Deu o assunto por encerrado e analisou as opções do que comer diante de si.

— Como foi ontem? — indagou Dulce, mudando o rumo da conversa.

Depois do nascimento da filha, ele e a mulher firmaram o acordo tácito de não levar trabalho para casa. Em suma, ficou proibido falar de assassinatos, corpos estraçalhados, detalhes de necrópsias, relatórios de balística, atuação de suspeitos e coisas do gênero, especialmente à mesa.

Além disso, ele não queria influenciar a opinião de Dulce. Seria saudável para a investigação que ela tirasse as próprias conclusões ao analisar o corpo da vítima em sua bancada, no IML de Marealto.

— Uma bagunça das grandes. Conto depois.

De barriga cheia, pegou a carteira, o celular carregado, a arma no móvel da sala, beijou a mulher, a filha, e saiu para a rua. Às 9h teria o depoimento de Sueli e o marido.

No íntimo, o desejo de ver o francês recuperado e bem consciente.

★

Uma apreensão súbita emergiu assim que entrou no carro, a mesma que sofria na infância quando chegava à escola com as lições de casa por fazer.

Nesse caso, tinha duas ligações importantes. Resolveu começar pela mais fácil.

Deu a partida no carro, no ar-condicionado e fez a primeira.

— Tá de pé?

— Não dormi. Continuo aqui, colhendo provas — disse Chagas, a voz empastada de um bêbado ao largar o copo.

— O que você encontrou até agora?

— A causa da morte é bastante óbvia.

— Algum indício de que a vítima pode ter sido enforcada fora da ilha e o corpo levado até aí?

— Devagar, doutor. Sou o chefe da Perícia, não do IML.

— Mas...?

— Sim, é possível. Mas não sou a pessoa indicada para tirar essa conclusão. A doutora Dulce pode dizer isso melhor do que eu.

Já é alguma coisa, pensou o delegado, vendo-se agarrado a um fio de esperança.

— Alguma coisa ficou evidente? Vi tudo à noite.

— Talvez o fato de a vítima ser um homem forte e corpulento. É preciso mais de uma pessoa para pendurá-lo naquela altura.

— Tem razão — reprimiu-se o delegado por não ter-se atido a esse detalhe. O choque de ver o corpo pendurado foi grande, a ponto de lhe anuviar o discernimento. Mas agora, com a mente descansada, a pleno, teve um estalo: — Não lembro de ter visto uma mordaça na boca da vítima. Lembro da corda em volta do pescoço. Você encontrou alguma coisa?

— Nada.

— Nem mesmo um tecido ou restos de fita adesiva em volta da boca, ou nariz?

— Não senhor. Se ele foi amordaçado com fita adesiva, não

restaram vestígios. Posso afirmar que a vítima transpirou muito, talvez por ter se debatido. O cheiro de suor ainda é forte. Mas analisarei melhor.

— Faça isso e me avise, mesmo se não encontrar.

— Deixe comigo.

— Quanto tempo para você subir as fotos de tudo aí no sistema de laudos?

Chagas deu um longo suspiro e fez uma pausa. Mentalmente, calculava.

— Sei lá..., analisar as digitais, redigir o laudo, fotos..., dois, três dias.

— Não temos esse tempo — cortou o delegado. — Você consegue mandar apenas as fotos no meu celular até a hora do almoço?

Um novo suspiro, mais longo desta vez.

— Passei a noite sem dormir!

Melhor recuar. Quem sabe uma abordagem, digamos assim, poética, amaciasse o espírito do chefe da perícia.

— Assim como o sol ilumina a terra, luz magnífica — começou o delegado, numa atuação sofrível — seu laudo iluminará os anais da polícia científica. Gerações por vir...

— Pode parar, doutor. Sei bem o que o senhor está fazendo. — Uma pausa e Chagas bufou: — Tudo bem. Em uma hora as fotos estarão no seu celular.

Quem diria que um poema tão pobre pudesse produzir um resultado tão rápido!

— Ótimo, obrigado. Não preciso dizer que o nosso rabo está na reta neste caso.

— Alguma vez nosso rabo esteve fora da reta, doutor?

— Você me entendeu.

Desligaram e Dornelas fez a segunda ligação, a mais difícil.

— Doutor Amarildo, por favor.

Solteiro convicto e com um caso espinhoso na mídia, era certo que o chefe estivesse no escritório àquele dia e hora.

— É pra já — disse a telefonista. — O doutor Amarildo quer muito falar com o senhor.

Um clique, o rangido de molas e a voz de barítono de Amarildo Bustamante, o Diretor da Seccional, surgiu em seu esplendor.

— Deixei alguns recados no seu celular. Não viu?

Dornelas afastou o aparelho do rosto e colocou a ligação em viva-voz. Havia três ligações perdidas do chefe e um recado na caixa-postal.

— Vi — a primeira e necessária lorota do dia. Era muito cedo para ser contaminado pela ansiedade alheia. Isso viria, mais cedo ou mais tarde, como cabeça d'água rio abaixo. — Preferi conversar com o Chagas primeiro.

Ufa!

— Bom... que puta cagada, hein Joaquim!

— Nem me fale.

— O governador está com as minhas bolas nas mãos.

— Imagino — e agora você quer as minhas, pensou.

— Algum suspeito?

— Nenhum, mas temos quatro linhas de ação.

— Diga!

— Dois casais de hóspedes, o casal de caseiros e uma canoa.

— Canoa?

— O rapaz pode ter ido, ou seu corpo foi transportado à ilha numa canoa. Estou aguardando os exames da perícia e do IML.

— Não se esqueça de que temos um negro enforcado. Isso arderá na mídia, se é que já não está ardendo. Para que horas você marcou a coletiva de imprensa?

— Ainda não marquei. Preciso de mais informações do caso.

— Você não está tranquilo demais?

Que diabos! pensou, mas disse:

— Tudo a seu tempo.

As molas da cadeira resmungaram do outro lado da linha.

— Me mantenha informado de cada passo. Ok?

— Pode deixar.

– Não preciso dizer que o nosso rabo está na reta neste caso.

Dornelas abriu um sorriso e repetiu a frase do Chagas:

– Alguma vez nosso rabo esteve fora da reta?

– Nunca – rebateu o chefe e completou: – Mas desta vez a reta tem quatro pistas.

Bateu o telefone.

Dornelas largou o aparelho no banco de passageiros, engatou a primeira, a segunda e pisou bruscamente no freio. Uma terceira e importantíssima ligação o ajudaria a preparar o espírito.

– Marilda!

– Bom dia, doutor.

– Como está o movimento por aí?

Conhecedora das artimanhas do delegado, a recepcionista fez uma conchinha com a mão e sussurrou o código secreto:

– Festa infantil.

Era a resposta esperada. O delegado devolveu a instrução:

– Até já.

Desligou.

Festa infantil significava que os jornalistas tomaram a delegacia, não havia sequer um lugar vago nos bancos da recepção e o falatório descontrolado se comparava a uma festinha de crianças. O *até já* significava que o delegado estava a caminho. Neste caso, o combinado era de alguém abrir o portão para ele estacionar no pátio dos fundos e dali chegar à sua sala pela porta da cozinha.

★

Aos olhos dos demais, o delegado cruzava a cidade como um motorista qualquer: mãos no volante, velocidade nos limites, respeito às leis de trânsito.

Tudo normal.

Mal sabiam que aquele homem dirigia como um boneco articulado por fios invisíveis; em mente, estava longe, dentro de si, mergulhado no caldo difuso do próprio inconsciente. Nesse estado absorto, mas movido pelo espírito de um explorador à procura de gramas de ouro em filões de granito, questionou-se: se o Jô foi transportado numa canoa até a ilha, com ou sem vida, como o assassino, ou assassinos, saíram de lá após pendurá-lo na viga do restaurante?

Encafifado e sem encontrar resposta, viu-se, minutos mais tarde, girando loucamente os braços diante do peito como marionete sem controle. Demorou a se dar conta de que estava estacionando o carro na rua atrás da delegacia.

Desligou o motor sem saber ao certo como havia chegado lá e feito o que acabara de fazer.

De volta à realidade, pegou um boné no porta-luvas, desceu e lembrou da frase lida um dia no para-choque de um caminhão: dirigido por mim, guiado por Deus.

Divertiu-se com a lembrança, vestiu o boné, enfiou as mãos nos bolsos e esgueirou-se até o portão dos fundos com o olhar no chão. Solano estava lá, fumando um cigarrinho. Ao ver o delegado, jogou a bituca na sarjeta e escancarou o portãozinho de pedestres.

— Cadê o carro, doutor?

Dornelas apontou o fim da rua com a cabeça, entrou e voltou-se para o subordinado, fechando o portão.

— Você não devia estar em casa?

— A febre cedeu. Minha sogra está lá.

— E daí? Ela é médica ou o Espírito Santo, por acaso?

Solano abriu um sorriso. Dornelas gostou de vê-lo mais solto. Bom sinal.

— Ao contrário, a velha é uma bruxa, mas acalma a Lu — o investigador espalmou as mãos no ar: — O que posso fazer?

— Bom, sua mulher sobreviveu a ela — ponderou o delegado. — Já é alguma coisa.

Entraram na cozinha. Dornelas foi direto para a garrafa térmica e serviu dois cafezinhos, um para ele e outro para Solano.

— O que disse o médico?

— Virose.

– É o que todos dizem quando não sabem o diagnóstico. Vá se acostumando.

Assoprou no copinho, a pergunta veio atrás.

– Alguma novidade? – deu o primeiro gole, quente pacas.

– O corpo da vítima deve chegar ao IML até a hora do almoço.

– Ótimo. Caparrós está na casa?

– Sim.

– Peixoto?

– Também.

– Jaque e Lotufo?

– Na casa.

– Como tá seu dia?

– Pensando em investigar os barcos que entraram e saíram da ilha ontem.

– Boa. – Bebericou do café, pensou um pouco e ordenou: – Mesa-redonda em cinco minutos.

– Deixa comigo – anuiu Solano e eles se separaram.

★

Foram necessárias duas cadeiras da sala do delegado para acomodar a equipe inteira. Tiveram de espremer seis em volta de uma mesinha circular para quatro. Não sobrou espaço vago.

Enquanto aguardava a chegada de todos, Dornelas estudou a salinha de reunião e decidiu chamar um pintor para dar uma demão de tinta nas paredes. Parte da história da delegacia estava registrada ali: arranhões, manchas de café, palavrões, pregos esquecidos, um buraco de bala e até um poeminha dividiam espaço com um relógio de ponteiros parados e uma foto de sorriso glorioso do presidente da República.

A análise terminou assim que Caparrós cruzou a soleira trazendo nas mãos o vidro com a coleta da canoa, a chave de um veículo e o saco plástico com a faca de limão.

— Puta que pariu, onde você encontrou isso? — quis saber o delegado, apontando para o saquinho e a chave.

— Perto de onde tiramos a canoa.

— Mande imediatamente o vidro e a faca para o Chagas.

— Pode deixar, doutor.

— A chave fica comigo.

Caparrós deslizou-a sobre a mesa. Dornelas a agarrou. Com todos acomodados, dez olhos voltados para ele, começou:

— Bom, moçada, num mundo onde você é considerado racista por beber café porque é preto e leite porque é branco, caiu no nosso colo esse caso do Jô.

Trocas de olhares indignados.

— Doideira isso — desabafou Lotufo.

O chefe prosseguiu:

— A imprensa está lá fora sedenta de sangue. Por essa razão, peço... — ponderou algumas questões e retomou: — Peço não, ordeno, que ninguém troque nem uma palavra sequer com os jornalistas. Tudo o que dissermos recairá sobre a delegacia e respingará nos meus ombros. — Voltou-se para Peixoto e arrematou: — Estamos entendidos?

O vice-delegado, conhecido amante dos holofotes, fez que sim com a cabeça encolhendo-se no lugar.

— Por essa razão — emendou — serei o único interlocutor da delegacia a lidar com essa gente. Ok?

O de acordo veio em murmúrios. Dornelas mergulhou em águas mais profundas e relatou em detalhes tudo o que viu e pensou, inclusive sua dúvida sobre como o assassino, ou assassinos, saíram da ilha após pendurar o Jô, vivo ou morto, na viga do restaurante.

— Não sabemos onde o crime foi cometido, apenas que a vítima foi encontrada enforcada, sem vida, numa ilha. Entrar e sair de lá, só de barco.

— E nadando, doutor? — disse Jaque, para indignação dos demais. — A Praia de Jurumirim fica a menos de um quilômetro de lá. Um nadador treinado consegue atravessar aquilo com facilidade.

— De dia concordo, mas à noite, naquela escuridão, o mar picado... — ponderou o delegado.

— Ou numa prancha de *stand-up* — completou a investigadora.

O delegado tinha dúvidas da viabilidade da empreitada e fez um bico. Por outro lado, num canto oculto da mente, comprometeu-se a pensar no assunto.

— O senhor vai marcar uma coletiva de imprensa? — intrometeu-se Lotufo.

— Sim, mas primeiro quero avançar nas investigações. E rápido! Não temos nada além do corpo do Escravo de Palmyra na Ilha Plana. Pior, enforcado. Não é um fato qualquer — enfatizou com o indicador em riste. — Vão comer o meu fígado se eu aparecer apenas com isso.

— Concordo — disseram Solano e Caparrós em uníssono.

E o delegado teve um estalo.

— Alguém aqui sabe o nome completo do Jô? — Todos trocaram olhares, mas ninguém disse nada. Completou: — Essa é a tarefa número um. — Fincou os cotovelos na mesa e passou a disparar instruções: — Solano vai atrás dos barcos que entraram e saíram da ilha. Caparrós entregará a faca e o vidro com sangue para o Chagas, e encontrará o dono da canoa. — Voltou-se ao investigador: — Musa da Cajaíba. Tá lembrado?

— Sim senhor.

— Aproveite e peça para ele analisar a comida e a água do cachorro. Quero saber se tinha ou não veneno ali.

— Deixa comigo.

— Registramos os depoimentos dos hóspedes?

— Estão sobre sua mesa, aguardando sua assinatura — respondeu Peixoto.

Dornelas voltou-se para ele.

— Conseguiu extrair o conteúdo dos celulares?

— Terminei um. Estou no segundo.

— Entrego pra você o aparelho da mulher do francês assim que terminarmos aqui — disse Caparrós para Peixoto.

— Como assim? E o celular do francês? — indignou-se o chefe.

— A Sueli disse que ele perdeu o aparelho naquele dia mesmo. Não sabe dizer onde, se na ilha ou no passeio de barco — disse Caparrós.

— Também, no estado em que estava o sujeito... — disse Peixoto com um risinho irônico.

O chefe não gostou do que ouviu. Procurou uma forma de compensar o contratempo e uma ideia lhe veio à mente. Voltou-se para Lotufo:

— Você não tem um chapa no Denarc de São Paulo?

— Tenho — respondeu enfático o investigador.

— Veja se consegue com ele os registros de ligações desses três aparelhos. Pegue com a Sueli o número do celular do marido e inclua na lista. Por aqui, pelas vias normais, e sendo otimista, esses registros chegariam em 30 dias.

— Deixa comigo.

O delegado fez um meneio reprovador com a cabeça e pontuou:

— Vamos aproveitar que o STF derrubou a exigência de autorização judicial para que as empresas de telefonia forneçam os dados de pessoas sob investigação.

— Absurdo isso, doutor — indignou-se Lotufo. — Essa regra pode ser boa para nós da polícia, mas nos deixa todos nus perante a Justiça.

— Concordo — disse Solano. — Se a coisa ficasse só nisso, tudo bem, mas derrubaram o sigilo bancário também.

Lamentos na sala.

— E outra coisa — cortou Dornelas, voltando-se para Lotufo. — Vá atrás de mulher, namorada, marido, sei lá. Veja se o Jô tem algum cacho solto por aí.

— É sempre assim né, doutor? — rebateu o investigador, para surpresa de todos.

— Assim como?

— Basta alguém ser assassinado para o cônjuge ser apontado como o principal suspeito.

Risadas na sala.

– O que posso fazer? São as estatísticas – disse o chefe.

Lotufo deu uma longa fungada e desabafou:

– Para mim, isso resume bem o casamento. Por essas e outras, prefiro me manter solteiro.

Longas gargalhadas encheram o ambiente. O delegado se recompôs e retomou:

– Vire a vida do Jô do avesso, então. Melhor assim?

Lotufo abriu um sorriso, fez que sim com a cabeça, mas nada disse. O delegado emendou:

– Converse com parentes, amigos, colegas de trabalho, desafetos.

– Deixa comigo.

– Jaque, vá com ele – fez uma pausa e alertou, o dedo no ar: – Sem apaixonite entre vocês dois, por favor. A última coisa que preciso é de um casal de pombinhos no meio dessa bagunça.

Novas gargalhadas.

– Fique tranquilo, doutor – disse Jaque para o chefe. – Sei me defender do nosso Don Juan.

Lotufo permaneceu sorridente porque formatava um plano romântico nos recônditos da alma. Dornelas reassumiu a conversa:

– Precisamos saber se o crime foi cometido no calor das emoções ou se foi premeditado. – E uma pergunta óbvia emergiu, tão óbvia que ninguém fez. – Alguém conversou com os caseiros?

Os investigadores se entreolharam num jogo de batata quente. Caparrós tomou a palavra.

– Eu, doutor. Ambos estavam bem abalados com o que aconteceu e com o tumulto na ilha. O filho não parava de chorar. Não deu para tirar muita coisa dali. Pedi que viessem para cá agora de manhã. Devem chegar por volta das 10 horas.

– Ótimo. Depois me ponha a par do que eles disserem.

Caparrós concordou com um movimento da cabeça.

– Algo mais?

Ninguém respondeu.

O delegado deu um tapinha na mesa. Reunião encerrada. Os investigadores e o vice se prepararam para sair.

Por um instante, Dornelas deu-se conta da rara oportunidade de ver sua equipe completa num mesmo ambiente. Concluiu, satisfeito, que aquele era um grupo unido, coeso, sintonizado, comprometido. Ficou contente.

— Boa sorte, crianças.

★

O delegado tomou posse da sua sala a contragosto. Não estava em seus planos trabalhar naquele sábado de manhã. Muito menos num caso tão complicado.

Ele havia planejado a pescaria de lulas da noite anterior como o início de uma longa preparação do almoço em família que idealizara fazer dali poucas horas, mesmo que contasse apenas com Helena, Dulce e ele.

A presença dos filhos mais velhos era sempre desejada, mas raramente acontecia. Morando a três horas de distância, no Rio de Janeiro, Roberta e Luciano davam as caras em Palmyra com menos frequência do que o pai gostaria. E a possibilidade de ele viajar para o Rio de Janeiro para visitá-los aconteceria apenas no dia do Juízo Final. Por um lado, porque detestava cidades grandes — gente demais, violência, trânsito, sujeira — especialmente quando se hospedava num hotel, que era sempre o caso.

Por outro lado, queria alimentar a convivência entre os filhos de ambos os casamentos. Isso só seria possível no lugar onde o ser humano se revela por completo, isto é, em casa, no contato diário da vida em família, nunca em horas gastas num restaurante, na praia ou num quarto de hotel.

Por essas razões, estabeleceu-se entre eles um tipo de relação atualmente muito comum: telefônica.

Quem sabe algum dia os três se reaproximariam.

Pensou nos pais falecidos, o velho alguns anos antes da mãe, e na falta de irmãos, cunhados e sobrinhos com os quais se juntar numa grande celebração, fosse qual fosse o motivo.

A família de Dulce... bem... era a família de Dulce. Não era a sua. Faltava liga com a parentada, afinidade mesmo. Os compromissos, quando aconteciam, eram nada mais do que protocolares.

Por um instante, Dornelas sentiu-se sozinho no mundo e um pouco triste.

Passou a mão no celular e apertou o número um da discagem rápida.

— Como estão as coisas por aí? — sondou assim que Dulce atendeu.

— Neide chegou. Estou saindo para o trabalho.

Ao ver a conversa se afunilando para o crime, Dornelas ficou mudo do seu lado da linha. Esse era o último assunto que ele queria tratar com a mulher naquele momento.

— Tá tudo bem com você? — quis saber Dulce, captando no ar o espírito pesadão do marido.

— Ah! — grunhiu o delegado. — Vai ficar. Obrigado pelo presente.

— Que presente? — rebateu a mulher.

— Eu precisava ouvir sua voz.

Mandou um beijo e desligou.

Em seguida, tirou o chaveiro do bolso para abrir uma das gavetas. Mas ela já estava destrancada. Estranhou. Desconfiado, abriu-a, apalpou até o fundo e, não encontrando o que procurava, escancarou-a para olhar melhor.

Cadê a barra de Diamante Negro? Teria acabado ou fora roubada?

Deus do céu! E dizer que estava numa delegacia de polícia. Agarrou o cesto de lixo e revirou a papelada à procura de provas. Nada também. Desconsolado, a boca seca de raiva, levantou, deu uma volta na sala e voltou a se sentar.

A hora de enfrentar a imprensa havia chegado, mas ele tinha uma coisa importante a fazer primeiro.

Capítulo 6

Antes de se atirar de peito aberto às feras na recepção, Dornelas resolveu visitar alguns portais da imprensa na internet. Queria ter uma ideia da temperatura do crime com a opinião pública. Não apenas isso. Queria saber quais narrativas a respeito do crime haviam sido espalhadas aos quatro ventos e quais encontrado eco na boca do povo.

Sentou-se em frente ao computador e entrou na internet.

Leu a manchete da primeira: *Homem negro é enforcado na Ilha Plana.*

Ficou bronqueado. Por que homem negro e não apenas homem? Qual a razão de se enfatizar a divisão de raças? Branco, negro, amarelo, não somos todos humanos?

Analisou o número de curtidas no pé da página: 253 e 11 comentários.

Começou a se zangar.

Passou para a segunda: *Enforcamento de um negro em Palmyra revive dolorosas lembranças*. Por *dolorosas lembranças*, lia-se *feridas da escravatura*, estas ainda vivas no inconsciente coletivo, porém dormentes, latentes, como herpes, que aguarda uma fraqueza no sistema imunológico para se manifestar. Rolou a página até o final e analisou as curtidas nesta também: 872 e 68 comentários.

Os ouvidos começaram a zumbir.

Pesquisou um pouco mais e leu a terceira: *Palmyra voltou aos tempos da escravatura*. Aí está. Ele esperava uma notícia sobre o tema escravatura. Apareciam 11.554 curtidas e uma enxurrada de comentários.

Suspirou como uma velha panela de pressão.

Pulou para a quarta e para fora da cadeira. *Homem negro encontrado enforcado na Ilha Plana cometeu suicídio, diz a PM.*

Curtidas: 17.835.

Não se deu ao trabalho de ver o número de comentários. Respirou fundo, conteve a irritação e voltou a se sentar. Leu a matéria da cabeça aos pés. Ao terminar, deu um bote no telefone e ligou no ramal de Solano.

— Dê uma chegada aqui.

Menos de um minuto mais tarde, o investigador postou-se em frente à sua mesa como um soldadinho de chumbo.

— Dê uma olhada nisso!

Solano passou os olhos na manchete.

— Que porra é essa?

Dornelas o encarou, severo.

— Procure saber o nome do filho da puta que fez essa alegação. Lembro de ver o Nogueira, da Capitania dos Portos, no local do crime. Esqueça o jornalista. Ele protegerá sua fonte, se é que tem uma.

— O Nogueira me levou até a ilha e me trouxe de volta, doutor — disse Solano, mais para si do que para o delegado. — Não acho que ele faria uma coisa dessas.

— Também acho que não. Vá atrás disso, mesmo assim — fez uma pausa reflexiva e disse baixinho: — Quando cheguei perto da vítima, lembro que havia mais duas pessoas conversando com o Nogueira. Não lembro dos nomes, ou mesmo se fomos apresentados — encarou Solano: — Descubra quem são. Estava muito escuro.

Extravasando disposição, o investigador ficou de pé, deu-lhe as costas e murchou ao agarrar a maçaneta. Largou-a e deu meia volta.

— E se foi isso mesmo que aconteceu, doutor!

Ainda absorto em pensamentos, Dornelas rebateu:

— Isso o quê?

— Suicídio.

O delegado fez cara de quem tomou um tabefe, o olhar vidrado de um bicho de pelúcia.

– Andou bebendo?

Pego de surpresa, Solano ameaçou retrucar, mas o delegado o interrompeu. Ele não podia perder a oportunidade de extravasar sua irritação. Afundou o corpo na cadeira e abriu os braços no ar.

– Crime resolvido! Aliás, que crime? Estamos livres e um filho da puta lá fora sabe o que não sabemos.

Solano tomou uma das cadeiras e avançou pra cima da mesa.

– Pense bem, doutor. Encontramos uma canoa e o corpo de um homem enforcado. Dois fatos relevantes. E se o Jô for o dono da canoa?

– Você acha mesmo que ele foi até a ilha numa canoa e se enforcou por conta própria?

– Não parece óbvio? – retrucou o investigador.

– Quer apostar que aquela canoa foi roubada?

– Mas doutor...!

– Temos de descobrir quem está por trás disso e se existe algum interesse envolvido. – Dornelas bateu o dedo no nariz. – Meu faro diz que existe.

O investigador olhou bem para o chefe, pensou em falar alguma coisa e desistiu. Por precaução, resolveu ficar de pé e puxar o carro. Sabia que divergir do instinto do delegado era meio caminho para se espatifar num muro.

– Deixe comigo – e saiu da sala, amuado.

★

Para Dornelas, tratar com os jornalistas sempre foi uma tarefa penosa, um martírio. Fazia por pura obrigação. Se pudesse evitar, evitaria sem constrangimentos.

Seria muito mais fácil dar uma banana para a opinião pública e seguir com a investigação como ele bem entendesse. No entanto, a Polícia Civil é um órgão de governo. Isso significa que interferências políticas são esperadas, fazem parte do jogo. E o jogo tem regras. Uma delas é lidar com os jornalistas.

É o preço da democracia, concluiu e ficou de pé.

A caminho da recepção, lembrou de uma viagem feita com os filhos a Fernando de Noronha, muitos anos antes. Ali, numa volta de barco pela Baía dos Golfinhos, lembrou-se da explicação do biólogo que os acompanhou.

Quando os golfinhos machos querem proteger as fêmeas e a prole, eles nadam na superfície, em frente aos barcos, fazendo seu *show* enquanto, no fundo, noutra direção, seguem as mães e suas crias.

Isso significa desviar a atenção do que realmente importa, neste caso, do crime, do fato. Se a imprensa pode dizer o que bem entende, por que eu não posso?, questionou-se, resoluto.

Abriu a porta para a recepção e tomou um susto.

★

Ninguém lhe deu atenção, ninguém ficou de pé num salto, os cotovelos altos, e correu na sua direção. Não se espalhou no ambiente o choque da chegada de uma autoridade, muito menos fez-se o esperado silêncio que antecede um grande evento.

Quem poderia imaginar que o delegado responsável pelo caso apareceria vestido de jeans e camiseta?

Por passar tão despercebido como um transatlântico num nevoeiro, Dornelas foi tomado por um misto de frustração e gratidão.

Foi um jornalista das antigas, encostado na parede no fundo, quem soou o alarme:

— Delegado!

Nem cinco segundos e Dornelas viu-se acuado num canto, a porta para o corredor das salas às suas costas. Se precisasse, fugiria por ali.

Luzes se acenderam, gravadores, câmeras e microfones foram ligados. Uma saraivada de perguntas se seguiu.

— É um crime racial?

– Alguma pista?

– A vítima estava algemada?

– Estava nua?

– Havia marcas de chicotadas?

Uma mulher, nos fundos, brandiu o indicador no alto e gritou:

– Os moradores do Quilombo do Morrinho exigem uma explicação!

O delegado espalmou as mãos no ar. O silêncio desejado finalmente veio.

– Não vamos colocar o carro na frente dos bois.

– Isso é coisa do tempo da escravatura, doutor! – gritou um homem, do fundo.

Dornelas fez uma breve pausa e assimilou a indignação como um alerta. Melhor medir as palavras a partir daquele momento. Imaginou os pés como garras se fincando no chão e ponderou:

– Calma, por favor. Não estou insinuando nada. Não vamos atropelar a ordem das coisas, nos adiantar aos fatos.

– E quais são os fatos, delegado, que um negro foi assassinado e a polícia vai ficar de braços cruzados, como sempre? – disse um sujeito de pé, as mãos espalmadas no ar.

Por não ter microfone, papel ou celular nas mãos, o delegado tomou-o por cidadão. Voltou-se para ele:

– Muito ao contrário. Se esse fosse o caso eu não estaria aqui num sábado cedo.

Silêncio total. Prosseguiu:

– Até o momento, analisamos a cena do crime e obtivemos depoimentos preliminares. É prematuro tirarmos qualquer conclusão antes de a investigação avançar.

– Quando vai ser a coletiva? – interrompeu uma moça, nos fundos.

Pelo teor da pergunta, jornalista na certa.

– Amanhã à tarde – viu-se dizendo e se espantou: de onde saiu essa afirmação?

– A que horas?

— Vocês serão avisados ainda hoje.

— Palhaçada — disse um sujeito cabeludo, na primeira fila. Ele se virou para um homem ao seu lado e completou: — Olha aí a polícia enrolando a gente.

— A situação do Jô se enquadrava em trabalho escravo ou análogo à escravidão? — perguntou um jornalista de óculos, um lápis levantado no ar, como um escolar.

— Não que saibamos — respondeu o delegado. — Jô fazia um trabalho exemplar de informar os turistas sobre a história de Palmyra. Até onde sabemos, era cem por cento voluntário. Se ele tinha algum vínculo dessa natureza ou algum outro, isso está sendo investigado. Mais alguma coisa?

— E suicídio, doutor, está descartado?

A pergunta que ele queria ouvir. Dornelas não conseguiu identificar quem a fez, apenas de onde veio. Dirigiu a atenção para onde presumia e disse:

— Suicídio não está descartado. Aliás, estamos considerando fortemente essa possibilidade — disse, sabendo que estava como que jogando gasolina para apagar um incêndio.

— Taí! — intrometeu-se o cabeludo, em fúria. — Quando o senhor vai encerrar a investigação?

Dornelas não se abalou, mas voltou-se para a turba à sua frente e disse:

— Neste exato momento, toda a equipe de investigadores está debruçada sobre o caso. Estamos analisando as provas que obtivemos até aqui e aguardando os exames da perícia e do IML. Com isso em mãos, teremos uma visão mais clara do que aconteceu. Mais alguma coisa? — Ninguém se atreveu a falar. Dornelas arrematou: — Se algum de vocês tiver alguma informação que possa ajudar, por favor nos avise. Obrigado.

Virou as costas e sumiu pelo corredor.

★

Ganhou sua sala, empurrou a porta atrás de si sem convicção e ela não fechou. Solano deu duas batidas, esgueirou-se pelo vão como um gato e entrou.

Dornelas largou o corpo na cadeira. O investigador permaneceu de pé, em frente à mesa.

— O senhor pode explicar? Eu não entendi.

— Explicar o quê? — retrucou o chefe.

— Primeiro falo de suicídio e o senhor pergunta se estou bebendo. Cinco minutos depois, defende perante a imprensa que o Jô pode ter cometido suicídio. Estou perdido, doutor.

Com um gesto de mão, o delegado sugeriu que Solano tomasse uma das cadeiras. O investigador sentou na pontinha, a contragosto, como se estivesse prestes a ir embora e nunca mais voltar.

— Solano, estou olhando para você, mas estou vendo aquele jovenzinho ingênuo de quando começou aqui. Entenda uma coisa: da porta para fora, o mundo caga para a verdade, para os fatos. A única coisa que importa é o que se fala a respeito deles, as versões, as narrativas. Nada mais. Ponha isso na cabeça.

— O que o senhor quer dizer com isso?

— Que os fatos importam apenas para nós. — Solano fez cara de fome, queria mais. O chefe prosseguiu: — Quero que o assassino pense que somos um bando de trogloditas que adoram aparecer na TV, e que ele, muito espertalhão, venceu a batalha. — As mãos flutuaram sobre mesa, como se alisasse uma tira de lasanha fresquinha. — Quero voar baixo, fora do radar da imprensa.

O investigador ficou mudo, pensativo e mexeu a cabeça em sinal de aprovação, mesmo que, no íntimo, não tivesse compreendido a estratégia em toda a sua extensão.

— E agora, o que o senhor quer que eu faça?

— Exatamente o que você tinha se proposto a fazer — olhou o relógio. — Mas antes veja se o casal francês, brasileiro, sei lá, chegou. Não deixe a imprensa fincar as garras neles.

— É pra já.

Solano se levantou e, já no corredor, recebeu a instrução:

– A porta!

O investigador voltou e a fechou.

★

O telefone tocou. Atendeu.

– Quem?

– O doutor Amarildo quer dar uma palavrinha com o senhor – disse a telefonista da Seccional em timbre e ritmo de bossa nova das boas.

– Joaquim! – cortou o chefe, em tom de bronca.

– Doutor Amarildo – acatou o delegado, pisando em ovos.

– Esqueça o doutor, pelo amor de Deus. Mas diga, de onde veio essa ideia de suicídio?

Santo Cristo! Será que o chefe havia espalhado escutas pela delegacia? Se esse fosse o caso, ele saberia dizer quem roubou sua barra de Diamante Negro?

Tintim por tintim, Dornelas explicou sua estratégia, incluindo a história dos golfinhos em Fernando de Noronha, que soou um tanto absurda ao terminar de contar. Amarildo disse ter entendido ou fez que entendeu, porque soltou apenas um arrã.

– Marquei a coletiva para amanhã no final do dia – disse o delegado.

– Você lida com essa gente melhor do que eu. Mantenha-me informado de cada passo.

Desligaram.

★

Com o aparelho ainda colado na orelha, apertou duas teclas.

– Marilda.

– Pode falar, doutor.

– Chame um marceneiro aqui na delegacia na segunda-feira cedo. Quero trocar a fechadura de uma das gavetas da minha mesa.

— Deixa comigo.

— Melhor ainda, todas.

— Ok.

Desligaram. Dois toques, um pode entrar e Solano apareceu com o casal franco-brasileiro.

Dornelas ficou de pé para recebê-los.

Sueli entrou na frente do marido, que veio logo atrás, inspecionando o ambiente. Teria ele fumado um baseado antes de prestar depoimento?, questionou-se o delegado assim que apertou a mão de um, depois do outro, e os orientou a tomarem as cadeiras. Solano preparou-se para sair, mas Dornelas pediu que ele ficasse. Um par adicional de olhos e de ouvidos são sempre bem vindos em situações assim.

— Pois não, doutor. Estamos aqui — disse Sueli, num leve sorriso, assim que ajeitou na cadeira o corpo firme e curvilíneo, agora escondido numa bermuda acima dos joelhos e uma camisa polo. Vestindo bermuda e camiseta, o marido sentou-se na cadeira ao lado, apoiou os cotovelos nos joelhos e ficou à espera de instrução.

Dornelas voltou-se para ele:

— Qual o seu nome?

Visivelmente perdido, o marido olhou para a mulher.

— *L'inspecteur demand ton nom* — disse Sueli ao marido, de modo professoral.

— Ah — O homem apontou para o próprio peito como fazia o Tarzan do seriado de TV do século passado. O delegado abriu um leve sorriso com a lembrança. O francês completou: — *Patrice. Je suis Patrice* — apontou para o delegado e depois para Solano, este encostado no arquivo suspenso atrás da porta, e perguntou: — *E vous?*

O papo será longo, intimamente lamentou Dornelas, que se apresentou da mesma forma, com o dedo no peito, e apresentou Solano. Em seguida, recostou-se na cadeira, olhou bem para o Tarzan, depois para Jane — faltava a Chita — e fez a próxima pergunta:

— O que aconteceu ontem? Por favor, conte em detalhes.

Sueli traduziu a pergunta em francês para o marido. Com um gesto da cabeça, Patrice assinalou que entendeu e passou a falar devagar, em frases curtas, para a mulher poder traduzi-las simultaneamente, uma a uma.

Enquanto acompanhava as idas e vindas – francês, português, português, francês – num lenga-lenga interminável, e notando que nada de novo surgia, Dornelas não pôde evitar ser transportado em mente para o Tarzan dos filmes da infância, para o grito característico emitido da ponta de um penhasco, ao lado de uma catarata, no raiar do dia, acordando todos os animais da floresta que, um a um, saíam em disparada para atender ao chamado do Rei das Selvas.

– Quer que eu fale mais devagar, doutor – disse Sueli, notando o delegado disperso, distante.

– Não, Jane. Prossiga – disse Dornelas, ainda em transe.

A mulher ficou muda. Solano arregalou os olhos e ficou rígido, como se tivesse enfiado o dedo na tomada.

– Me perdoe. Eu estava pensando aqui... – girou os dedos ao lado da cabeça o delegado. – Voltando um pouco, lembro de você ter falado do desejo de comprar um imóvel aqui em Palmyra.

– Isso mesmo – disse Sueli, de bate-pronto.

– Encontraram algum corretor, já viram alguma coisa?

Patrice parecia não entender bulhufas, pois acompanhava o papo com a cabeça para lá e para cá.

– Pedimos indicação de uma imobiliária ao caseiro da nossa pousada, mas ele não soube indicar nenhuma. No dia seguinte à nossa chegada, andamos pela cidade, na parte nova, e encontramos uma perto de um supermercado grande. Até agora, vimos uma casa no Centro Histórico e outra no caminho para Penha.

– São áreas muito distintas – ponderou o delegado.

– Muito, mas como ainda não sabemos o que queremos, estamos vendo um pouco de tudo.

– Entendo. Você pode passar o contato desse corretor?

– Está no meu celular, doutor. O Capistrano ficou com ele.

— Caparrós — corrigiu. — Lembra do nome do sujeito pelo menos?

— Osvaldo, Renato — disse a mulher, o olhar no chão de quem vasculhava a memória.

— Rinaldo — intercedeu Solano, do fundo.

— Isso mesmo — disse Sueli, virando-se para o investigador.

Solano, por sua vez, voltou-se para o chefe e completou:

— Corretor das antigas. O escritório dele fica depois do Super Chicão, na avenida principal.

— Dê uma passada lá. Agora! — O investigador saiu de fininho. O delegado voltou-se para Sueli. — Ficam até quando em Palmyra?

— Inicialmente pretendíamos ficar cinco dias. Com a ideia do imóvel, decidimos aumentar para dez. Pensamos ser o suficiente para encontrar o que queremos.

— Entendi — Dornelas fez uma breve pausa. — Vão visitar algum imóvel hoje?

— Dois na parte da tarde, no Centro Histórico.

— E vão fazer um passeio de barco agora de manhã.

— Isso mesmo, assim que sairmos daqui.

— Barco privativo ou num daqueles cheios de gente?

— Privativo — respondeu Sueli. — Temos mais liberdade assim.

— Qual o nome do barco?

— Está no meu celular também.

Paciência. Lembraria de pedir isso ao Peixoto assim que ele terminasse de baixar os dados de todos os aparelhos. Interrompê-lo agora seria pior.

Sem mais nenhuma pergunta na agulha, refletiu um pouco sobre a oitiva e teve a confirmação: o marido não contribuiu em nada para a elucidação dos fatos. Também, o que se poderia esperar de um sujeito no estado deplorável em que estava o francês na noite anterior?

Mas no fundo, uma coisa o incomodava, um assunto pedia atenção. Repassou na mente os depoimentos de ambos e notou um ruído na comunicação entre Patrice e Sueli, algo além da diferença de línguas, do movimento dos corpos, das reações às perguntas: a mulher segurava o baralho e dava as cartas na dinâmica do casal. Resolveu explorar essa via.

— Vocês têm algum trabalho na França, alguma atividade profissional, emprego, empresa?

Sueli ficou ligeiramente sem jeito com a pergunta. Patrice percebeu o desconforto dela e quis saber, de modo conspiratório, o que o delegado havia perguntado. Ela cochichou de volta, em francês. Patrice endireitou-se na cadeira preparando-se para falar. Sueli o interrompeu pousando a mão sobre o braço do marido. O gesto, mesmo sutil, não passou despercebido pelo radar do delegado.

— A família dele tem muitos recursos, são donos de uma vinícola em Bordeaux e outra em Mendoza, na Argentina. Meu marido gosta de vinhos, mas ele não faz parte da gestão. Ele recebe uma boa mesada, além de dividendos anuais.

— E você? — perguntou o delegado.

— Administro nossa casa em Paris, as viagens que fazemos e a casa em Mendoza, na vinícola da família.

— Dois imóveis. E agora querem um terceiro aqui.

— Não, primeiro aqui — apontou o indicador para o chão e prosseguiu: — O de Paris e o de Mendoza são da família dele.

Dornelas fez que sim com a cabeça e teve o cérebro atravessado por uma questão. Resolveu pô-la para fora:

— Perdoe a grosseria da pergunta, mas por que Palmyra?

Sueli deu um pulinho na cadeira e fez um breve silêncio antes de responder.

— Veja bem, doutor... acho que a melhor maneira de responder à sua pergunta seja repetir uma frase que li na parede de um restaurante em Camogli, na Itália. Dizia assim: a lógica leva você do ponto A ao ponto B. A paixão leva você a Camogli. É o que sentimos por Palmyra: paixão. A cidade é linda, tem história... Além disso, queremos um cantinho só nosso, no Brasil, na minha terra. Temos laços demais com a família dele.

O comentário gratuito deixou o delegado encafifado. Resolveu que não era hora de entrar nisso naquele momento. Noutra hora, com certeza.

– Onde você nasceu?

– Presidente Prudente, interior de São Paulo.

– Tem família por lá?

– Meus pais, um irmão, uma cunhada e duas sobrinhas.

– Quantas vezes vieram a Palmyra?

– Esta é a segunda vez. Viemos há seis meses e nos apaixonamos pela cidade, pela baía. De lá para cá, decidimos voltar para comprar alguma coisa.

Dornelas pensou um pouco, mentalmente vagou para lá e para cá e resolveu dar fim à oitiva. Olhou o relógio, ficou de pé e disse:

– Não quero atrasar o passeio de vocês.

– Obrigado por isso – disse Sueli e ficou de pé também. Patrice fez o mesmo.

– Preciso que fiquem à disposição da Justiça por mais alguns dias.

– Quantos, doutor? – quis saber a mulher.

– Alguns. Jogo rápido.

– Sem problemas.

– Vocês seguem hospedados na ilha?

– Não senhor. Fizemos checkout antes de vir para cá. Nos instalamos na Pousada do Príncipe, na parte nova da cidade. O clima na ilha ficou muito pesado.

Compreensível, pensou e anuiu com um movimento da cabeça o delegado. Trocaram apertos de mãos e o casal saiu.

Capítulo 7

Faltava pouco para 9h30. Luana e Caio chegariam a qualquer instante.

Dornelas viu-se sozinho na sala e fez um apanhado de todos os eventos desde que saíra da cama até aquele momento. Teve a nítida sensação de que os acontecimentos de um dia inteiro haviam sido comprimidos em menos de três horas.

Ao se dar conta de que ainda teria um dia inteiro pela frente, sentiu-se exaurido.

Lutou contra isso, ficou de pé e saiu para o corredor das salas. Peixoto estava enfiado nos aparelhos de celular coletados na ilha. Dada a quantidade de fios ligados a eles, e ao computador, sua mesa parecia a de um meliante envolvido em algum esquema ilícito.

Melhor não atrapalhar.

Seguiu em frente.

Pela mesa vazia, Caparrós devia estar em campo. O mesmo com as mesas de Jaque e Lotufo. Avançou para a de Solano. O investigador se contorcia ao guardar a carteira e o celular nos bolsos, a arma na cintura, preparando-se para sair.

Resolveu não interromper.

Sem ter com quem trocar uma ideia, foi à cozinha e se serviu de mais um café. Deu a primeira bicada e jogou-o na pia. Morno, intragável. Jogou o copinho na lixeira e deu na veneta ver o movimento na recepção.

Abriu dois dedos da porta e espiou pelo vão. O ambiente consideravelmente mais vazio o encorajou a escancará-la e avançar. O impacto foi ainda menor que o de antes. Havia apenas alguns jornalistas, todos entregues a um papo mole ou fumando um cigarrinho na calçada.

Trocou olhares com Marilda.

Com um gesto da cabeça, a recepcionista indicou um homem vestido de branco, olhar baixo, as mãos cruzadas no colo, aguardando num dos bancos.

Na primeira batida de olhos, Dornelas comparou o tamanho do homem com a mobília em volta e viu-se num quadro de Salvador Dali. O sujeito era enorme, maciço. Perto dele, tudo ficava distorto, fora de lugar e de proporção. As cadeiras da recepção pareciam miniaturas.

Foi ter com ele.

Ao ver o delegado se aproximar, o homem levantou a cabeça lisa, encarou-o e, sem desviar o olhar, iniciou uma manobra para ficar de pé, à primeira vista, interminável. Dornelas viu uma muralha humana erguer-se diante de si.

Com uma ponta de medo de ter os ossos esmigalhados, deu-lhe a mão para um aperto e disse:

— Sou o delegado Joaquim Dornelas.

Uma patola carnuda surgiu e apertou sua mão; uma corrente elétrica subiu-lhe do braço ao cérebro, onde um alarme foi disparado. Enrijeceu-se, inspecionou ao redor e viu-se acossado por três vorazes pares de olhos — os jornalistas do lado de fora — paralisados como ratos ofuscados por um farolete. Sorrateiramente, um deles se desgarrou do grupinho e deslizou para a recepção na tentativa de fisgar eventuais retalhos da conversa.

— André, doutor. André Cruz.

— Vamos entrar — disse Dornelas, conduzindo o homem pela porta do corredor e de lá para sua sala.

★

Convidou-o a tomar uma das cadeiras de visitas e largou o corpo na sua.

— Aqui não seremos interrompidos.

André ajeitou-se no assento e disparou:

— O Jô era meu amigo.

O delegado se acendeu como a orla de Copacabana em noite de Ano Novo.

– De onde?

– Do centro.

– Que centro?

– Centro Espírita Tupinambá, aqui em Palmyra.

– Já ouvi falar. Onde fica?

– No bairro de Taquari, 22 quilômetros de Rio-Santos a caminho de Marealto.

– Ele exercia alguma atividade lá?

– Jô era voluntário. Sou o fundador.

Dornelas associou rapidamente as palavras espírita, centro e fundador e disse:

– Você tem algum dom, mediunidade ou coisa do gênero?

– Sim. Incorporo entidades.

Entidades, repetiu em mente Dornelas, enquanto se via como que atolando os pés em areia movediça. Resolveu recuar e dar outro rumo ao papo.

– Quando fundou?

– 2005.

– Por que um centro espírita e não um posto de gasolina, uma loja de celulares?

– Foi a orientação que recebi.

– De quem?

– Das vozes e do Chico.

– Que Chico?

– Xavier.

– O médium?

– Ele mesmo.

– Arrã! – grunhiu como um animal, o delegado. A areia movediça já lhe cobria a cintura. – Conte mais.

– Eu havia perdido o emprego...

– Trabalhava em quê? – interrompeu.

– Eu era caixa nas Casas Bahia.

— Me desculpe. Prossiga!

— Então, a perda do emprego me deixou muito mal, sem grana, sem rumo, sem autoestima. Procurei por um tempo, fiz bico, mas nada firme rolou. Eu não sabia o que fazer. Até que, de um dia para o outro, comecei a ouvir vozes.

— Vozes — repetiu Dornelas, confuso.

— Sim, o senhor sabe... de espíritos.

— Espíritos?

— Gente morta, doutor, desencarnada, que partiu desse mundo, em outra dimensão.

O delegado começou a achar a conversa singular a ponto de avançar na direção da mesa e apoiar os braços sobre o tampo. A atenção era toda em André. Sem perceber, a areia movediça lhe chegava ao pescoço.

— O que diziam essas vozes?

— Como eu deveria tocar a vida dali para a frente, após perder o emprego.

— Orientações mesmo.

— Sim.

— De que tipo?

— Que eu deveria abrir um centro espírita aqui em Palmyra para atender a comunidade.

Um silêncio, como se jogassem vaca amarela. Dornelas não resistiu.

— Mas...

— Eu não conseguia acreditar naquilo. Pense comigo, doutor, como eu mesmo podia levar a sério que um ex-caixa das Casas Bahia passa a ouvir vozes do além com indicações para abrir um centro espírita?

— Tem razão. E daí?

— Pegamos um ônibus, eu e o Jô, e fomos a Uberaba bater um papo com o Chico Xavier.

— Uma viagem planejada.

— Nada! Toquei a campainha da casa dele na cara e na

coragem. Eurípedes, seu filho adotivo, veio atender e disse que, como não tínhamos nada agendado, o médium não nos receberia. E bateu a porta em nossa cara.

– Você e o Jô já eram amigos antes do centro, então!

– Nem tanto. Nos tornamos amigos depois daquela viagem.

– Explique-se.

– O Jô era um conhecido meu. Na verdade, amigo de amigos meus. Um dia, num churrasco desse povo em comum, contei para ele a respeito dessas vozes. Contrário do que pensei, o Jô achou aquilo muito interessante e sugeriu conversarmos com o Chico Xavier para ver se era loucura minha ou coisa pra valer.

– Por que o Jô entrou nessa?

– Ele sempre foi ligado em causas sociais. Quando contei do centro espírita, achou que seria ótimo ter um aqui em Palmyra para atender as comunidades pobres do município, especialmente os descendentes de escravos como ele. E eu.

Dornelas apoiou um cotovelo na mesa e o queixo na mão.

– E depois?

– Bom, sem saber o que fazer, ou para onde ir, nos sentamos na calçada em frente à casa do Chico. A primeira ideia era pegar um ônibus de volta para Palmyra e esquecer aquele assunto.

Outro silêncio.

– Mas...

– Depois de uns quinze minutos, Eurípedes apareceu e disse ter contado nossa história ao Chico, que nos recebeu de imediato.

– Como foi o papo?

– Ele não apenas confirmou a orientação das vozes, como especificou o lugar onde eu deveria abrir o centro.

– Taquari.

– Sim, mas o senhor sabe a razão?

– Não faço ideia.

– Por ali passou o mercenário alemão Hans Staden quando ficou cativo dos índios Tupinambá por noves meses. Estamos falando de 1554. Palmyra sequer existia.

— Incrível — disse o delegado. — Mas onde entra o Jô nisso tudo?

— Aí é que está, por isso vim conversar com o senhor. O Chico me orientou a respeito do centro e alertou o Jô a respeito de um conflito de terra.

Para o delegado, o interesse na conversa atravessou o forro, o telhado e chegou às nuvens.

— Que conflito?

— O Jô era dono de uma terra aqui no município, coisa que a família dele recebeu com a abolição da escravatura e, não me pergunte como, chegou até ele.

— Conte mais.

— Bom, o Chico avisou que ele se envolveria num conflito de terra que poderia lhe custar a vida. Pelo jeito, custou.

Dornelas estava profundamente intrigado. André completou:

— Achei que o senhor iria gostar de saber.

— Gostei muito. Onde fica essa terra?

— Um pouco antes de chegar ao centro, pela Rio-Santos, do lado do mar.

— Como é, tem mata, casa...?

— Um costão de mata, uma prainha no meio. Uma beleza de lugar. Tem uma vista linda para a baía de Palmyra. É tudo que sei.

— Você pode dar um endereço ou desenhar um mapa de como posso chegar lá?

— Claro! O senhor pode me dar um papel e uma caneta?

Dornelas forneceu uma folha puxada da impressora e uma caneta tirada da gaveta. Surpreendeu-se de não terem lhe roubado as canetas além das barras de chocolate. André rabiscou um mapa e lhe devolveu tudo. O delegado estudou as orientações e assegurou-se de ter entendido.

— Obrigado.

— Não é difícil — disse André.

Num gesto estudado, o delegado colocou o desenho de lado, tamborilou os dedos no tampo da mesa enquanto caçava novas perguntas na mente. Encontrou uma. Disse, meio sem jeito:

— Peço que compreenda, pois ainda estamos no início das investigações, mas... você sabe o nome completo do Jô?

André abriu um sorriso.

— Joviro dos Reis, doutor.

Finalmente, pensou o delegado e disse:

— Obrigado por isso e por vir até aqui. Onde posso encontrá-lo caso surja alguma dúvida, pergunta... sei lá?

— Estarei em Palmyra por apenas mais alguns dias.

— Vai viajar?

— Moro em São Paulo. Passo mais tempo lá do que aqui.

Dornelas ficou confuso.

— Mas você não tem um centro espírita aqui?

— Tenho, mas como fundei um centro espírita lá também, fico entre lá e cá. Venho a Palmyra apenas para as giras de umbanda que organizamos.

Soterrado na areia movediça, no fundo, a própria ignorância, Dornelas foi salvo por sua curiosidade insaciável.

— Quando acontece isso?

— Finais de semana.

— Você vai embora amanhã, então — presumiu.

— Não senhor. Ficarei a semana toda aqui. Aproveitei a vinda para terminar meu livro.

— Qual o tema?

— Educação espiritual.

Sentindo-se atraído para o assunto como mariposa por luminária de padaria, o delegado disse de um jeito meio idiota:

— Gosto muito de ler filosofia, os estoicos, biografias. Nunca li nada sobre isso.

André abriu um sorriso.

— Participe de uma cerimônia no centro um dia desses, doutor.

Dornelas ensaiou incorporar seu lado prático, puramente investigativo, mas ficou receoso e disse:

— Participar?

André captou a dúvida pairando na alma do delegado.

— Fique tranquilo. Não nos envolvemos com espíritos sombrios, trevosos nem fazemos trabalhos de demanda como macumba ou magia negra. Nada disso. Luz é nosso caminho. — O delegado não pareceu convencido, tanto que André insistiu: — Apareça lá! O senhor é um dos nossos.

— Dos nossos como? — rebateu Dornelas, ressabiado.

— O senhor também é luz na escuridão.

— Luz?

— Sim. Em suas investigações, o senhor leva luz onde impera o medo, a mentira, a maldade.

— Raízes de todos os crimes — completou Dornelas e ficou pensativo. Ele jamais havia analisado seu trabalho da perspectiva do espiritismo. Esse era um ângulo novo. Não podia dizer que ficou exultante, como se tivesse recebido um elogio, mas gostou do que ouviu.

— Amanhã faremos um encontro para os médiuns da casa e alguns voluntários. Teremos pouco atendimento ao público. O senhor é meu convidado. Dê um pulinho lá.

— A que horas?

— A partir das 14h. Vista-se de branco e tente chegar cedo. É complicado estacionar o carro.

Dando o papo como encerrado, o delegado ficou de pé e estendeu a mão sobre a mesa.

— Estarei lá. Obrigado pelo convite e por vir à delegacia.

André estendeu a patola, envolveu a mão do delegado na sua e, como que articulado por um ventríloquo invisível, apertou-a ainda mais e disse, o olhar vazio de boneco:

— O espírito do Jô está inquieto. Resolva este carma e liberte a alma dele. Está no seu caminho. — Dornelas puxou a mão. André voltou a si e concluiu: — Foi um prazer. Nos vemos amanhã.

Deu as costas ao delegado e saiu.

★

Intrigado com o que acabara de ouvir, Dornelas sentou e ficou pensativo, para não dizer um pouco desorientado. Mas como tinha outros assuntos a tratar, afastou-se da confusão pegajosa e olhou o relógio. Aproximava-se das 10h. Agarrou o telefone num bote e ligou para Marilda.

— Chegou um casal para depoimento? — perguntou assim que a recepcionista atendeu.

— Nada, doutor.

Bateu o telefone. Merda, será que os desgraçados voltaram para São Paulo? Se sim, o que fazer?

Em questão de segundos, pensou em como poderia retê-los na estrada, se é que, a essa altura, Luana e Caio já não estariam estirados no sofá de casa, na capital paulista. Avaliou o emaranhado burocrático para trazê-los a Palmyra e ficou uma onça de bravo, sobretudo consigo mesmo. Grande idiota confiar no rapaz e não ter requerido prisão preventiva quando surgiu a oportunidade.

Movido por um impulso assassino, ficou de pé, saiu da sala e foi para a de Peixoto. Ao chegar, resolveu agarrar-se à maçaneta para não ser arrastado pela corrente de raiva, lava pura, que lhe fluía do peito.

O vice, por sua vez, parecia hipnotizado pela tela do computador. Sobre a mesa, o teclado, o mouse, três aparelhos de celular e um emaranhado de fios.

— Tá vendo putaria? — esbravejou o delegado.

Sem nem sequer tirar os olhos da tela, Peixoto respondeu:

— Quem dera. Essa merda demora uma eternidade.

— Aquele casalzinho, Caio e Luana, não deu as caras. Você encontrou alguma coisa no celular deles?

— Ainda não terminei de baixar todos os dados, doutor. Aliás, o senhor falou com o juiz, conseguiu a autorização para a quebra de sigilo? — apontou para os aparelhos à sua frente — Sem isso, estamos fodidos.

— Não estou com cabeça para isso. Tenho coisa mais importante pra pensar. Resolva você.

— Beleza.

— Lembre-se — ressaltou o chefe com o dedo em riste — peça quebra do sigilo dos dados apenas. Não precisamos mais de autorização para os registros das ligações. O Lotufo está cuidando disso.

— Perfeito.

— Mas antes ligue no hotel. Veja se eles sabem de alguma coisa.

— Deixa comigo — disse Peixoto, apertando um botão no teclado. — Já aviso o senhor do que eu descobrir.

— Urgente!

Soltou a maçaneta e recuou para o corredor.

Voltou para sua sala e largou o corpo na cadeira.

E agora?, questionou-se enquanto coçava os olhos. O sentimento de impotência diante de tamanha estupidez era avassalador.

Aguardou um bocado e o telefone tocou. Atendeu num safanão.

— Diga.

— Más notícias — disse Peixoto. — Eles fizeram o checkout hoje cedo, às 8h em ponto, e pegaram o carro.

— Como? A chave está comigo. — Um vácuo, um lampejo e um tapa estalado na mesa. — O filho da puta tinha uma cópia da chave.

— E agora?

— Ainda não sei.

— Mais alguma coisa?

— Me diga o que encontrou ao terminar aí.

— Deixa comigo.

Desligaram, não teve sequer tempo de tirar a mão do aparelho e o telefone tocou novamente. Atendeu.

— Sim.

— Doutor, chegou um casal aqui para depor. Mando entrar?

Uma injeção de entusiasmo.

— Não. Vou até aí.

Atirou-se para fora da cadeira e ganhou o corredor.

Esse Caio que se cuide, pensou ao abrir a porta para a recepção e dar com uma moça, um menino em seu colo e um rapaz, em frente à mesa de Marilda. Numa primeira impressão,

Dornelas achou-os muito novos para serem os pais da criança. Os sinais físicos eram evidentes. A moça tinha espinhas no rosto e o rapaz uma barba ralinha que mal escondia sua juventude.

— Doutor, são eles, Robson e Elma — disse a recepcionista.

— E o Pedrinho — completou a moça, acariciando a cabeça do menino.

O delegado estendeu a mão com cautela enquanto vasculhava a memória para saber de onde os conhecia, se conhecia. Viajou no passado, chegando quase à era dos dinossauros, e teve um estalo.

— Vocês cuidam da Ilha Plana, os caseiros!

A moça tomou-lhe a mão.

— Sim. Eu e meu marido administramos o lugar. Meu pai é dono da ilha.

O delegado se desvencilhou da mão dela e apertou a dele.

— Bom dia, doutor. Meu nome é Robson.

— Meu investigador marcou com vocês, correto?

— Isso mesmo — confirmou Robson. — Ele pediu para virmos às 10h.

Dornelas voltou-se para Marilda.

— Caparrós disse quando estaria de volta?

— Nada. Ele saiu afobado com umas coisas nas mãos.

Com Caio e Luana fugidos, uma lacuna abriu-se na agenda. Achou por bem aproveitar o tempo.

— Vamos resolver isso já.

Capítulo 8

Com os olhinhos em meia fase e a cabecinha apoiada no ombro da mãe, o menino resmungou com os trancos de Elma se ajeitando numa das cadeiras de visitas.

— Calma, Pedrinho — disse ela. — Agora o papai e a mamãe precisam conversar com o delegado.

A palavra delegado deixou o menino em alerta. Num salto, ele ficou de pé no colo da mãe e passou a estudar a sala. Os olhinhos varreram o porta-retratos sobre a mesa, o computador, o relógio digital em formato de bananas de dinamite — fios encaracolados ligando todo o conjunto — e a arma ao lado do telefone, onde se fixaram num misto de pavor e curiosidade.

— Ele é ladrão, pai? — quis saber, o indicador esticado na direção de Dornelas.

Robson ficou lívido.

— Que isso, filho — disse e acariciou a cabeça do menino como se temesse ser mordido por um leãozinho travesso. Voltou-se para o delegado. — Me perdoe. Isso é tudo novo para ele. Saímos pouco da ilha.

Dornelas estudou a família por alguns segundos e concluiu que não passavam de duas crianças grandes cuidando de outra menor. O desenrolar do papo confirmaria ou não essa primeira impressão.

— Não esquente — disse num leve sorriso enquanto, como um mágico, deslizava a arma para uma das gavetas. — Vocês querem um café, uma água?

O casal trocou olhares, murmúrios e Robson respondeu:

— Dois cafés e duas águas, por favor.

Com a arma fora de circulação, a curiosidade do menino pousou no relógio digital. E ali ficou até se tornar insaciável e o corpinho começar a se mexer, desvencilhar-se do abraço da mãe e os pezinhos chegarem ao chão. Elma tentou agarrá-lo, mas o moleque escapuliu, deu a volta por trás da cadeira e se aproximou da mesa pelo outro lado, perto do aparelho.

— Pedrinho — disse Robson, rispidamente.

Sem efeito.

Dornelas entendeu o desejo do menino e resolveu entregar o relógio para ele brincar. Era isso ou não haveria inquérito.

— Não deixe cair, por favor.

Num misto de pavor e admiração, os olhinhos atentos encararam o delegado enquanto as mãozinhas hábeis agarraram o aparelho e o espremeram contra o peito. Satisfeito, o moleque se ajeitou no chão e começou a estudá-lo sobre o colo.

Paz, enfim.

O delegado passou a mão no telefone e discou três teclas. Disse, assim que Marilda atendeu:

— Traga três copos de água e três cafés na minha sala, por favor. Faça um novo. O da garrafa térmica não presta.

— Pode deixar, doutor.

Desligou. Coçou a cabeça, olhou para Elma, Robson, ida e volta — o tema era vasto — e resolveu perguntar mais para si do que para o casal do outro lado da mesa.

— Por onde começamos?

Marido e mulher se entreolharam. Robson tomou a palavra:

— O senhor manda.

— Que tal pelo cachorro?

— O que o senhor quer saber? — rebateu Elma.

— Quem tinha a chave do cadeado?

— Apenas eu, doutor — disse Robson com o dedo no ar. — Sou o único capaz de lidar com aquela fera. Quer dizer, era.

— Onde você guarda a chave?

– Num prego ao lado da porta de entrada de casa.

– Fora do alcance do Pedrinho?

Ao ouvir seu nome, o menino levantou a cabeça e voltou-se ao pai.

– Cadê o pavio?

Robson ficou nervoso com a interrupção e disparou:

– Agora não, filho. – Voltou-se para o delegado. – Sim, no alto. Além disso, ele nunca se interessou pelo cachorro. Pelo contrário, o Pedrinho sempre teve medo do Boris.

– O nome do cachorro era Boris?

– Sim, Boris Karloff.

– O ator de cinema.

– Ele mesmo.

– O cachorro era seu?

– Sim senhor.

– Você deu o nome?

– Arrã. O Boris sempre meteu medo em todo mundo – sorriu Robson.

Dornelas achou curioso um jovem de barba rala dar ao cachorro o nome do famoso ator de filmes de terror do século passado. Não viu razão para se estender no assunto.

– Quantos anos você tem?

– Vinte e cinco.

Voltou-se para Elma.

– E você?

– Vinte e dois.

Lembrou do que Solano dissera na noite anterior, mentalmente fez uma conta rápida e disse:

– Teve o Pedrinho com dezessete, presumo.

– Isso.

Com o menino perto, não quis explorar a possibilidade de um acidente de percurso, como uma gravidez não planejada ou coisa do gênero. Além disso, não era da sua conta. Retomou com Robson.

– Havia uma cópia da chave em algum outro lugar?

– Não senhor.

– Que explicação você dá para o cadeado ter sido aberto e o cachorro ter sido solto com hóspedes na ilha?

– Alguém pegou a chave ao longo do dia ou quando saí para desligar o gerador.

– Como assim?

– Estava lá quando pus comida ontem de manhã.

– A que horas?

– Assim que acordei, às 6h30.

Embora não cuidasse mais do assunto, Dornelas pensou nas duas refeições diárias de Lupi.

– O cachorro comia apenas uma vez por dia?

– Não, duas.

– A que horas era a segunda?

– No final do dia, tipo 18 horas.

– A chave estava lá nesse horário?

– Sim e não.

– Não entendi.

– Estava na casa, mas sobre a pia da cozinha e não no prego. Isso é incomum. Nunca aconteceu. Sou bem Caxias com os procedimentos.

– Quem poderia ter mexido nela?

– Eu é que não – disse Elma.

– Aí está o problema – emendou Robson. – Não faço ideia.

Dornelas anotou esse detalhe num canto da mente. Tendo, por ora, coberto a questão da chave, resolveu seguir em frente.

– A que horas você desliga o gerador?

– Às 22 horas.

– Religiosamente?

– Sim senhor.

– A chave estava no prego quando você saiu pra isso ontem à noite?

– Confesso que não olhei.

— E depois do crime, com minha equipe na ilha, a bagunça, a escuridão?

— Estava lá. Mostrei para o seu investigador.

O delegado prontificou-se em confirmar essa informação com Solano, sabe lá quando. Com detalhes do caso surgindo como cogumelos em solo fértil, por segurança, pegou um lápis e rabiscou algumas palavras no bloco de notas, ao lado do computador. Voltou a atenção para Elma.

— Suponho que, enquanto seu marido desliga o gerador você fica em casa com o Pedrinho.

— Isso mesmo. É a hora em que coloco o menino na cama. Para mim, e para o Pedrinho, apagar a luz da ilha é o mesmo que apagar o abajur.

— Vocês deitam logo depois disso? — perguntou ao casal.

— Ela sim — respondeu Robson. — Fico no *tablet* assistindo a algum filme.

— Todas as noites?

— Quase todas.

— Dentro ou fora da casa?

— Em dias quentes, fora. Com a friaca de ontem, fiquei dentro.

— Com fones de ouvido ou sem?

— Sempre com fone. Não quero incomodar ninguém, muito menos os hóspedes.

— E se os hóspedes precisarem de alguma coisa, como você faz?

Robson puxou um aparelho celular do bolso e levantou-o no ar.

— Não largo disso. Eles mandam tudo por WhatsApp.

— Houve algum chamado ontem à noite?

— Nada.

A porta foi aberta. Marilda entrou com uma bandeja nas mãos. O silêncio imperou na sala enquanto a recepcionista depositava as bebidas na mesa, diante de cada um. Ao terminar, voltou-se para o chefe.

— O menino não quer nada, doutor?

Constrangido por esquecer do Pedrinho, Dornelas lançou um olhar suplicante para Elma. A mulher agradeceu com a mão no ar.

— Tenho um copinho na bolsa. Não se preocupe.

Questão resolvida. Marilda saiu e fechou a porta. O delegado deu um golinho no café e retomou o inquérito com Robson.

— Como você ficou sabendo do crime?

— Escutei um grito.

— Mesmo com o fone?

— Sim, foi atrás de casa. E muito alto.

— O que você fez?

— Saí correndo para ver o que aconteceu.

— O que você viu?

— Primeiro, o francês.

— Como ele estava?

— Desesperado. Falou algumas coisas que não entendi e correu para o chalé dele.

— E depois?

— Fui para onde ele apontou e vi o corpo pendurado. Um horror!

— Mais alguma coisa?

Robson levantou sua xícara, bebeu um gole e respondeu:

— Voltei para casa e liguei para a PM no 190.

Mais rabiscos no bloco de notas: confirmar chamada da PM. Pelo que lembrava, Sueli havia ligado para a Polícia Civil. Largou o lápis e retomou o inquérito.

— E o cachorro?

— Achei estranho ele não ter latido com a confusão. Não demorou para eu encontrá-lo deitado. Ao ver os olhos vidrados e a língua de fora, presumi que estava morto.

— Vamos voltar um pouco. Como você assiste filmes com o gerador desligado? Sem energia na ilha, sem internet.

— Sem wi-fi, doutor. O sinal do 4G é fraco, mas pega. Por essa razão, faço o *download* do que quero assistir durante o dia. Os filmes são meus passatempos depois do trabalho.

Dornelas fisgou a deixa.

– Falando de trabalho, qual a rotina de vocês?

Elma, de xícara em punho, tomou a palavra.

– Acordo cedo, tipo cinco e meia, quando Pedrinho acorda para mamar – e deu um golinho.

– E eu às seis e meia – disse Robson.

– E sai para dar comida ao Boris – completou o delegado.

– Isso mesmo.

– E depois?

– Arrumo os colchonetes nas espreguiçadeiras e coloco as toalhas nos cestos.

Dornelas virou a xícara e voltou-se para Elma.

– E você?

– Vou para a cozinha preparar o café da manhã.

– E eu arrumo as mesas no restaurante – emendou Robson.

O delegado fisgou a deixa mais uma vez.

– Uma curiosidade: por que dois restaurantes numa ilha tão pequena?

Elma respondeu desta vez.

– Recebemos os barcos de Palmyra com hóspedes para passar o dia na ilha.

– O dia? Quem alimenta essa gente?

– A comida deles vem nos barcos.

Um vácuo. Dornelas resolveu esperar Robson terminar seu café e pousar a xícara na mesa. Elma fez o mesmo e prosseguiu:

– Temos um acordo com a Secretaria do Meio Ambiente: não podemos cozinhar pratos elaborados na ilha, pelo lixo que essa atividade produz. Por essa razão, toda a comida consumida ali é levada pronta pelos barcos.

– Com exceção do café da manhã – completou o delegado.

– Isso mesmo – confirmou Elma. – E a nossa comida.

– É claro – ratificou Dornelas.

– Essa é a razão de termos dois restaurantes – emendou Robson – um para os hóspedes e outro para os passageiros dos barcos.

— De quem são esses barcos?

— Do meu pai — disse Elma. — Ele os opera. São dois.

— Que tipo?

— Escunas — respondeu Robson.

— Quantos pés?

— Uma tem 70 e outra 80 pés.

— Mas estão velhas — completou Elma. — Ambas precisam de uma boa reforma. Meu pai está estudando a melhor época para fazer isso. Uma de cada vez, é claro.

— Entendi — disse o delegado, pensativo. — Vocês dão conta de atender a todos, os passageiros e os hóspedes?

— Não senhor — disse Elma. — Cuidamos apenas dos hóspedes. A equipe de cada barco se responsabiliza pelos demais turistas.

— Quanta gente em cada tripulação?

— Um marinheiro e dois ajudantes. Eles ajudam no embarque e desembarque, com a comida e com o serviço na ilha. Na hora de irem embora, tratam também de recolher e levar o lixo para a cidade.

— Providenciem os dados dos seis o mais rápido possível — instruiu o delegado.

— Mando ainda hoje — disse Robson.

— Vocês lembram de ter visto algum movimento estranho ontem, ou nos últimos dias?

Marido e mulher se entreolharam, em dúvida.

— Nada fora do normal — murmurou Robson e voltou-se para Elma. — Você viu alguma coisa?

— Nada.

Dornelas fez uma breve pausa e deu-se conta de que sentia a bunda quadrada por passar boa parte da manhã sentado fazendo perguntas. Por puro divertimento, deslizou a cadeira para perto do menino e perguntou:

— E você, Pedrinho, viu alguma coisa?

Sem nem sequer tirar os olhos do relógio, o menino respondeu quase num sussurro:

— Um homem.

A frase teve o efeito de um tabefe de mão cheia no rosto de cada um. Robson arregalou os olhos de assombro, mal piscava. Elma ficou lívida. Por um instante, até o delegado parou de respirar.

Para não perder o fio do que acabara de ouvir e assustar o menino, Dornelas achou melhor não mexer nem ao menos um milímetro do próprio corpo. Limitou-se a lançar um olhar desesperado para Elma. Ninguém melhor que a mãe para assumir o inquérito a partir daquele ponto.

Foram precisos alguns segundos para que os adultos se recompusessem e o movimento voltasse na sala. Elma foi a primeira a se mexer. Ficou de pé, andou até o menino, sentou ao lado dele no chão e disse:

— Que homem, filho?

— Um homem — repetiu o menino. — Ele até brincou comigo.

Elma ficou assustada. Robson tentou interferir. Dornelas impediu-o com um aceno de mão.

— Onde você viu esse homem? — tateou Elma.

Os dedinhos exploradores largaram os fios, o menino levantou a cabeça e encarou a mãe.

— Em casa.

— Quando?

— Ontem, acho.

— Como era esse homem?

— Igual ao tio Luís.

Dornelas deslizou a cadeira devagarinho de volta para o lugar e sussurrou por sobre a mesa para Robson, ainda em choque.

— Quem é esse tio Luís?

— Meu melhor amigo — disse o marido, baixinho.

— Igual como?

Robson levantou-se a meio, avançou sobre o tampo da mesa e sussurrou de volta.

— O Luís é negro.

Chocado com a revelação, Dornelas deslizou rapidamente a cadeira para perto do menino e disparou:

— Como era esse homem, gordo, magro, alto, baixo?

Nada feito. A falta de tato e o entusiasmo do delegado assustaram o menino e ele não disse mais nada.

★

O impacto da informação fez Dornelas recuar a cadeira e afundar-se no assento. Se a questão racial exigia cuidado, agora esse cuidado deveria ser redobrado. Voltou a tomar posse da mesa e disparou:

— Qual a capacidade de passageiros em cada barco?

— 75 no maior e 60 no menor — disse Elma. — Mas ontem foi sexta-feira, um dia fraco. Não tinha muita gente.

— Quero a lista de passageiros dos dois barcos.

— Cuido disso — prontificou-se Robson.

— Da última semana inteira — completou.

— Os barcos operam apenas de terça a domingo.

— Que seja — disse Dornelas. — Vocês têm os dados de onde os passageiros se hospedam?

— Não senhor — respondeu Elma. — Meu pai pega apenas nome e CPF. Muitos dos turistas não pernoitam em Palmyra. A maioria vem apenas passar o dia.

— Quero o contato do seu pai também.

Elma intentou pegar a bolsa na cadeira. Dornelas a impediu com um gesto da mão.

— Na saída. — Fez uma pausa reflexiva e olhou para Pedrinho brincando no chão. Resolveu investigar: — O menino fica sozinho enquanto vocês trabalham?

— Só enquanto brinca ou desenha — disse Elma. — Quando sai de casa, fica sempre perto de um de nós. Ele ainda não sabe nadar.

— A ilha é perigosa para uma criança. O senhor sabe, todos aqueles deques, rochas, mar pra todo lado — acrescentou Robson.

— Ele não sai nem para dar uma voltinha por conta própria?

— Não senhor. Ele passa horas no chão do quarto brincando, desenhando, ou diante da TV assistindo aos desenhos animados.

O delegado lembrou-se de Helena no café da manhã. Não colocou em palavras. Quanto menos intimidade, melhor.

— Mas e se ele quiser sair?

— Ele chama um de nós — disse Elma.

— Pelas janelas — completou Robson, captando o que o Dornelas queria saber. — Ou pelas portas da frente e dos fundos, as quais são divididas ao meio. Deixamos apenas a parte de cima aberta. Mas estamos sempre por ali. A casa é pequena. A ilha é pequena.

— E a escola, ele não vai?

— Começa no próximo ano — disse Elma.

— Vocês contrataram algum serviço externo nestes dias, sei lá, manutenção do gerador, encanador, coisa assim?

— Nada. Felizmente, está tudo funcionando — respondeu Robson.

— Compreendo — disse Dornelas, meio desapontado.

Mais uma pausa. Mergulhou então na própria mente para se certificar de não ter deixado nenhuma ponta solta. Viu uma.

— Se acontecer alguma coisa durante o dia ou a noite, que exija socorro imediato, sei lá, algum hóspede se machuca ou coisa parecida, o que vocês fazem?

— Temos um bote inflável e um motor de popa de 15hp.

— Onde estão? Não os vi na ilha.

— Ficam num quartinho anexo à nossa casa.

— Qual a razão disso?

— Bom, se o deixarmos em um dos deques, a chance de ser roubado durante a noite é grande. Aconteceu uma vez.

— Mesmo com o Boris?

— O Boris era uma fera, mas não gostava de água.

Dornelas beliscou os lábios e olhou bem para o casal à sua frente. Eles podiam ser jovens, mas dominavam o trabalho e tinham uma boa noção de como lidar com o Pedrinho. Procurou alguma outra questão a fazer e, nada encontrando, repetiu pela segunda vez no dia:

— Preciso que vocês fiquem à disposição da Justiça.

Ficou de pé, cumprimentou os pais e foi até o Pedrinho para pegar o relógio.

Capítulo 9

Sozinho na sala, pôs o relógio de volta no lugar e começou a pensar sobre o que acabara de ouvir. Não foi pouca coisa. Encafifado com a chave do cadeado sobre a pia – e não no prego ao lado da porta – e com o homem visto pelo Pedrinho na casa, ponderou sobre a fragilidade de basear a investigação no depoimento de um menino de cinco anos. Por outro lado, a pureza e a honestidade da resposta não podiam ser ignoradas.

Vendo-se caminhando sobre o fio de uma navalha, decidiu por confiar no Pedrinho, mas com cautela.

Com a equipe em campo, um casal foragido e um caminhão de requisições aguardando respostas, resolveu sair em campo também.

Sentia-se um prisioneiro entre as quatro paredes da sala.

O corpo pedia ação.

Recolheu o celular sobre a mesa, o mapa do médium, a carteira e a arma na gaveta, e deu o fora.

★

Saiu da delegacia como entrou: pela porta dos fundos, incógnito.

Pegou o carro, a avenida principal e ganhou o trevo com a Rio-Santos, na saída da cidade.

Jogado sobre o banco de passageiros, o mapa de André Cruz estava fresco na mente. Por essa razão, virou à direita no sentido de Marealto e passou a alternar a atenção entre a estrada, a quilometragem no odômetro e as indicações no caminho sem ao menos consultá-lo.

Depois de mais ou menos vinte quilômetros, viu de longe uma estradinha de terra saindo da principal. Parou o carro um pouco antes, no acostamento. Certificou-se no mapa de que estava no lugar certo, engatou a primeira e entrou nela.

Deu numa pirambeira, que se comparava a uma descida ao inferno de tão íngreme. Seria impossível subi-la de volta em dias de chuva.

Atirou-se com o carro morro abaixo.

Desceu aos sacolejos num ziguezague frenético, pé firme no freio, por uma estradinha que terminava numa clareira rodeada por mata espessa, de onde saía uma trilha.

Desligou o motor, saiu e trancou a porta.

Estudou o terreno em volta.

Diversas marcas largas de pneus se entrecruzavam em círculos na terra batida. Concluiu ser uma área de manobras de algum veículo grande, talvez caminhão.

Olhou o relógio. Passava das 11h. O mormaço sufocante exaltava o odor de mata virgem. O suave e incessante gorgolejo do mar fazia-se ouvir através da folhagem. Imaginou estar a meio caminho entre a estrada e a praia.

Entrou na trilha, andou um pouco e teve a sensação de estar sendo vigiado. Ignorou e seguiu adiante.

A sensação não o abandonava.

Resolveu investigar. Estacou e afiou os ouvidos. Passou a escutar apenas os piados de um ou outro pássaro.

Desconfiado, retomou a caminhada e ouviu um estalo, como o de um galho sendo quebrado. Estacou de novo e abriu o clipe do coldre, liberando a arma.

Como um predador faminto, varreu em minúcias a mata em volta e identificou um vulto ao longe, um homem, se afastando devagarinho, morro abaixo.

– VOCÊ AÍ!

O sujeito parou, virou-se para onde estava o delegado – um olhar assustado – e largou-se a correr na direção oposta. Dornelas logo o perdeu de vista e passou a ouvir apenas os baques surdos de patadas no chão.

Sacou a arma e desatou a correr como um louco atrás dele, no sentido da praia. Pulou raízes expostas, sulcos, atravessou trechos de lama, subiu e desceu morrinhos, pedras enormes, escorregou mais de uma vez e quase se esborrachou numa curvinha, onde teve de se apoiar num tronco. As solas lisas dos tênis não ajudavam.

Ouviu então um barulho de motor e apertou o passo.

Suado, resfolegando como um cavalo, correu mais um bocado, o coração às batucadas, as pernas como gelatina, e o fim da mata descortinou uma prainha de ondas vorazes, onde uma voadeira com motor de popa cortava velozmente, e aos pinotes, a rebentação. Pela distância, não conseguiu ler o nome no costado.

— MERDA — meteu a arma de volta no coldre.

Limitou-se a seguir a trajetória do barquinho até ele sumir por detrás das rochas na ponta da praia, no sentido da cidade. Considerou pegar o carro e, quem sabe, interceptá-lo mais adiante. Abandonou essa ideia. A empreitada seria demais para ele.

Dornelas se dedicou a recuperar o fôlego e a estudar ambos os lados da praia e a cidade ao longe. André Cruz tinha razão. Daquele ponto, a vista de Palmyra era um espetáculo digno de um cartão postal ou de um tabuleiro de quebra-cabeças.

Com tempo livre, resolveu aproveitar a viagem e dar uma boa olhada em toda a área.

Andou até a trilha de pegadas deixadas pelo barqueiro na areia, da mata ao mar, e estudou as marcas do casco da voadeira ao ser arrastada de volta para a água. Olhou aqui e ali e decidiu seguir as pegadas, praia acima.

Estacou no fim da areia e embrenhou-se na floresta por onde o sujeito havia saído. Com os cotovelos altos para se proteger dos galhos, folhas e espinhos, deu numa zona de devastação, numa cratera. À primeira vista, considerou ter sido feita pela explosão de uma bomba. Mas, ao ver a terra revirada coberta de lascas e serragem e, mais adiante, um imenso tronco deitado picado em toras menores, certamente para serem transportadas, concluiu estar numa área de desmatamento.

Isso explicava as marcas de pneus de caminhão na clareira.

Avançou morro acima e viu de longe a corrente dentada e imunda de uma motosserra. Aproximou-se e encostou as costas da mão na tampa do motor. Quente. Ao lado, um gerador portátil. Encostou a mão neste também. Frio.

Ao pé da árvore mais próxima, havia uma mochila e um vasilhame. Abriu a mochila e encontrou um misturador de combustível, um litro de óleo, um garrafão plástico e um cantil. Abriu a tampa do garrafão e meteu o nariz no bocal: gasolina.

Sabendo que poderiam ser usadas como provas no processo da morte do Jô, sacou o celular do bolso e tirou várias fotos de todo o aparato.

Ao terminar, ligou para a delegacia.

Nada. Não havia sinal.

Certo de ter aprendido bastante no que imaginara ser um passeio sem compromisso, alcançou a trilha mais adiante, pegou o carro e voltou para a Rio-Santos.

★

Pisou fundo, saiu da estrada e entrou na cidade.

Em vez de voltar para a delegacia, seguiu adiante e estacionou o carro, sem muito capricho, numa ruela dois quarteirões antes da entrada do Centro Histórico.

Desceu e, a passos largos, cruzou a rua e entrou na recepção de um predinho comercial de apenas dois pavimentos. As lojas do térreo estavam abertas. O relógio na parede atrás da recepção marcava 12h53. A recepcionista não estava lá. Dornelas presumiu que ela havia ido embora ou estava no banheiro.

Não havia um minuto a perder.

Subiu a escadaria pulando degraus e tocou a campainha no Cartório de Ofício Único de Palmyra.

Aguardou.

Nada.

Pelas letras vazadas no vidro fosco, deu uma espiada na recepção, não viu ninguém e tocou a campainha mais uma vez. Alguns segundos depois, surgiu um vulto do lado de dentro que destrancou e abriu a porta.

— Boa tarde, Lurdirene. Preciso da sua ajuda — disse o delegado. — Urgente!

A mulher, irmã de Solano, enfiada num vestidinho preto dois tamanhos menores que o corpo, estudou-o de alto a baixo e fixou-se na imensa marca de suor na camiseta.

— O senhor veio correndo, doutor?

— Mais ou menos.

Agarrada à porta, Lurdirene recolheu uma perna e passou a esfregar a panturrilha da outra com o calcanhar. Apoiada num pé como uma cegonha, disse:

— Por que o senhor não dá uma chegadinha aqui na segunda cedo? Hoje o expediente termina às 13h. Estou de saída para um churrasco na casa da minha vizinha.

Sem sucesso pela via tradicional, o delegado resolveu apelar para o drama.

— Você soube da morte do Jô?

— Deus do céu, que horror! O homem estava vivinho da Silva dia desses, em frente à Igreja de Santa Thereza, e hoje acorda morto. Quem vai imaginar, não é mesmo?

Dornelas segurou um sorriso.

— Pois é! O Jô era proprietário de um terreno no caminho para Marealto. Pode ser o motivo de ele ter sido morto. Preciso resolver isso rápido. E antes que a imprensa descubra.

Os olhos giraram frenéticos nas órbitas, e Lurdirene logo viu a oportunidade de participar, mesmo que num papel secundário, da elucidação do que parecia uma trama digna de novelas da Globo. Sem falar na boa dose de perigo e excitação que certamente quebrariam sua modorrenta rotina burocrática.

Ela se firmou no lugar, largou a porta e escancarou-a.

— Entre, entre.

Dornelas deu dois passos e entrou. Lurdirene fechou a porta atrás de si, trancou-a e voltou-se ao delegado, exalando presteza.

— O senhor quer a matrícula atualizada do imóvel, não é?

— Isso mesmo.

— Venha comigo.

A mulher iniciou um balé estudado cheio de glamour cartório adentro. Dornelas logo captou as intenções dela e ficou em alerta. Mesmo assim, seguiu entretido pelo rebolado que o guiou para um salão repleto de mesas de trabalho. Não havia mais ninguém ali. Lurdirene se ajeitou detrás de uma das mesas e pegou uma caneta e um papel.

— Senta, doutor. — Dornelas assim o fez numa das cadeiras de visitas. — Qual era mesmo o nome do Jô?

— Joviro dos Reis.

Ela rabiscou o nome no papelzinho.

— O senhor tem o número de ordem?

— Não, infelizmente.

Lurdirene voltou-se para a tela do computador, digitou alguma coisa no teclado e aguardou.

— Nada no sistema.

— Parece que ele recebeu esse terreno de herança, coisa que veio dos tempos da escravatura — completou o delegado.

— Ah!, assim a coisa muda. Com certeza ainda não foi digitalizado — a mulher arregalou os olhos numa expressão vazia. Nos bastidores, a mente escarafunchava freneticamente os arquivos do cartório inteiro. — Deve estar num dos livros genéricos.

Ficou de pé e sumiu por uma porta. O delegado presumiu ser a sala de arquivos.

Sem nada para fazer, a não ser aguardar, Dornelas olhou o relógio e verificou a caixa de entrada dos e-mails no celular. Não havia nada relevante ali. Verificou, então, no WhatsApp, se o Chagas havia enviado as fotos da vítima solicitadas de manhã.

Nada também. Ligaria para ele em breve cobrando isso. Ficou de pé e foi ao bebedouro tomar um copo d'água.

O celular tocou. Olhou o nome no visor, colou o aparelho na orelha e disse:

— Tudo bem por aí?

— Você não vem almoçar? — quis saber Dulce, do outro lado da linha.

— Daqui a pouco. Estou terminando um negócio aqui.

— Aqui onde?

Deus do céu, a rádio patroa não descansa!

— No cartório.

— Já não fechou? Quem está aí com você?

— A Lurdirene — disse, já prevendo o desfecho da conversa.

— A irmã encalhada do Solano? Vocês estão sozinhos aí?

Dornelas resolveu não responder. Seria pior. Dulce retomou.

— Você chega o que, às 13h30, 14h?

— Por aí.

— Vou dar comida para a Lê. Ela não aguenta esperar.

— Ok. Até já.

— Cuidado aí, heim!

Dulce desligou antes dele.

Voltou para o salão no mesmo instante que Lurdirene cruzava a soleira agarrada a um imenso livro velho e gasto, os bicos da capa e a lombada salpicados de furos. Os cupins haviam feito um banquete ali. Estaria ela abraçada aos registros oficiais da emancipação de Palmyra, de povoado a vila, datado de 1660?

— Encontrei, doutor — e largou o livrão sobre a mesa para um estrondo ecoar no ambiente. Abriu-o numa página amarelada marcada por um adesivo e apontou para um texto de letras serifadas escritas a bico de pena.

Dornelas virou o livro para si e começou a leitura do texto aos murmúrios:

— Aos quatorze dias do mês de agosto de mil outo centos e oitenta e dous anos nesta Villa de Nossa Senhora dos Remedios de

Palmyra... — e seguiu devagar, decifrando, na linguagem rebuscada, a localização e as especificações do imóvel. Em seguida, percorreu a longa sucessão de herdeiros, a começar por Castorina, escrava alforriada que recebeu o terreno em 1883, a título de doação de José Francisco dos Santos, e terminar em Joviro dos Reis, em 2011.

Ele nunca havia visto um documento como esse. Estava surpreso e impressionado ao mesmo tempo.

Com as mãos espalmadas sobre o tampo da mesa, Lurdirene observava atenta o delegado debruçado sobre o livro. Numa parte secreta da alma, ela o admirava e o desejava ardentemente. Acionada por um impulso animal, a mulher projetou levemente o decote na direção dele, na altura dos olhos, à espera de uma reação. Uma manobra sutil que não passou despercebida por Dornelas. Porém, com o alerta de Dulce aceso na mente, e sabendo que só perde a cabeça quem é incapaz de mantê-la presa ao pescoço, o delegado resolveu ignorar a investida e manteve os olhos fixos no papel.

Ao se dar conta da recusa de sua oferta, e da posição despudorada do próprio corpo, a mulher aprumou-se num instante, adotou um ar contrito e retomou o trabalho.

— Pensando aqui, doutor, tem coisa estranha nesse negócio.

Dornelas levantou os olhos do livro, no caminho não resistiu a boa uma espiada no decote, e encarou-a.

— O fato de a matrícula não ter sido atualizada desde os tempos da escravatura?

— Não. Isso é raro, mas acontece vez ou outra.

— Então o que você achou de estranho?

— O livro não estava onde deveria estar.

— Onde estava?

— Separado dos demais volumes. Por isso demorei a encontrá-lo.

Dornelas franziu o cenho.

— E tem mais — Lurdirene apontou para o adesivo na beira da página. — Isso aqui marcava exatamente a página do registro que o senhor estava procurando. E ao lado do nome do Joviro dos Reis.

— Não foi você quem o colocou?

— Não senhor. Já estava aí. Além disso, raramente mexemos nesses livros, os genéricos.

— Qual a razão disso?

— Boa parte dos registros do cartório foram digitalizados. No dia a dia, damos prioridade aos registros em movimento como compra e venda de casas, terrenos, regularizações, essas coisas, mesmo de imóveis históricos. Só quando sobra um tempo, coisa rara hoje em dia, é que partimos para digitalizar os imóveis sem movimento.

— É o caso deste.

— Sim senhor.

— É comum um livro de registros, mesmo um genérico, estar separado dos demais na sala de arquivos?

Lurdirene fez um meneio com a cabeça.

— Não deveria, mas é. Isso acontece quando o serviço do dia ainda não foi terminado, entende? Coisa pra ganhar tempo, de um dia para o outro. Como esse registro é antigo, precisamos digitalizar o conteúdo completo para emitir a matrícula atualizada. Por isso estava separado.

Dornelas refletiu por um instante.

— Quer dizer que alguém estava trabalhando na matrícula do terreno do Joviro, não terminou o serviço e o deixou separado, com a página marcada, para terminar no dia seguinte?

Lurdirene fez que sim com a cabeça.

— Um serviço iniciado ontem que vai ser terminado, a princípio, na segunda-feira — completou o delegado.

— Arrã.

— Você tem como saber quem está trabalhando nisso?

— Claro, mas só na segunda-feira mesmo.

— E também quem encomendou o serviço.

— Com certeza.

Dornelas cogitou agarrar-se ao livro e levá-lo como prova para a delegacia. Abandonou essa ideia. Sacou o celular do bolso e tirou uma foto da página toda.

— Preciso da matrícula atualizada desse terreno com urgência na segunda-feira cedo.

— Sem problemas. Eu mesma a farei.

— E de mais um favor seu.

Vendo sua participação na trama ganhar contornos de papel principal, Lurdirene deu um pulinho no lugar e afiou os ouvidos.

— Diga!

E o delegado contou o plano todinho, elaborado ali mesmo.

★

— Tava boa a farra no cartório? — quis saber Dulce ao ver o marido com os cabelos desgrenhados e a camiseta suada.

Dornelas bufou e, mesmo cansado, buscou forças para explicar, tintim por tintim, a razão da visita ao cartório em pleno sábado e o que havia acontecido lá omitindo, obviamente, as curvas de Lurdirene, estas ainda vivas na imaginação.

— Contente? — revidou ao dar fim ao interrogatório.

Dulce bufou de volta com escárnio. Dornelas jogou a chave do carro na mesinha e guardou a arma na gaveta sem saber se a mulher havia aceito ou não sua explicação. Deu de ombros, um beijo protocolar na testa dela e perguntou:

— E a Helena?

— Está dormindo.

Dornelas subiu, então, as escadas, tomou uma chuveirada ligeira, vestiu uma roupa limpa e desceu.

— O que teve de almoço? — sondou ao surgir de volta na sala.

— Seu prato está no micro-ondas — respondeu Dulce, em tom monocórdio.

— Um PF caseiro! Ótimo.

Em paz com a própria consciência, seguiu para a cozinha e comeu ali mesmo, de pé.

★

— Você recebeu o pacote dos Bombeiros? — perguntou ao voltar para a sala.

Mesmo sabendo que a filha dormia no andar de cima, Dornelas resolveu recorrer ao seu próprio dicionário, seu e de Dulce, marido e mulher, delegado e legista, criado para poupar os puros ouvidos da filha da brutalidade dos termos policiais. Alguns termos foram adocicados, a exemplo de pacote, que significava cadáver. Outros não tinham nenhuma conexão com a versão original, a exemplo de cérebro que, no dicionário Dulce Dornelasiano, significava gelatina.

— Sim, dois, um humano e outro canino — disse a mulher, levantando os olhos do livro. — Não tive tempo de mexer nisso.

— Ligue pra mim assim que descobrir algo relevante, por favor.

Ela largou o livro, fez uma breve pausa e mudou a direção da conversa.

— Você consegue chegar mais cedo hoje?

— A que horas?

— Neide precisa sair às 16h. E eu preciso trabalhar nos pacotes dos bombeiros. Saio em dez minutos.

Dornelas pensou um pouco.

— Vou ver o que consigo fazer.

— Veja com carinho — enfatizou Dulce. — Esse crime bagunçou nosso sábado. Neide está se esforçando ao máximo.

O delegado lembrou da pescaria na noite anterior, na contagem das lulas e como, em questão de minutos, seu mundo fora revirado de cabeça para baixo. Coisas da vida de um policial, intimamente lamentou.

— Deixe comigo — foi até a mulher e beijou-a nos lábios, um beijo molhado e carinhoso. E bem recebido.

Paz, enfim!

Em seguida, pegou a arma, as chaves e ganhou a rua.

Capítulo 10

Ao se ver diante da delegacia, e considerar a possibilidade de passar mais algumas horas sentado à sua cadeira, Dornelas firmou as mãos no volante e pisou fundo no acelerador.

Passou em frente ao Super Chicão, o maior supermercado da cidade, e desceu a Avenida Roberto Silveira até o final, onde estacionou ao lado do ponto de táxi e da cabine de informações turísticas, na boca do Centro Histórico.

Desceu do carro, entrou no empório vizinho e comprou três barras, das grandes, de Diamante Negro. Jogou-as sobre o banco dos passageiros, bateu a porta e se certificou de ter trancado todas, inclusive o porta-malas. Só um louco quebraria o vidro de um carro de polícia para roubar sua guloseima em plena luz do dia.

Atravessou a rua, pulou a pesada corrente e se apossou do piso pé de moleque e da cidadela colonial do século XVII.

Pouca gente circulava nas ruas. Afinal, não passava das 15h. A esquadra de barcos de passeio só atracaria no cais por volta das 17h. E apenas meia hora mais tarde, numa versão tupiniquim da tropa aliada desembarcando na Normandia, no dia D, os turistas tomariam o Centro Histórico.

Desceu a Rua Santa Thereza e desembocou atrás da igreja de mesmo nome; ladeou o paredão caiado, subiu a mureta e deu na praça elevada em frente à imensa porta principal.

A igreja, hoje um museu de peças litúrgicas do período imperial, estava fechada.

Sem saber ao certo a razão de ter ido até lá, Dornelas zanzou pela praça sem destino definido, o olhar baixo no chão, como barata atrás de uma refeição.

Com a igreja às suas costas, resolveu estacar no antigo chafariz. Instalado ao final do século XIX para levar água potável àquela parte da cidade, e hoje inativo, o chafariz era o local onde Jô costumava postar-se para atender os turistas e tirar fotos.

Dornelas olhou à esquerda e estudou o extenso muro caiado da casa onde, à época da escravatura, funcionava o mercado negreiro. O atual proprietário, um famoso arquiteto português, manteve na fachada o ladrilho com a imagem de um navio negreiro, conhecido à época como "tumbeiro", dado que boa parte dos escravos amontoados nos porões perecia durante a viagem.

Varreu o muro inteiro, de uma rua a outra, passou pela velha peixaria, pelos dois canhões outrora usados para proteger a cidade – hoje um ponto fotográfico famoso – e pela Rua da Praia onde, do outro lado da mureta, no mar, diversas baleeiras de passeio desfilavam enfileiradas ao sabor da maré.

Vendo-o meio de bobeira, um sujeito se aproximou com um cardápio plastificado nas mãos.

– Vai um passeio de barco, freguesia?

Absorto em pensamentos, o delegado voltou à realidade e se deu conta de que o rapaz era um dos muitos marinheiros forçados a permanecer em terra firme pela falta de clientes.

Agradeceu com um gesto de mão e seguiu em sua análise.

Ao chegar à antiga cadeia, hoje sede do Instituto Histórico e Artístico de Palmyra, sentiu-se nauseado.

Questionou-se sobre a razão de isso ter acontecido e concluiu que, desde que lera a matrícula original do imóvel do Jô, via o Centro Histórico de Palmyra de um jeito diferente. Aquele documento o colocara diante da história real da cidade. Não havia ali os filtros e interpretações de um livro escolar, mas a verdade nua e crua: um homem doara um terreno a uma escrava alforriada.

Quem era o homem? Quem era a escrava?, quis saber.

Mesmo tendo nascido na cidade, Dornelas jamais se dera conta de que, por baixo da superfície de Palmyra, hoje cultuada por gente do mundo todo por seu charme, beleza, praias e ilhas, restaurantes e pousadas, existia outra, triste e sombria.

Nem mesmo as infindáveis camadas de tinta e os diversos ciclos pelos quais Palmyra havia passado, e ainda passa – ouro, café, açúcar e agora o turismo – foram suficientes para apagar o que de fato acontecera ali.

Embalado por suas conclusões, sentiu-se pesado e melancólico, como se toda a dor sofrida com prisão, compra, venda, açoite e morte de gente escravizada formasse uma massa espessa que o envolvia e sufocava, mesmo depois de mais de 150 anos.

Num instante, um nó se formou na garganta e os olhos marejaram. Vendo-se em lugar público, Dornelas se esforçou e conseguiu conter um choro copioso.

Aprumou-se, secou os olhos com as mangas da camiseta e se dedicou a refletir sobre o trabalho do Jô. Concluiu que, por trás das histórias que ele contava – mesmo com algumas imprecisões e certos exageros – havia a intenção genuína de falar dos acontecimentos em Palmyra durante o período da escravatura, um assunto ignorado pela maioria, em especial o turismo.

Pesaroso, resolveu ir embora.

Passava das 15h30 e ele precisava render o serviço da diarista.

★

Abriu a porta e deparou-se com Neide sentadinha no sofá, a bolsa e um pequeno guarda-chuva sobre os joelhos, pronta para ir embora. Lupi surgiu alegre como sempre, o rabinho em disparada, e ganhou um afago. Hitchcock devia estar dormindo em algum canto da casa ou dando uma circulada pela cidade. Quem sabe estaria de volta antes de escurecer.

Esparramada no chão, Helena assistia a um desenho animado barulhento na TV. Mal piscava. Ao vê-lo entrar, a menina levantou os braços no ar e gritou:

– Papai!

Dornelas pegou-a no colo.

— Meu coração! — levantou-a, deu um beijo no seu rostinho rosado e colocou-a de volta no chão. Voltou-se para Neide. — Obrigado por mais essa.

A faxineira, seus braços direito e esquerdo no cuidado da casa e da vida em geral, em especial após a ex-mulher tê-lo abandonado, ficou de pé e disse:

— Quando precisar, doutor.

— Vamos tomar um sorvete, papai? — cortou Helena. — Não aguento mais ficar em casa.

Enlaçando a alça da bolsa no ombro, Neide disse, a caminho da porta:

— Essa menina vai dar trabalho!

Dornelas sorriu e fez um meneio condescendente com a cabeça.

— Bom domingo, Neide. Abraços em casa.

— Obrigado, doutor. Bom domingo para vocês também. — Abriu a porta e disse de lá: — Ah, ela já está de banho tomado.

— Ótimo!

Neide saiu e fechou a porta atrás de si.

— Vamos, papai, vamos! — insistiu Helena.

Dornelas bufou. Depois de um sábado de trabalho intenso, tudo o que queria era largar o corpo e descansar um pouco, quem sabe estirar-se no sofá para uma sonequinha com a TV ligada.

— Tá bom. Vamos — disse, a contragosto.

A menina correu para a porta.

— Onde está seu casaco? — disse o pai.

— Sei lá.

— Espere aqui. E desligue a TV.

Helena correu para pegar o controle remoto e desligou o aparelho. Dornelas subiu as escadas e foi ao quarto da filha. Abriu o armário, pegou o casaquinho que ela mais gostava e desceu.

Prendeu-o com um nó na cintura de Helena e tirou a coleira de Lupi da gaveta. Ao ver o movimento que conhecia bem, o cachorro deu-se a pular como um cavalo xucro e correu para a porta.

Com a filha numa mão e a coleira com o cachorro na outra, abriu a porta, deu um jeito de trancá-la atrás de si e os três saíram para a rua.

★

O celular tocou antes de chegarem à esquina. O delegado estacou e subiu a alça da coleira para a altura do cotovelo; tirou o aparelho do bolso e, sem nem sequer olhar o visor, travou-o entre a orelha e o ombro. Atendeu como uma estátua viva.

– Quem é?

– Doutor, Marilda aqui.

Estranhou. Com sua equipe em campo, esperava o retorno de algum dos seus investigadores ou, quem sabe, do chefe da perícia.

– Aconteceu alguma coisa?

– Sim senhor. Chegou um casal aqui para depor.

Estranhou ainda mais. E um farol se acendeu no cérebro.

– Caio e Luana?

– Isso.

– Estão aí?

– Em carne e osso.

Vendo-se como um equilibrista de circo, a filha numa mão, a coleira esticada com o cachorro na outra e o celular preso entre a orelha e o ombro, disse:

– O Peixoto está na casa?

– Na sala dele. Nem saiu para almoçar.

– Passe para ele.

– O Caio quer muito falar com o senhor.

Dornelas bufou.

– Ponha-o na linha, então.

Alguns segundos e a voz grave do rapaz soou de mansinho no aparelho.

– Delegado?

– Você está mais enrolado do que imagina.

— Posso explicar.

— Para o seu bem, espero que sim — alertou Dornelas. — Mas eu não posso falar agora.

— O que o senhor quer que eu faça? Quer que eu volte amanhã?

— Não. Passe a ligação de volta para Marilda.

Caio assim o fez.

— Diga, doutor — retomou Marilda.

— Transfira para o Peixoto.

Dois cliques e o vice atendeu.

— Alô.

Dornelas explicou a situação e arrematou:

— Vá fundo no depoimento dos dois.

— Deixe comigo.

— Você conseguiu a autorização do juiz Souza Botelho para a varredura nos aparelhos?

— Ainda não. Ele está com a mulher fora da cidade. Volta amanhã. Disse para eu procurá-lo na segunda-feira cedo.

— Cozinhe o casalzinho em fogo baixo, então. Devolveremos os aparelhos somente com a autorização em mãos.

— Deixe comigo.

Atenta ao movimento crescente da cidade, Helena deu um puxão no braço de Dornelas.

— Vamos, papai!

Lupi deu um salto e esticou a coleira ainda mais. O celular quase caiu e se espatifou no chão.

— Calma, amor — reclamou com a filha.

— Como é? — estranhou Peixoto, do outro lado da linha.

— Vamos, papai — insistiu Helena.

— Nada, nada — disse Dornelas ao vice. — Preciso desligar. Cuide do casal. Ok?

— Deixe comigo.

— Ligue para mim assim que terminar.

Abraços, passar bem. Desligaram.

Enfiou o celular de volta no bolso e seguiu para a sorveteria. O dia dava sinais de chegar ao fim mais cedo do que o normal. O céu, uma placa enrugada de chumbo, cobria a cidade de um jeito opressivo. Seria um milagre tomar sorvete e chegar em casa com as roupas secas.

★

Sorte estarem sentados em volta de uma mesinha na rua, sorvetes em mãos, a alça da coleira presa ao pé da cadeira, a mesma onde o delegado havia sentado, quando entrou a ligação de Solano.

Lupi, atento aos movimentos em volta, rosnava sempre que um cachorro passava pelas redondezas.

— O que você tem pra mim? — adiantou-se o delegado.

— Fora os barcos chamados pelos hóspedes, apenas duas escunas aportaram na ilha ontem.

— As duas escunas são do pai de Elma, caseira da Ilha Plana.

— Como o senhor descobriu?

O delegado pensou em não dizer nada, mas achou que não era hora de brincadeiras.

— Peguei o depoimento dela e do Robson hoje de manhã.

— E o Caparrós? — rebateu Solano, procurando esconder sua frustração. — Não era ele quem tinha de cuidar disso?

— Era, mas ele saiu e não voltou. Conduzi eu mesmo o inquérito.

— Alguma novidade?

O chefe falou do homem visto pelo Pedrinho e da confusão com a chave da jaula do Boris.

— Vi a chave no preguinho ontem à noite. Mas o Caparrós conversou mais com eles.

— Pode ser, mas não muda o fato de precisarmos encontrar o homem que entrou na casa e, ao que tudo indica, mexeu na chave — Dornelas fez uma pausa reflexiva e teve uma ideia absurda, coisa de filmes de Hollywood. Decidiu colocá-la em palavras: — E se o sujeito pegou a chave e, na correria, fez um molde para poder, mais tarde, fazer uma cópia?

Um silêncio. O delegado resolveu esperar. Solano, do seu lado da linha, refletia.

– Por que não? – disse o investigador, pensativo. – Amanhã vejo nos chaveiros da cidade se alguém fez uma chave a partir de um molde.

– Faça isso. Em paralelo, pedi ao Robson, genro do Damião, para nos fornecer as listas de passageiros e das equipes dos dois barcos.

– Estão comigo, doutor – emendou Solano, em triunfo.

– Ótimo. Deu para ir atrás de alguém?

– Ainda não. Mas se estamos procurando um negro que possivelmente fez uma cópia de chave, a lista pode diminuir.

– Siga nessa linha – instruiu o delegado.

Solano anuiu e deu outro rumo à conversa.

– Como terminou o depoimento do francês?

– Nada de novo surgiu. Você conseguiu descobrir alguma coisa com aquele corretor de imóveis, o Rinaldo?

– Ele disse ter sido procurado pelo casal no começo da semana, mostrou algumas casas nos lugares indicados pela Sueli e ficou por isso. Hoje à tarde sairá com eles para mostrar mais dois imóveis.

O delegado contou então do depoimento de André Cruz, das visitas ao terreno do Jô em Taquari e ao cartório com Lurdirene.

– Veja com o Rinaldo, e com outros corretores na cidade, se surgiu alguma consulta sobre o terreno do Jô.

– Deixe comigo – disse Solano. – Se o senhor quiser, posso adiantar a questão da matrícula com a minha irmã, doutor.

– Não precisa – e contou o plano para desmascarar quem contratara o serviço. Em seguida, contou de Caio e Luana, recém-chegados à delegacia para depoimento.

– Peixoto deve estar cuidando disso nesse exato momento.

Solano mudou o rumo da conversa mais uma vez.

– Doutor, fiquei pensando a respeito da coletiva de imprensa que o senhor anunciou para amanhã.

– O que você pensou?

– É um domingo.

– Qual o problema? Trabalharemos normalmente, nós e o Hildebrando, que segue no plantão.

– Mas e a imprensa?

– Estou me lixando para a imprensa. Se algum jornalista não comparecer por ser um domingo, o que podemos fazer?

– Bom, não sei.

– E tem mais, vai servir para testarmos a temperatura real do crime com a opinião pública.

– Pode ser. Para que horas o senhor pensa em marcar?

– Final do dia. Amanhã farei o anúncio do horário exato.

Quando a conversa chegava ao fim, Dornelas lembrou de algo que Solano havia mencionado e que, pela quantidade de temas na mesa, não desenvolveu.

– E quanto aos barcos de passeio, surgiu alguma coisa?

– Então, foram três. O casalzinho que está com o Peixoto chamou uma baleeira durante o dia, a Charmosa. Conversei com o marinheiro, o Benedito, um pescador das antigas que abandonou a pesca. Ele tem idade. Fez adaptações no barco e entrou para o turismo assim que a prefeitura transferiu todos os barcos de pesca para a Ilha dos Macacos, faz mais de vinte anos.

– Conheço o Benedito. Bom sujeito – completou Dornelas.

Solano prosseguiu.

– O marinheiro chegou à ilha às 11h, mas o casal se atrasou e saiu para almoçar na cidade apenas ao meio-dia. O Benedito os deixou em Palmyra e ficou esperando no cais. Levou-os de volta à ilha por volta das 15h. Ao que tudo indica, eles não saíram mais até o Peixoto os acompanhar até a cidade no mesmo barco, chamado por Caio depois do crime.

– Não vi o Benedito na ilha.

– Adauto, o filho foi no lugar.

– Ele era um dos dois que estavam com o Nogueira?

– Sim. O outro era o Cleudson.

– Esse não conheço.

— Cleudson é dono do Remanso. Ele levou a Sueli e o francês para a Ponta Negra. Eles saíram cedo, em torno das 9h, visitaram a cachoeira, almoçaram pastéis de arraia num boteco na Praia da Cajaíba e ele os deixou de volta na ilha às 17h.

— Os pastéis de arraia da Cajaíba são famosos. Com uma cerveja gelada então — sonhou o delegado, do seu lado da linha. Retomou: — Sueli e o francês foram jantar na cidade. Quem cuidou desse transporte de ida e volta?

— O Ramiro, ex-pescador também. O barco dele é o Salgado. Ramiro os buscou na ilha, levou-os para jantar e os conduziu de volta para a ilha em torno das 22h.

Essa parte bate, pensou Dornelas e disse:

— Conheço o Ramiro. Alguém desse grupo têm antecedentes?

— O Cleudson.

— O que ele aprontou para estar fichado?

— Uma passagem por furto e duas por tráfico de drogas.

— Que idade tem?

— 27.

— O barco é dele?

— Era de um tio que faleceu. Uma vez que os filhos não gostam de navegar, a viúva resolveu vendê-lo. Cleudson tirou a licença de arrais amador faz pouco tempo.

— Ele mesmo comprou o barco?

— Sim. Diz estar com as prestações em dia.

— Não podemos dizer que ele levou alguém durante o dia na ilha para mexer na chave da jaula.

— Ele não. Já o Benedito...

— Pouco provável. E quanto ao Ramiro?

— Passou o dia em terra firme por falta de clientes.

— Alguém pode confirmar esse álibi?

— Sim, os marinheiros dos barcos em volta de onde ele atraca.

— Isso não significa muita coisa. Mesmo sendo concorrentes ferozes, quando o bicho pega esse pessoal forma uma espécie de irmandade difícil de se quebrar, como a máfia.

O papo desembocou num vazio. Solano mudou o rumo mais uma vez.

— Estamos indo bem, não acha, doutor?

— Sei lá — disse um Dornelas resignado. — Estou no aguardo das fotos da vítima que o Chagas ficou de mandar e não mandou, e do exame da Dulce. Vamos aguardar. Aviso você sobre qualquer novidade.

— Fico na escuta.

— Como está sua filha?

— Ainda ranheta, mas está bem.

— Ótimo. Falamos amanhã. Bom descanso.

— Pro senhor também.

Desligaram.

★

Com Lupi aliviado e de volta a casa, Helena correu escada acima e desceu com um livro debaixo do braço.

— Lê pra mim, papai?

Dornelas pegou o exemplar da mão dela.

— Você não quer ler um livro diferente hoje, minha filha? É sempre o do Grúfalo!

— Não, esse.

E correu para o sofá e se ajeitou entre as almofadas.

Dornelas a seguiu e sentou ao lado da filha, que pulou para seu colo. Helena abriu o livro e aguardou.

O pai começou, pela enésima vez, a ler a história de um ratinho que, caminhando por uma floresta, é ameaçado de ser devorado por uma raposa, uma coruja e uma cobra. E depois por um monstro terrível, o Grúfalo.

Sem perder o controle, o ratinho usa o próprio medo e inverte as situações para escapar de cada uma das investidas.

Ao terminar, Dornelas fechou o exemplar, pensou na história e concluiu que coisa semelhante pode ter acontecido com Jô, mas com um final bem menos feliz.

Ao que tudo indica, o Jô, dono de um terreno cobiçado, terminou sendo devorado por um comprador voraz.

O delegado imaginou os tipos de pressão sofridos pelo rapaz: coação verbal e ameaças à integridade física dele ou de alguém próximo. Por fim, a morte.

Sob protestos, Dornelas colocou a filha de lado no sofá, entregou-lhe o livro e saiu em busca do celular. Procurou o número que queria na agenda e discou. Lotufo atendeu no segundo toque.

– Conseguiu revirar a vida do Jô? – perguntou o delegado.

– Sim senhor.

– Algum suspeito?

– Algum não. Alguns!

– Conte tudo!

Capítulo 11

— Ele estava endividado, doutor.

– Com quem? Em quanto?

– Devia 12 mil reais ao patrão.

– Quem é?

– Gregório Quintino da Silva, o Grego, dono da Cantina do Almirante, na Rua do Comércio. Um português de estopim meio curto.

– Português, com apelido Grego?

– Vai saber, né, doutor.

– Como você chegou nele?

– Pela Marisvânia. – Um silêncio. Lotufo captou a dúvida na mente do chefe e completou: – A namorada, tá lembrado? Aliás, que beleza de mulher!

Dornelas ignorou a observação.

– Você conseguiu detalhes do empréstimo?

– Esse valor não foi emprestado numa tacada só.

– Quando começou?

– Faz menos de um ano, coisa de dez meses. Segundo Grego, o Jô pediu esse total em três parcelas de quatro pratas cada: uma no começo, uma no meio e outra faz um mês.

– Generoso, o chefe. Presumo que o Jô pagava de volta em dia.

– Ele pagava 400 reais por mês sempre que recebia o salário, mas parou de pagar depois do segundo empréstimo.

– Mesmo assim, o Grego fez um terceiro empréstimo – acrescentou o delegado. – Como era esse acerto, existia um contrato?

– Nada. Tudo de boca mesmo, no fio do bigode.

A conversa caiu num silêncio. O delegado pensava.

— Quanto ganhava o Jô? — retomou.

— Dois salários mínimos.

— Carteira assinada?

— Tudo direitinho.

Com a conversa prestes a cair em novo silêncio, Lotufo emendou:

— Tem mais: o português cobrava juros sobre o atrasado.

— De quanto?

— Três por cento ao mês. Quando o Jô parou de pagar, subiu para cinco.

Dornelas estalou os lábios em nítida reprovação e soltou uma pergunta no ar:

— Agiotagem?

— Tudo indica.

— E sem contrato assinado — sussurrou para si o delegado.

— O que foi, doutor?

— Nada, nada — Dornelas reorganizou a mente e voltou à carga: — O Grego considerou fechar a torneira assim que o Jô parou de pagar as parcelas?

— Assim que fiz essa pergunta, o homem ficou um tomate de tão vermelho. Achei que ele ia explodir. O bigodão ficou arrepiado como um ouriço.

— Você tem ideia do que o Jô fazia com a grana?

— Estava gastando num terreno. Foi o que disse a Mari.

— Quem?

— Marisvânia, a namorada. Mari para os íntimos.

O delegado nunca entendeu esse desvario moderno dos nomes compostos como Marisvânia, Lurdirene e similares. Seria um traço de idade ou antipatia pura e simples? O que há de errado com Alice, Maria ou Thereza?

— Mari? Tá íntimo assim?

— Só se aproximando das testemunhas para tirar o que interessa, não é doutor?

— Pega leve, Lotufo. Você sabe do que estou falando. Nada de encrenca no meio da investigação.

Do seu lado da linha, o investigador abriu um leve sorriso ao ler nas entrelinhas da reprimenda do chefe um elogio à sua fama de galinha.

— Quem sabe quando essa onda passar.

Numa manobra mental, Dornelas ligou as pontas e contou a história da visita ao terreno em Taquari, mencionando os troncos picados, a motosserra com o motor ainda quente, o gerador portátil e a fuga do homem numa voadeira.

— Esse cara estava aprontando alguma, doutor.

— Dívida é o estopim de uma cagada. Leve-o para depor na segunda-feira.

— Deixa comigo. Por outro lado, doutor, qual o interesse do português em matar o Jô? Ele perderia boa parte do dinheiro.

— Pode ter algo atrás disso. O que mais?

— A Mari.

— A namorada? — inquiriu Dornelas.

— Isso. Um estouro de fêmea, mas tem coisa ali.

— Por quê?

— Quando cheguei à casa dela, dos pais, na verdade, a mulher estava toda empetecada, prontinha para um encontro. Uma viúva, mesmo que namorada, não se comporta desse jeito.

— Ela sabia que o Jô estava morto?

— Disse que não, e caiu no choro. Tive de consolar a moça.

— Ela disse alguma coisa além do empréstimo e dos gastos com o terreno?

Movimentos na sala. Helena largou o livro em cima do sofá e ligou a TV em volume altíssimo. Dornelas pediu um minuto, baixou o celular e voltou-se para ela.

— Helena, abaixa isso. Estou no telefone.

Nada. O pai foi até ela, agarrou o controle remoto e baixou por conta própria.

— Mas, papai! — protestou a filha.

— Estou no telefone. Tem mais, você ficará surda assistindo TV desse jeito.

— O ouvido é meu.

— Mas a responsabilidade é minha — disse Dornelas, severo. — Deixe como está.

Helena fechou a cara. O delegado voltou à ligação.

— Prossiga.

— Quer falar outra hora, doutor?

— Não, não. Deu pra contornar. Conte mais da Mari.

Mari não é uma completa Maria, concluiu no íntimo o delegado, mas é melhor que Marisvânia.

— Ela trabalha como atendente numa loja de roupas na Avenida Roberto Silveira.

— Por quanto tempo ela e o Jô estavam juntos?

— Quase um ano.

— Onde ela estava ontem à noite, na hora do crime?

— Já temos a hora do crime? — devolveu Lotufo de bate-pronto.

— Ainda não.

O investigador entendeu a resposta seca como assunto encerrado e uma ordem para seguir adiante.

— Bom, a Mari disse ter saído com umas amigas e voltou para casa no começo da madrugada.

— Você pegou a lista de nomes das amigas?

— A Jaque pegou. Ela está atrás disso.

— Ótimo. O que o Jô fazia no restaurante?

— Era garçom.

— A que horas ele saiu do trabalho ontem?

— Aí é que está. Segundo Grego, o Jô não deu as caras no trabalho ontem.

— Nem no almoço e nem no jantar?

— Nada. O Grego disse ter ligado quinze vezes para o Jô no celular, sem sucesso. Eu mesmo vi. Não recebeu nenhuma resposta.

— Quer dizer, o Jô passou o dia todo sumido.

— Sim senhor.

– E o que disse a Mari a esse respeito?

– De ter sido avisada pelo próprio Jô de que havia conseguido uma folga com o patrão, e que teria de sair da cidade para ver uns negócios.

– Quais?

– Ninguém sabe. Na minha opinião, deve ser alguma coisa ligada a esse terreno que o senhor mencionou.

– É possível – confirmou Dornelas, os dedos beliscando os lábios como se dando corda num relógio de pulso. – Ela disse quando ele estaria de volta?

– Talvez hoje.

– Talvez? – a pergunta ficou no ar. O delegado preencheu o vazio. – Leve a Mari para depoimento também.

– Deixe comigo.

– A Jaque está com você?

– Não. Foi atrás das amigas da Mari.

Dornelas refletiu por um instante e uma lembrança da breve entrevista com a imprensa pela manhã subiu-lhe à mente.

– Uma mulher do quilombo do Morrinho esteve hoje na delegacia e me colocou na parede. O Jô tinha algum envolvimento com os quilombolas?

– Não que eu saiba. Mas investigo isso mais a fundo.

Um vácuo na conversa e uma pergunta óbvia saltou à mente do delegado. Colocou-a em palavras.

– Onde o Jô morava?

– De aluguel, num cafofo no Caboré.

– Você esteve lá?

– Sim. Nada digno de nota.

Mesmo assim, do seu lado da linha, Dornelas nutria uma vontade instintiva de ir ele mesmo visitar o lugar e investigar no detalhe.

– E familiares, o Jô não deixou ninguém?

– Nada. Sabe o que mais? O Jô não era daqui. Ele nasceu em Minas Gerais.

— E o que veio fazer em Palmyra?

— A família se mudou para cá quando ele era criança. O pai trabalhava num alambique. Pai e mãe faleceram faz alguns anos.

Dornelas pensou na escritura e se deu conta de que não constava, além do Jô, o nome de nenhum outro herdeiro.

— Nada de irmãos, primos?

— Nada.

— O último da sua linhagem — concluiu o delegado.

— Parece que sim — disse Lotufo. — Se o senhor quiser, passo no cartório na segunda-feira e confirmo se ele não tinha mesmo irmãos.

Dornelas pensou no plano para desvendar o solicitante da matrícula e disse:

— Não precisa. Já estou em contato com o cartório.

— Ok — anuiu Lotufo.

— Vamos em frente, então. Belo trabalho.

O investigador agradeceu o elogio e ambos desligaram.

Dornelas entrou no WhatsApp e enviou uma mensagem furiosa para o Chagas: não recebi as fotos da vítima que você havia prometido para a hora do almoço. Quando virão?

Tomado pela mesma impaciência que acomete os jovens de hoje em dia, ficou olhando para a tela do celular na esperança de o chefe da perícia responder de imediato. Ao se dar conta de estar fazendo papel de idiota, jogou o aparelho no sofá e foi à cozinha beber um copo d'água.

★

Ao colocar o copo sob a torneira e ver a água escorrendo pelo vidro, foi tomado por um desejo irreprimível de tirar o dia da pele. Um banho seria muito bem-vindo.

Voltou à sala.

— Helena.

Nada. A filha estava vidrada no desenho animado.

— Helena! — disse mais alto.

Nada.

Agarrou o controle remoto e apertou a tecla Mudo.

— Mas, papai — protestou a filha.

— Vou subir para tomar um banho. Não apronte.

Liberou o volume da TV e subiu para o quarto com Lupi no encalço.

★

Entregou-se a um banho escaldante. Se quisesse, poderia depenar um frango naquela água. Saiu do chuveiro e entrou numa nuvem espessa de vapor. Uma bússola o ajudaria a encontrar o caminho até a porta.

Vestiu-se com roupas limpas, desceu e catou o celular do meio das almofadas. Havia duas ligações não atendidas de Dulce. Na certa, ela havia terminado o trabalho no corpo do Jô e queria compartilhar o resultado.

Ou seria a rádio patroa em ação mais uma vez?

Com Helena ocupada pela televisão, resolveu sentar num banquinho no quintal e ligou de volta.

— Onde você estava? — indignou-se Dulce. — Liguei duas vezes.

Rádio patroa, câmbio.

— Tomei uma chuveirada. — Nada mais a declarar, pensou, mas disse: — Alguma novidade por aí?

— A coisa é complicada, mas acho que consegui matar a charada.

Dornelas se endireitou no lugar.

— Então conte tudo.

— Essa gente pensa que sou idiota.

— Por quê?

— Encontrei fraturas nos arcos costais.

— As costelas — traduziu o marido.

— Isso. Havia sete costelas fraturadas, três na frente do peito e quatro nas costas. Havia infiltração de sangue nessas lesões, mas apenas nessas.

– Arrã!

– Não encontrei equimoses e hematomas na musculatura superficial e profunda do pescoço, nem fratura do osso hioide. Havia, sim, fraturas nas cartilagens tireoide e cricoide, mas nenhuma infiltração de sangue nessas lesões.

– O que isso significa?

– Equimoses e hematomas são infiltrações de sangue que se formam nos tecidos ao redor dos vasos que romperam. Só se formam em vida, com o coração batendo. Sem esse impulso, o sangue não tem força suficiente para se infiltrar nos tecidos. Não encontrei nada disso na musculatura do pescoço, apenas nas fraturas dos arcos costais.

– As costelas.

– Sim. Além disso, não encontrei fratura da cervical. Tudo bem, isso é raro de acontecer. É comum em casos de execução judicial, onde a tração da corda, o peso do corpo e a gravidade são fatores decisivos. O Jô era um homem forte, pesado. Isso poderia ter acontecido, mas não aconteceu. Não encontrei nenhuma evidência de enforcamento.

– Arrã – resmungou de novo o delegado.

– Ainda não terminei – cortou Dulce. – Os locais das hipóstases reforçam minha tese.

– Em linguagem de botequim, por favor.

– É simples. Depois que o coração para de bater, o sangue deixa de circular nos vasos, mas continua sofrendo a ação da gravidade. Com isso, ele vai se acumulando nas regiões do corpo que estiverem mais próximas do chão. Ou seja, se o corpo estiver deitado de costas, o sangue vai se acumular na parte de baixo. Se o corpo estiver pendurado, o sangue vai se acumular nas extremidades inferiores. Esse acúmulo aparece na pele como manchas arroxeadas. Isso são as hipóstases. Pura gravidade. Simples aula de física.

– Aonde você quer chegar? – assuntou o delegado, um pouco cansado do linguajar técnico.

— Calma que a aula de física ainda não terminou. Além do sangue ir se acumulando nas partes mais próximas do chão, ele também vai se desidratando. Você se lembra das aulas de biologia, quando explicavam que o sangue tem uma parte líquida e uma parte com células? Bem, essa parte líquida vai evaporando com o tempo e a parte celular vai grudando nas paredes dos vasos. Com o passar das horas, as hipóstases não saem mais do lugar, mesmo que movimentem o corpo depois. — Dulce fez uma breve pausa para organizar os pensamentos e prosseguiu: — Falando em bom português, estou convicta de que o Jô foi a óbito por causa de um joelho no peito. Alguém o prendeu contra o chão e o matou por asfixia mecânica, por sufocação indireta.

— Quer dizer, não deixaram o Jô respirar — completou Dornelas.

— Isso mesmo, como acontece quando você segura um passarinho apertado na mão. Tem mais: as manchas arroxeadas, as hipóstases, não são compatíveis com o cadáver suspenso.

— Então ele não morreu asfixiado por enforcamento?

— Embora os sinais gerais de morte por asfixia e por sufocação indireta sejam os mesmos, o sangue nas fraturas das costelas e as hipóstases me permitem afirmar que foi por sufocação indireta. Deu pra entender?

Sei lá, pensou Dornelas, mas disse:

— Arrã!

— Simples, Joca. — insistiu Dulce. — Você é inteligente.

Será?, questionou-se o delegado. A legista foi em frente:

— Neste caso, as manchas estavam principalmente nas costas e nos glúteos. Não as encontrei nas mãos e nos pés. Tentaram nos enganar, mas esqueceram das aulas de física e de biologia.

— Você está dizendo que o corpo foi deixado deitado por um bom tempo e colocado no lugar em que foi encontrado horas depois do óbito para exibição?

— Isso cabe a você descobrir — emendou Dulce. — Para mim, foi para simular um suicídio.

— Você consegue estimar a hora do óbito?

— Bom — disse Dulce, os olhos no teto e uma mão fazendo conta na outra. — As hipóstases costumam se fixar após 8 a 12 horas de o corpo ser deixado na mesma posição. Considerando que a rigidez muscular aparece nos braços em torno de 6 horas e nas coxas em torno de 12, e que o corpo não estava com as coxas rígidas, a morte teria ocorrido há mais de 8 horas e menos de 12.

— Peraí! Estou perdido. Quanto tempo o Jô ficou deitado antes de ter sido colocado naquele lugar?

— Estimo entre 8 e 11 horas.

— Resumindo: ele veio a óbito por um joelho no peito, foi largado, deitado, em torno de 8 horas e mais 2 ou 3 para o encontrarmos e o retirarmos.

— Isso mesmo.

— E sobre o cachorro, alguma coisa?

— Foi intoxicado com veneno de rato.

— Chumbinho?

— Isso mesmo. Encontrei pedaços de bife no intestino com grãos ainda não digeridos.

— Quanto tempo para fazer efeito após ingerido?

— Nesse caso, pelo excesso, de 5 a 10 minutos.

Um silêncio. As informações rodopiavam violentamente na mente do delegado. Seria preciso tempo para refletir sobre tudo.

— Você chega para o jantar? — quis saber Dornelas.

— Acho que sim — respondeu Dulce. — Vou tomar um banho agora. Saio em meia hora.

— Espero você pra comer.

— Dê jantar para a Helena antes.

O delegado imaginou as intermináveis manobras para fazer a filha abocanhar as colheradas de comida, as distrações com a TV, a sujeira pra limpar, o olhar suplicante de Lupi à espera de alguma sobra e sentiu-se desamparado.

Mergulhado em suas considerações, foi pego de surpresa; Helena materializou-se à sua frente, vinda da sala.

— Estou com fome, papai.

Dornelas afastou o celular da orelha, leu as horas no visor e cometeu, de um jeito inocente, um tremendo erro estratégico.

— Mas você acabou de tomar um sorvete?

Um zumbido no aparelho e o delegado colou-o de volta na orelha.

— O que foi? — disse para Dulce.

— Você deu sorvete para Helena antes do jantar?

— Cheguei do trabalho... ela quis sair de casa...

— Mas sorvete antes do jantar, Joca!

— Ela está com fome mesmo assim — quis escapar o delegado.

— Sinceramente — lamentou Dulce. — Vou correr aqui.

E bateu o telefone.

Pesaroso, Dornelas pousou o aparelho na banqueta e pegou a filha no colo.

— Vamos ver o que tem na geladeira?

A filha o abraçou, depois afastou o corpo e envolveu o rosto do pai com as duas mãozinhas.

— Eu te amo, papai.

Dornelas envolveu o corpinho entre os braços e viu uma luz terna e quente se acender no peito. Helena afastou-se outra vez, olhou o pai nos olhos e disse um tantinho pesarosa:

— Mas não como a mamãe.

Como pode uma criatura tão pequena desferir um golpe tão cruel? Colocou-a no chão.

— Vamos cuidar do seu jantar.

Envolveu a mãozinha na sua e conduziu a filha até a cozinha. E, claro, ambos seguidos de perto por Lupi, como um tubarão na esteira de uma vítima ensanguentada.

Capítulo 12

Abriu os olhos com os piados dos sanhaços atacando as mangas na árvore do vizinho. Dulce ressonava ao seu lado. Helena não estava aninhada entre eles, sinal de que ainda dormia em seu quarto.

Olhou o relógio: 5h34.

Levantou e foi ao banheiro para o primeiro xixi do dia.

O sol ainda não se elevara sobre o cume das montanhas, mas tons incandescentes tingiam o céu como os de um incêndio prestes a engolir a cidade.

Com a mente ainda vazia, encarou-se no espelho e passou a analisar o rosto amassado, a papada no queixo, as bolsas sob os olhos e os cabelos grisalhos desgrenhados. Viu-se envelhecido, sentiu-se cansado de si e um pouco triste.

Será que havia atingido aquele ponto da vida em que alguns homens jogam tudo para o alto – mulher, filhos e companhia limitada – e fazem coisas consideradas absurdas aos olhos dos demais, como se casar com mulheres com metade da idade, cruzar o planeta a pé ou se entregar a longas meditações no Tibete na esperança de recuperar a juventude perdida?

Tomou coragem e lançou a questão nas profundezas da alma.

Olhos nos olhos no espelho, fez uma breve contabilidade da vida, aguardou alguns minutos e concluiu que sim. No entanto, diferente de outros homens, não se viu acorrentado às suas conquistas, mas liberto, satisfeito com o balanço geral: três filhos, dois casamentos, uma carreira.

No íntimo, sabia ter deixado mais anos para trás do que teria pela frente. A constatação não o abalava. Dornelas se sentia relativamente em paz com o próprio passado, procurava viver o presente dentro do possível e não nutria medo algum do futuro. Na verdade, tinha um, o de não conseguir proteger os filhos quando e se precisassem dele.

Fora isso, nada a temer.

Conformado com as conclusões a que chegara, abriu a torneira, fez uma conchinha com a mão e encheu a boca de água. Bochechou a ponto de lavar o gosto amargo da noite, e o espírito, e cuspiu tudo na pia.

Serviu um copo de água da garrafa térmica, bebeu e voltou ao quarto.

O caso do Jô era prioridade e a investigação avançava a pleno vapor. Estavam claros na mente os próximos passos a dar e quais questões seguiam sem resposta.

Mesmo assim, deitou-se na cama, cobriu-se e puxou o corpo quente da mulher para junto do seu. Ela nem ao menos resmungou, mas se aninhou sem resistência no abraço envolvente e protetor.

O mundo podia arder lá fora. Ainda assim, era madrugada de um domingo.

Tudo a seu tempo.

★

Acordou duas horas mais tarde com o peso de Helena sobre a perna direita, que formigava.

Desvencilhou-se devagar, ficou de pé e teve a mesma sensação de quando se desmonta de um cavalo após horas de passeio: o corpo lhe doía e o chão lhe parecia mais próximo.

Arrastou a perna ainda dormente até a cadeira e recolheu a roupa do dia anterior. Para evitar barulho, vestiu-se no banheiro.

Voltou ao quarto e observou duas das três mulheres da sua vida a sono solto entre os lençóis. Um braseiro se acendeu no peito. Resolveu não lhes dar um beijo de bom dia. Dulce merecia descansar. Afinal de contas, era um domingo. No caso de Helena, nessa altura da vida, todos os dias são como domingo.

Pegou o celular na mesa de cabeceira, guardou-o no bolso da calça e saiu do quarto na ponta dos pés.

Na escada, a meio caminho do térreo, sentiu imensa saudade dos filhos mais velhos. Ligaria para eles mais tarde.

Ao cruzar a sala e entrar no corredor para a cozinha, constatou que quanto mais se distanciava de Helena e Dulce, mais se aproximava de Roberta e Luciano.

Um redemoinho começou a se formar na barriga, o gatilho do instinto de sobrevivência foi disparado, e ele foi impelido a se agarrar a um dos degraus da escada da lavanderia. Com as pernas bambas, decidiu concentrar a atenção numa rolinha que estava ciscando no chão do quintal. Quem sabe a criatura frágil o impedisse de ser sugado pelo turbilhão de emoções.

Sentiu-se mais uma vez engolido pelo vagalhão de pavor ao ver a ex-mulher levando Roberta e Luciano para longe, para o Rio de Janeiro, a três horas de distância, faz muitos anos.

Adeus, dia a dia em família.

A pancada foi comparável à explosão de uma granada no peito, pedaços voaram para todos os lados, ele os recolheu um a um e costurou tudo como deu com pontos grosseiros.

Emocionalmente, via-se como um Frankenstein.

Reviveu o reencontro com Dulce, ela, o bálsamo e acelerador para cicatrização de suas feridas, e depois Helena, puro amor.

Seria o caso de duas famílias?

A família do Rio de Janeiro e a de Palmyra não faziam parte de uma coisa só, não formavam uma grande família?

Estaria ele se enganando por todo esse tempo?

Sim, não, e sim.

Dois de um lado. Ele no meio. Dois de outro.

Foi engolido por uma tristeza abissal.

Respirou fundo, aguardou um pouco e deixou a desilusão decantar na alma.

A rolinha, que ciscava, alçou voo.

Refeito, foi à cozinha e preparou um goró. Comeu a papa em generosas colheradas e bebeu um copo d'água aos golões. Lavou a cumbuca, a colher e o copo. Depositou-os no escorredor de louças e foi à sala, onde calçou os sapatos.

Lupi não dera o ar da graça. Grande vira-casaca.

Pegou a arma no móvel da entrada, destrancou a porta e passou de fininho por uma fresta, como se fugindo de casa. Trancou-a atrás de si e saiu para o mundo.

★

Chegou à delegacia pouco depois das 8h. Nenhum carro no pátio em frente à entrada principal. Nem Solano, o madrugador da equipe, havia chegado. Muito menos os jornalistas.

Domingo cedo e seus milagres.

Dobrou a esquina e embicou o carro no portão dos fundos; saiu e escancarou-o triunfante. Nada como o trabalho para dar as proporções corretas às questões da vida. Entrou com o carro e estacionou-o numa vaga qualquer. Trancou o portão e caminhou até a porta da cozinha. Estava entreaberta.

Abriu-a e foi direto para o armário debaixo da pia. Ao tirar a cafeteira, a porta para a recepção se abriu num tranco e Ismênia, a plantonista, apareceu de supetão.

— Bom dia, doutor. Pensei mesmo que fosse o senhor.

Pego de surpresa, o delegado virou uma estátua, como um animal na noite sob o farol de um automóvel, no seu caso, agarrado a uma cafeteira. Ismênia se aproximou, tirou-lhe a cafeteira da mão e dirigiu-se à pia.

— Cuido disso, doutor. Pode ir para sua sala que já já levo um café novinho para o senhor.

Sentindo-se um cachorro após um passa-fora, Dornelas agradeceu e ganhou o corredor das salas.

Hildebrando estava lá, na sala dos investigadores, enfiado no celular e os pés cruzados sobre a mesa.

– Bom dia – disse o chefe. – Novidades no front?

O escrivão voltou os pés no chão e largou o celular na mesa.

– Bom dia, doutor. Tivemos o furto de um veículo e de dois celulares. Fora isso, nada de mais.

Ótimo, pensou o delegado, mais gente para se concentrar no caso do Jô.

– Deu para tirar uma pestana no cafofo?

Cafofo, o sofazinho surrado no canto da sala, servia de cama nas noites de plantão.

– Até que deu.

– Ninguém mais apareceu?

– Nada ainda. – Hildebrando se endireitou na cadeira e gaguejou: – O senhor vai precisar de mim o dia todo? Fui convidado para uma feijoada na casa de um amigo.

– Se não tivéssemos o caso do Jô na pauta, eu te liberaria sem problemas. O nosso está na reta. Não podemos titubear.

– Entendido, doutor. Conte comigo.

– Obrigado.

E seguiu adiante para sua sala.

Ao entrar e ver dois porta-retratos com as fotos de Roberta e Luciano num, Dulce e Helena em outro, teve a confirmação do que vivera momentos antes em casa. Duas famílias.

Tremenda ingenuidade ter acreditado em apenas uma.

Já anestesiado da pancada, largou o corpo na cadeira, olhou em volta para os poucos pertences à sua volta – além dos porta-retratos, o relógio bomba, o diploma na parede e o celular que havia largado sobre a mesa – e sentiu-se bem, em paz. Coisa louca a vida de um policial, pensou, sentir-se em paz numa delegacia de polícia.

Ligou o estabilizador de energia. Depois do bipe, o computador.

Ele queria, antes de começar o dia, monitorar a temperatura do crime na opinião pública. Bem sabia que a opinião dita pública nunca foi pública. A coisa não passa das visões pessoais de um punhado de jornalistas – tutelados pelas verbas dos seus anunciantes, por suas ideologias pessoais ou pelas agendas dos seus patrões – na tentativa, muitas vezes bem-sucedida, de levar a mente do povão para longe da verdade.

Uma cortina de fumaça?

Não seria isso *fake news*?

Veio-lhe à mente a frase do famoso escritor Carlos Heitor Cony: a única verdade no jornal é a data.

★

Sua tese se confirmou logo na primeira manchete.

Homem negro enforcado pode ter sido morto pela polícia.

Girou os olhos nas órbitas e entrou em outro site de notícias. Lá estava: *A morte de um negro enforcado inspira a luta contra o racismo no Brasil de hoje.*

Luta de classes, brancos contra negros e vice-versa, ponderou e lamentou o delegado. Mais fácil governar um povo dividido do que um povo unido, coeso e bem informado, concluiu.

Duas batidas na porta.

– Entre.

A porta foi aberta.

– Bom dia, doutor – disse Solano, sob a soleira.

– Entre, entre – insistiu o chefe, com um movimento da mão, sem tirar os olhos da tela.

Solano entrou, ajeitou-se numa das cadeiras de visitas e aguardou. Na esteira dele veio uma lufada com o aroma do café de Ismênia. Foi o suficiente para fazê-lo desgrudar os olhos do monitor.

– Tudo bem em casa? – voltou-se para o subordinado.

– O senhor tinha razão. Virose mesmo. A febre passou. A Júlia mama que é uma beleza.

Dornelas abriu um sorriso de satisfação.

– E a sogra?

– A bruxa? Continua lá, firme. A vassoura não sai da porta.

Mais um sorriso, esse de divertimento.

— Esqueci de perguntar quando nos falamos ontem. Você conseguiu o nome do jornalista que noticiou o caso do Jô como suicídio?

— O senhor não vai acreditar.

— Me surpreenda.

— O Frango.

— Quem?

— Aquele jornalista com cara de frango que o senhor chamou para um papo no caso da gringa morta na Flip, faz muitos anos.

O delegado passou a vasculhar a memória e cerrou os olhos. Segundos depois, se acenderam.

— Aquele filho da puta com quem fiz um acordo?

— Ele mesmo.

— Vale chamá-lo para um papo.

— O senhor chama ou chamo eu?

— Cuide disso, mas passe o contato por precaução.

Solano puxou o celular do bolso e mandou por WhatsApp o contato do Frango no aparelho do chefe, que vibrou sobre a mesa.

— O que temos para hoje?

— Pensei em me aprofundar na lista dos passageiros dos barcos e procurar um chaveiro, conforme falamos.

O aroma vindo da cozinha se acentuava a ponto de se tornar irresistível.

— Perfeito. Um café?

Solano aceitou e ficou de pé. Inebriado pelo aroma, Dornelas fez o mesmo e foi à cozinha quase flutuando, como fazia Pepe Le Gambá no desenho animado que assistia na infância, ao perseguir a inconquistável gata Penélope.

★

Caparrós estava lá, servindo-se num copinho. Ao ver o chefe e Solano, encheu mais dois.

— Por onde você andou ontem? — perguntou o delegado ao pegar o seu e dar um soprinho antes do primeiro gole.

Solano pegou o outro e uma carona na pergunta do chefe.

— Os caseiros chegaram na hora que você marcou. O delegado teve de pegar o depoimento no seu lugar.

Surpreso com a atitude do parceiro, Caparrós apertou a mão no cabo da cafeteira como se empunhasse sua pistola 9mm. Nem piscava. Encarou Solano e disparou:

— Você vai me dar ordens agora?

Temendo ter de intermediar uma contenda logo cedo, Dornelas interveio levantando a mão livre no ar.

— Calma aí. Aproveitei o tempo. O casal, marcado para chegar às 9h30, só apareceu no final da tarde. Aliás, o Peixoto chegou?

Caparrós relaxou e devolveu a jarra à cafeteira.

— Não sei — disse o investigador.

— Eu também não — disse Solano.

Jogada de mestre desviar o assunto. Voltou-se para Caparrós.

— Vamos conversar na minha sala. — E para Solano: — Você segue com o que combinamos.

★

Chefe e investigador se ajeitaram em suas respectivas cadeiras.

— Não leve a fala do Solano para o lado pessoal. Ele anda estressado, é pai de primeira viagem, a filha andou doente, a sogra não sai da casa.

Com seu jeito caladão, Caparrós assentiu com um movimento da cabeça.

— Conte tudo — pediu Dornelas.

O investigador se retorceu no lugar.

— Saí daqui e fui direto entregar a faca e o vidro com aquele líquido vermelho ao Chagas.

Ao escutar o nome do chefe da perícia, Dornelas levantou o dedo no ar, agarrou o celular sobre a mesa e verificou se havia alguma resposta dele à mensagem que enviara na noite anterior. Nada.

— Ele está me devendo as fotos da vítima — largou o celular na mesa.

— Não vai enviar tão cedo, doutor. Ele perdeu o celular na ilha.

— Caceta! Você sabe se ele conseguiu subir tudo para o sistema?

— Não faço ideia.

Dornelas bufou.

— Prossiga. Você entregou tudo para ele e...?

— Ele me entregou o protocolo e começou sua análise.

— Deu algum prazo?

— Não senhor.

O chefe pensou um instante, pegou o celular sobre a mesa de novo e entrou no contato do Chagas. Havia um telefone listado como "casa". Seria da casa mesmo? Resolveu arriscar. Dois, três, quatro toques e uma voz empastada surgiu:

— Aloa!

— Chagas?

— Quem fala?

— Dornelas aqui.

— Bom dia, doutor. Do que precisa?

— Caparrós está aqui. Acabou de me dizer que você perdeu o celular na ilha.

— Nem me fale. Sei lá, acho que foi na ilha, no barco, no mar, um saco. Metade da minha vida está naquele aparelho.

Dornelas pensou em dar-lhe sugestões de ligar para os caseiros, procurar no barco, mas ao concluir que tinha coisas demais com as quais lidar, desistiu.

— Você conseguiu subir as fotos para o sistema?

— Ontem à tarde.

— E os laudos, consegue para hoje? — pressionou o delegado.

— Hoje é domingo, doutor!

Dornelas rebateu.

— Lembra da frase: tempo que passa, verdade que foge?

Do seu lado da linha, Chagas bufou como um balão de ar se esvaziando.

— Vou dar um gás nisso.

— Ótimo. Estamos todos na ativa hoje, plantão e chefia. Me avise quando terminar. Bom domingo.

— Para o senhor também.

Desligaram. O delegado largou o aparelho na mesa e voltou-se para Caparrós.

— Prossiga.

Capítulo 13

— Perguntei ao Chagas se ele havia encontrado alguma coisa digna de nota na vítima.

— E? — cobrou o chefe, ansioso por informação.

— Ele disse que o corpo não apresentava nenhum ferimento externo, mas a parte de trás da calça, feita de juta crua, estava molhada e manchada de vermelho.

— O líquido da canoa? — adiantou-se o delegado.

— Foi o que pensei. Chagas correu para analisar o líquido do vidro assim que o entreguei. Pediu para eu aguardar.

Dornelas não conseguia conter a ansiedade.

— Desembucha, homem!

— Era sangue mesmo, não humano, mas de algum peixe, talvez anchova ou cavala.

Dornelas se acendeu todo e contou ao investigador da análise de Dulce.

— Isso estabelece uma conexão do Jô com a canoa — sinalizou o delegado. — Grande a chance de ser o veículo que o levou à ilha.

— Morto — acrescentou Caparrós.

Dornelas confirmou com um movimento da cabeça.

— De quem é a canoa?

— De um pescador chamado Aristides.

— Você o localizou, conseguiu conversar com ele?

— Sim senhor. Tive de alugar uma baleeira. A despesa é alta. Peguei um recibo.

— Paciência — disse o delegado, enquanto procurava manter o raciocínio longe da burocracia. — Prossiga.

— Seu Aristides mora num barraco na Ponta Grossa. Disse que a canoa foi roubada no dia do crime. Ele acordou cedo, saiu para pescar e quando voltou no meio da tarde, a canoa não estava mais lá, presa à boia, como deveria estar.

— Esse homem tem dois barcos?

— Sim senhor. Uma baleeira pequena e surrada e a canoa, que usa para pescar ali por perto.

O delegado lembrou de ter cruzado a Ponta Grossa na noite do crime, a caminho da Ilha Plana. Sem saber, passou em frente ao barraco do Aristides.

— Ele prestou queixa?

— Não senhor. Não confia na polícia. Disse que seria uma perda de tempo.

Com tantos crimes não resolvidos, tantos casos de corrupção na polícia Brasil afora, não é de espantar tamanha desconfiança, lamentou Dornelas em silêncio.

— A Ponta Grossa e a Ilha Plana ficam próximas uma da outra — ponderou o delegado. — Se bem que esses pescadores remam longas distâncias para tirar seu sustento.

— Complicado remar longas distâncias com o peso de um corpo no barco — completou o investigador.

— Tem razão. — O delegado mergulhou em pensamentos e passou a balbuciar sua análise. — Se é que foi apenas uma pessoa remando. — Comparou mentalmente as dimensões da canoa com a Faceira e se estendeu. — Naquela canoa não caberiam mais do que duas pessoas remando e o corpo do Jô deitado. Temos de considerar o mar picado, o que diminui ainda mais nosso raio de busca.

Caparrós ameaçou interromper, mas o chefe não deu trégua.

— Quer dizer, o corpo do Jô foi transportado de uma distância não muito longa até chegar ao destino. Deve ter saído de alguma praia ali perto: Enseada do Bom Jardim, Praia do Marangoni, Jurumirim, Engenho D'Água.

— Nenhuma com acesso por terra, apenas por mar — cortou Caparrós.

— Bem lembrado. Temos também as ilhas da Bexiga, das Duas Irmãs, do Cachorro, do Mantimento. Temos de considerar as casas de veraneio, os restaurantes e as comunidades ao longo da costa. Independente disso, o corpo deve ter sido transportado por um barco a motor saído de algum lugar. Daí de canoa até a Ilha Plana.

Um silêncio. Cortado já uma vez da conversa, Caparrós resolveu aguardar calado. A mente incansável do chefe ainda tinha cartas a apresentar.

— Vamos fazer o caminho inverso, trabalhar de trás para a frente.

— O que o senhor quer que eu faça?

— Alugue outro barco e sonde a região toda, ponto por ponto. Procure descobrir se alguém viu ou ouviu algum movimento estranho na noite de sexta-feira. Uma vez que retiramos o corpo por volta da meia-noite e, pela análise da Dulce, ele deve ter ficado pendurado de 1 a 3 horas, a canoa deve ter chegado à Ilha Plana entre as 21h e 22h. Temos de considerar o tempo de desembarque, de arrastar ou carregar o corpo por terra e pendurá-lo na viga do restaurante.

— Como ninguém viu isso acontecer, doutor?

— Simples. O restaurante fica na ponta oposta dos chalés.

— Mas a canoa foi amarrada nas sapatas de concreto atrás dos chalés — salientou Caparrós.

— Quem sabe para nos confundir ou mesmo por falta de lugar melhor, mais escondido. Tem mais, o cachorro. A hora da morte do animal ainda é um mistério. — Dornelas teve o lampejo de uma lembrança. — Dulce deixou claro que o cachorro foi envenenado com chumbinho.

— Já é alguma coisa.

— Bom, vamos voltar um pouco — o delegado retomou o fio de pensamento. — O mais sensato é que o desembarque tenha ocorrido em um lugar tranquilo, sem gente ou cachorro por perto. Temos de considerar o Robson, assistindo a um filme no interior da casa com fones de ouvido, a Elma, colocando o filho para dormir, o mar picado e o vento. Isso tudo contribuiu para que os latidos não fossem ouvidos, se é que o cachorro chegou a latir. – Fez uma pausa reflexiva e voltou à carga: – Para matar o cachorro, alguém atirou um bifão com veneno para dentro da jaula.

– Aposto nisso também – disse Caparrós.

O chefe fez um meneio com a cabeça.

– Mas esta não é a questão mais importante.

– Qual é?

– Quem abriu a jaula com hóspedes na ilha? O corpo do cachorro não estava na jaula, mas fora. Os assassinos devem ter aguardado o veneno fazer efeito, abriram a jaula com o animal moribundo e só então desembarcaram o corpo do Jô.

– No plural, doutor?

– É o que faz mais sentido para mim. O Jô era um homem alto, pesado. Acho pouco provável um homem só ter feito isso tudo sozinho.

Enquanto o investigador concordava com um movimento da cabeça, o chefe organizava o raciocínio. Ao terminar, instruiu:

– Aproveite o barco e dê uma esticada até o bar da Cajaíba, onde o Cleudson disse ter levado o francês e a mulher.

– Uma esticada e tanto – ressaltou o investigador.

O delegado nada disse, pois vasculhava a mente em busca de alguma questão em aberto, alguma lacuna. Sem nenhuma, disse:

– Negocie o quanto puder a tarifa da baleeira, lancha, sei lá.

Para o investigador, era o sinal de reunião encerrada.

– Deixa comigo.

– Bom trabalho e siga em frente.

O investigador ficou de pé. Dornelas arrematou assim que ele agarrou a maçaneta:

– Junte os recibos e passe o relatório direto para mim, para a delegacia te reembolsar. Esses barcos cobram uma fortuna por hora de passeio.

O investigador fez que sim com a cabeça, abriu a porta, saiu e fechou-a atrás de si.

★

Passou a mão no telefone e apertou três teclas.

— Nossa senhora, doutor! Esqueci do seu café — disse Ismênia, na outra ponta da linha.

— Esqueça. Já bebi.

Penalizada, a mulher não lhe deu ouvidos.

— Apareceram uns jornalistas, me perdi, eles vivem fazendo perguntas.

— Essa é a razão de eu ter te ligado.

— Ah!, então, do que o senhor precisa?

— Avise os jornalistas que a coletiva vai ser hoje às 18 horas.

— Mas hoje é domingo! — rebateu Ismênia.

Que saco!, pensou o chefe, mas disse, ríspido:

— Ontem foi sábado e amanhã será segunda-feira. Além disso, só Deus pode se dar ao luxo de descansar num domingo.

— Amém, doutor.

Dornelas imaginou-a fazendo um sinal da cruz e avançou:

— Trabalhamos aos domingos também.

— Sei disso. Quer que eu instale o painel com os logotipos e o equipamento de áudio na recepção?

— Sim, por favor.

— Mais alguma coisa?

— Por enquanto, é só. Obrigado.

Recado dado, desligou.

Olhou o relógio. Quase 9h. Buscou o celular sobre a mesa e ligou para o número da Roberta. Dois, três, quatro toques e a ligação foi direto para a caixa de mensagens. Desligou e ligou para o número do Luciano. O mesmo. Cogitou ligar no fixo e desistiu. A chance de a ex-mulher atender era grande e ele não estava com paciência para ouvir reclamação em pleno domingo. E queria evitar o pior: um pedido de aumento de pensão.

Melhor não dar chance para o azar.

Largou o aparelho na mesa e virou-se para o computador.

★

Entrou no sistema da Polícia Civil e nos arquivos do caso Joviro dos Reis. Abriu a pasta de fotos e passou a navegar por elas, uma por uma, sem pressa.

Estava à procura de algum detalhe, ângulo ou evidência que tenha lhe escapado na escuridão da ilha ou, quem sabe, por falta de atenção do chefe da perícia.

Numa primeira análise, o relato de Chagas a Caparrós se confirmava. Não havia ferimentos externos e a mancha vermelha na parte de trás da calça era evidente.

Ponto para o Chagas, mesmo que ele não precisasse ser nenhum gênio para chegar a essa conclusão.

Abriu a foto de um *close* do rosto. A luz intensa do *flash* dava à face um aspecto fantasmagórico, ressaltava a expressão congelada de horror, impressa nos olhos esbugalhados. A boca aberta e a língua saliente ampliavam essa impressão, transformavam o rosto numa carranca deformada.

Inicialmente, havia considerado o uso de uma faixa ou fita adesiva que pudesse lhe cobrir a boca. Nada, nem mesmo restos de cola de algum tipo de adesivo. Chagas estava certo mais uma vez.

A ausência de uma mordaça reforçava sua tese de que Jô não foi mantido preso, amarrado, debatendo-se até chegar à ilha. O exame de Dulce confirmava essa tese.

Analisou as fotos tiradas dos pulsos, fotos separadas. Os braços estavam largados ao longo do corpo e não amarrados juntos. Mesmo assim, chamou sua atenção a ausência de feridas e hematomas em ambos.

Pulou para as fotos do pescoço, onde conseguiu analisar, pela primeira vez, o tipo de corda utilizado — de sisal — e um nó de forca tradicional. Explorou outras fotos da corda e analisou os dois nós usados para amarrar a corda em torno da viga: o nó volta do fiel com um nó em oito na ponta. Esse detalhe lhe chamou a atenção. Sem o nó em oito, era grande a chance de o peso do corpo soltar a corda e a vítima desabar no chão. Além disso, ambos são comuns e muito utilizados por marinheiros e pescadores.

Seja quem for que tenha feito isso, sabia o que estava fazendo.

Analisou o resto das fotos e nada mais chamou sua atenção. Fechou a pasta convicto de que o chefe da perícia havia tirado todas as fotos possíveis. Não ficou de fora nenhum ângulo ou parte do corpo que pudesse gerar algum questionamento posterior.

Chagas podia ser um pentelho grande e encaracolado, mas era um mestre na sua arte.

Desligou o computador e ficou de pé. Precisava esticar as pernas.

★

Duas batidas na porta e ela abriu. Peixoto, enquadrado sob o batente como um quadro renascentista, surgiu e ficou lá, paradinho, aguardando instruções.

— Entre, entre — disse o chefe, num movimento apressado da mão enquanto largava o corpo na cadeira. — Sente-se.

O vice assim o fez.

— O senhor me procurou, doutor?

— Sim. Quero saber do inquérito com o Caio e a Luana. — Dornelas avançou sobre o tampo e lançou um olhar penetrante ao subordinado. — Por que fugiram?

— Medo, doutor. O rapaz trabalha no mercado financeiro e não pode ter seu nome envolvido em processo policial.

— O que ele pensa, que se dispensar do inquérito o afasta do crime?

— Eu disse isso para ele, não nessas palavras, mas disse.

— E ele?

— Pediu desculpas. Disse que conversou com um sócio no meio da madrugada e este o instruiu a voltar para São Paulo, se afastar de Palmyra o mais rápido possível, ou a coisa poderia respingar na empresa caso saísse uma matéria nos jornais.

— Saiu?

— Que eu saiba, não.

— Ainda não, pelo menos — ponderou o delegado. — Ou não sabemos.

— Ele pediu discrição da nossa parte e disse já ter conversado com a Elma para que não divulgasse na imprensa seu nome e o da namorada como hóspedes da pousada.

Dornelas foi forçado a aceitar a explicação do rapaz. Com as redes sociais, abriu-se uma nova modalidade de crime: o assassinato *online* de reputações. Basta um comentário numa postagem, uma frase descuidada num site e o sujeito tem sua reputação destruída para sempre. O julgamento é feito *online*, sem o devido processo legal, sem qualquer evidência que prove o contrário e sem a possibilidade de reparo. A vitória da narrativa sobre a verdade.

O fim dos tempos.

— Presumo que tenha apagado as fotos do crime que ele mesmo publicou nas redes — ressaltou o delegado.

— Ele disse que sim, que fez isso pelo notebook, no hotel, depois que os instalei lá.

— Ótimo.

— Imagino que essa besta não pensou nas implicações para sua carreira quando publicou as fotos.

— Na certa não, doutor.

Dornelas passou a beliscar os lábios. A mente fervilhava.

— Você conseguiu baixar todos os dados dos celulares?

— Sim senhor.

— Encontrou alguma coisa ali?

— Ainda não tive tempo de analisar tudo com calma. É muita coisa. Mas penso em fazer isso agora, ao sair daqui.

— Ok. Você devolveu os aparelhos?

— Ainda não, conforme combinamos.

— Ótimo. Conte do inquérito, então.

Peixoto se ajeitou na cadeira à procura do que falar. Dornelas presumiu que, pelo tema ser vasto, o vice titubeava por onde começar. Resolveu ele mesmo dar rumo à conversa.

— Sei que eles saíram de barco com o Benedito por volta das

12h de sexta-feira para almoçar na cidade. Voltaram às 15h. Depois disso, não saíram mais da ilha?

— Não senhor. Ficaram por lá.

— Onde jantaram?

— Pediram comida por aplicativo num restaurante na cidade.

O delegado ficou surpreso.

— Os aplicativos agora atendem no mar também?

— Ao que tudo indica.

— Deve custar uma fortuna!

— Ah!, doutor. Ele não pareceu preocupado com isso. O rapaz faz bem o tipo do que chamam em São Paulo de Faria Limer.

— Uma legião de babacas. Pensam que o dinheiro compra tudo.

— Por aí.

Dornelas refletiu por um instante.

— Confirme essa informação nos dados do pedido no aplicativo. Que barco levou o pedido à ilha?

— Um barco de nome Zero Bala saiu do rio Perequê-Açu.

— Na certa uma lancha movida a gasolina para o pedido chegar rápido. Qual o nome do marinheiro?

— Cleudson.

Dornelas ficou encafifado e um farolete se acendeu no cérebro.

— Ele levou o francês e a mulher para a Cajaíba no mesmo dia. É dono de uma baleeira chamada Remanso.

— Isso mesmo.

Dornelas ficou de pé num salto como tivesse tomado um choque elétrico de 220V.

— E tem passagem pela polícia.

— Quanto a isso eu não sabia.

— A que horas o Cleudson entregou o pedido para o Caio na ilha?

— Por volta das 21h.

— Entregou e foi embora? Voltou para a cidade?

— Creio que sim.

— Ele estava sozinho?

— Preciso averiguar.

— Creio que sim, preciso averiguar! Isso lá é resposta, Peixoto?

O vice se encolheu no lugar.

— Quer que eu o chame para um inquérito?

— Imediatamente.

— Deixe comigo.

— Quanto ao casal, até quando eles planjam ficar na cidade?

— O tempo que haviam programado inicialmente. Ele pretende, com isso, não dar margem para o pessoal do escritório questionar a razão de ele ter voltado antes.

— Ótimo.

— Mais alguma coisa, doutor?

— Eu que pergunto. Você tem mais alguma coisa para me dizer?

— Por enquanto, não.

Com o ânimo abrasado, o chefe deu-lhe as costas e passou a caminhar pela sala. Peixoto entendeu o recado e deu o fora.

★

Com o saco já um pouco cheio de ficar sentado numa cadeira fazendo perguntas, a mente e o corpo do delegado pediam ação. Abriu a porta da sala e saiu à caça de Caparrós. Sorte o investigador ainda estar na área.

— Você sabe da chave da casa do Jô? — disparou o chefe, assim que o viu. O subordinado alternava a atenção entre a tela do computador e o teclado no qual digitava. Voltou-se para a figura imponente do chefe de pé, ao lado da mesa.

— Não sei. Não cuidei disso.

— Tem razão — Dornelas levou a mão à testa. — Foi o Lotufo.

Preparou-se para voltar à sua sala. Caparrós captou a intenção do chefe e o interrompeu.

— Pode deixar, doutor. Ligo daqui.

Dornelas estacou no lugar. O investigador pegou o celular sobre a mesa e fez a ligação.

— Lotufo? O delegado está aqui comigo. Ele quer saber da chave da casa do Jô. Arrã. Ok. Um minuto. — Caparrós afastou o aparelho do rosto e voltou a atenção ao chefe: — Na primeira gaveta da mesa dele.

Com os olhos, o investigador acompanhou o trajeto do chefe até a mesa, de onde abriu a gaveta e levantou no ar um molho de chaves presas a um arame enferrujado. Levantou-o como um troféu.

— E o endereço? — cobrou o delegado.

O investigador voltou à carga com Lotufo.

— Deu pra ouvir? Não? O delegado quer o endereço. — Pegou papel e caneta, rabiscou alguns garranchos e esticou o braço na direção do chefe.

Numa manobra estudada, Dornelas sacudiu uma das mãos no ar pedindo o aparelho enquanto, com a outra, pegou o papel.

— Espera um minuto que ele quer falar com você — Caparrós entregou o celular ao chefe, que acionou a tecla do viva-voz.

— Quais os planos para o dia?

— Combinei com a Jaque de trabalharmos na lista das amigas da Mari.

— Você consegue trazer a Mari para ser ouvida ainda hoje?

— Vou tentar.

O chefe pensou um pouco, teve uma ideia e retomou:

— Passe os dados de contato dela também.

Lotufo passou o endereço e o número do celular. Caparrós anotou-os noutro pedaço de papel.

— Obrigado. Me mantenha informado do que você e a Jaque encontrarem.

— Pode deixar — disse Lotufo.

Um vácuo. Do seu lado da linha, o investigador entendeu o vazio na conversa como ligação terminada e, antes que desligasse, Dornelas lembrou de uma coisa e voltou a tempo:

– Importante – disse ao telefone e a Caparrós. – Coletiva hoje às 18h. Quero todo mundo aqui.

– Ok, doutor. Aviso a Jaque.

Desligaram.

Caladão como sempre, Caparrós fez que sim com a cabeça e esticou o braço com o pedaço de papel. Disse assim que ambos fizeram a troca, um pedaço de papel por um celular:

– O pessoal da imprensa não vai gostar nadinha disso.

– Danem-se. Quem determina o rumo da investigação sou eu.

Envolvido por uma onda de rebeldia, Dornelas saiu da sala, voltou à sua, pegou a arma numa das gavetas e escafedeu-se da delegacia pela porta dos fundos.

Capítulo 14

O acesso para a porta de entrada – no andar de cima do sobrado tosco – era por uma escada construída do lado de fora, numa das laterais. A outra lateral era geminada com a Miniatura, loja de biquínis. Tijolos aparentes revestiam toda a fachada. Não havia telhado, telhas, nada disso. Uma laje espessa de concreto cobria todo o teto.

No térreo funcionava o bar do Gil. A porta de enrolar estava esticada até o chão. Isso exigiria ter de voltar outra hora, num dia de semana, para conversar com os proprietários desses dois lugares.

Fazer o quê?

Resignado, Dornelas deu uma boa espiada nas redondezas – a vizinhança e a rua de terra esburacada – antes de subir o lance de escada. Por outro lado, boa coisa ser um domingo. Havia pouca gente na rua e ele não usava terno e gravata, estava à paisana, o que chamava menos atenção.

Diante da porta, tirou a chave do bolso, enfiou-a na fechadura, girou-a e empurrou a folha, que abriu num resmungo. Faltavam a maçaneta e a lingueta.

Avançou um passo e se enfiou num breu total.

O clarão que entrava pela porta o ajudou a encontrar um interruptor. Apertou-o e uma lâmpada se acendeu no teto, a única do cômodo.

Como do lado de fora, tijolos aparentes forravam as paredes do lado de dentro. O piso era de cimento cru.

Mediu mentalmente o ambiente e concluiu ter alguma coisa entre 15 e 20 metros quadrados. Havia uma única janela na parede da frente. Foi até ela, correu as folhas sobre um trilho e o dia entrou.

Nuvens escuras navegavam velozes.

Do alto, deu-se a estudar a vizinhança: um casal de idosos sentados em cadeiras plásticas, na calçada, diante de uma porta aberta; duas meninas e um menino sentados no meio-fio, em silêncio, imersos no celular; um cachorro de cabeça quadrada latindo sem parar para essa cena pitoresca.

Dornelas sacudiu a cabeça e seguiu com sua análise.

Uma brisa quente lambia a cidade e lhe fazia chegar, por cima dos telhados, o canto de um galo, o choro de um bebê e os adores vindos do mar, das cozinhas, de gente.

O ramerrão incansável da vida cotidiana.

Deu meia volta e olhou para a única porta na parede dos fundos.

Fechada.

Atentou-se a um colchão de casal no chão. Sobre ele, um cobertor emaranhado em dois travesseiros. Agarrou o colchão pelo pé, levantou-o, inspecionou-o por baixo e colocou-o de volta no lugar; passou as mãos nas beiradas à procura de zíperes e rasgos; afastou o colchão da parede e analisou a parte de trás.

Nada.

Ateve-se a duas calças penduradas em cabides numa arara ao lado, e em camisas e camisetas jogadas sobre a trave principal. Apalpou os bolsos das calças, passou a mão nas camisas.

Nada.

No chão, um par de sapatos e outro de velhos tênis de corrida. Chacoalhou cada pé no ar.

Vazios.

Avançou para um fogão enferrujado de quatro bocas. Quem sabe a idade ou a maresia fossem os responsáveis pelo estrago. Abriu o forno, olhou dentro e afastou a tampa do fundo.

Nada também.

Vizinho ao fogão, um conjunto com torneira, pia e prateleira. Nesta última, duas panelas, uma frigideira, alguns utensílios, pratos e copos. Facas, garfos e colheres estavam enfiados numa leiteira.

Puxou uma panela por vez, inspecionou o lado de dentro de cada uma e as devolveu ao lugar.

Frustrado por nada encontrar até então, foi para uma velha geladeira e abriu-a. Estaria vazia não fosse uma garrafa d'água, um litro de leite e um pote com pó de café. Puxou o litro de leite, abriu a tampa e levou o bico ao nariz. Leite de verdade, e não estava azedo. Fechou-o e colocou-o de volta. Pegou o pote com café — plástico transparente —, levantou-o contra a luz da geladeira e chacoalhou-o no ar. Nada escondido no pó. Devolveu-o, fechou a geladeira e abriu o congelador. Apenas duas forminhas de gelo vazias.

Bateu a porta do congelador, deu meia volta e olhou para uma cadeira na parede oposta, a mesma da porta. Uma calça bege, semelhante à que Jô usava na cena do crime, cobria o espaldar. Dornelas puxou o celular do bolso, pôs a calça sob o foco da câmera e tirou fotos de diversos ângulos. Olhou atrás e embaixo.

Nada.

Caminhou até a porta fechada e abriu-a. Um banheiro. Uma nesga de luz entrava por uma janela basculante, no fundo. Achou melhor acender a luz.

Havia uma pia pequena, um armário com espelho logo acima, uma tomada na parede, um vaso sanitário completo e um chuveiro elétrico detrás de uma cortina plástica aberta. Analisou a água no vaso. Limpa.

Repassou mentalmente o pequeno cômodo e ficou surpreso: com exceção do teto, todas as paredes eram ladrilhadas, o branco do rejunte tinindo de novo.

Abriu o armário sobre a pia. Pendurados à portinha, havia uma escova de dente, um tubo de creme dental, um cortador de unhas e uma cartela de Novalgina 1g. Nenhum outro remédio nas prateleiras, apenas um vidro de colônia.

Fechou-o, apagou a luz e voltou para o quarto.

Estacou no meio do cômodo, pincelou o ambiente com os olhos e concluiu que, mesmo sendo um imóvel sem acabamento, tudo parecia em ordem, no lugar. Jô era um sujeito organizado, concluiu. E notou a falta de gavetas onde ele pudesse guardar ou esconder documentos, dinheiro ou, quem sabe, um celular.

Ficou encafifado.

Estudou o cômodo todo por um instante e considerou os vãos nos tijolos das paredes como os lugares prováveis de se esconder um pequeno volume naquele ambiente.

Eletrizado pela conclusão, acendeu a lanterna do celular; com uma das mãos, foi como que pintando as paredes com suaves golpes de luz, enquanto, com a outra, apalpava cantos e frestas à procura de alguma abertura ou tijolo solto. Varreu, assim, as paredes da entrada, da frente e da lateral, do teto ao chão.

Nada.

Estacou diante do colchão e com a lanterna estudou a parede do fundo — não queria pisar nos travesseiros. Baixou o foco da luz e reparou num pequeno pedaço de fio preto saindo por entre as dobras do cobertor.

Isso havia lhe passado despercebido.

Agarrou a maçaroca, abanou tudo no ar e uma lanterna de mecânico rolou para fora caindo sobre o colchão. Agarrou a lanterna e puxou bons seis metros de fio, que terminou num plug macho.

Saiu à procura de uma tomada.

Afastou a geladeira da parede, desconectou-a e conectou a lanterna. Uma lâmpada de luz negra se acendeu.

Surpreso, e com a lanterna em mãos, esticou o fio até o meio do cômodo e largou-a no chão. Correu para fechar a porta do banheiro, a janela da frente e a porta de entrada. Voltou e levantou a lanterna no ar.

Do lado de fora, a brisa virou vento e passou a chacoalhar a janela e a porta da frente, como se alguém forçasse a entrada.

Diante da luz negra, fria e um tanto sinistra, sua mente o transportou para uma clareira rodeada pela escuridão. Sentiu-se um cordeiro acossado por lobos famintos e invisíveis.

Levantou a lanterna acesa sobre a cabeça e girou trezentos

e sessenta graus sobre os calcanhares na esperança de que alguma coisa nas paredes chamasse sua atenção.

Nada.

Colocou a lanterna no chão e abriu a porta. Desligou o fio da tomada e reconectou o da geladeira, que emitiu um zumbido elétrico e tiritou no lugar ao voltar a funcionar.

Intrigado até a medula por nada descobrir, resolveu sentar na cadeira e pensar no que acabara de fazer. Considerou diversas possibilidades, as quais se conectavam, criando outras e mais outras até as engrenagens da mente como que darem um nó. E com o nó veio a raiva por não chegar a conclusão alguma.

Irritado, ficou de pé, fechou tudo, trancou a porta de entrada atrás de si e foi embora.

Quem sabe o tempo o ajudasse a resolver a charada.

★

Olhou o relógio. Passava das 11h. Considerou ir ao cais alugar um barco que o levasse à Ilha Plana. Queria esmiuçar o lugar sob a luz do dia. As entranhas lhe diziam que alguma coisa havia escapado.

Sabia da cerimônia no Centro Espírita Tupinambá marcada para 14h.

Achou apertado conciliar uma coisa com a outra.

Teve uma ideia do que fazer nesse meio tempo. Pegou o carro e se embrenhou ainda mais na cidade.

★

Apertou a campainha do número 110 da Rua dos Angicos, vizinho de muro com o Contra-Filé, famoso restaurante vegano de Palmyra, fora do Centro Histórico. Aguardou um pouco e escutou um berro vindo de dentro:

– Quem é?

— Professor? Sou eu, Joca — gritou de volta o delegado.

Uma chave rilhou na fechadura, um portão se escancarou, olhos claros de uma sabedoria milenar o estudaram e um sorriso se abriu.

— Que bom vê-lo, meu pupilo — uma mão ossuda surgiu no ar.

Dornelas devolveu o sorriso e disse:

— Professor Othon — e as mãos se emaranharam num aperto firme. — Não lembro quando foi a última vez que nos vimos.

— Entre, entre — Othon puxou o delegado e passou a debater-se com a fechadura. — Não gosto desse portão aberto.

Dornelas atravessou um quintal e deu dois passos para dentro da casa. Dois que valeram por mil, pois, de um instante para outro, viu-se cruzando uma fronteira da qual não queria voltar nunca mais: do caos, deixado para trás, do outro lado do portão, para Xangrilá.

O choque o fez firmar os pés no chão e se sentir acolhido e em paz. Nenhum barulho superava o gorgolejo de uma fonte ali ao lado. Até a mente ficou em silêncio.

— Foi o que, no colegial? — disse Othon.

— Com certeza, no século passado — respondeu Dornelas.

Os dois homens sorriram e o professor apontou um dedo ossudo para uma poltrona na sala. Dornelas acatou a ordem como nos tempos de escola e pôs-se a desviar das colunas de livros empilhadas e espalhadas pelo ambiente até seu destino.

— Um café? — consultou o professor.

— Ótimo! — disse o delegado, que sentou e ameaçou levantar, mas foi interrompido por um gesto de mão do professor, que ziguezagueou por entre pilhas de livros até a cozinha. De lá, gritou:

— Açúcar ou adoçante?

— Açúcar mesmo.

Enquanto aguardava, o delegado inspecionou o ambiente, uma espécie de abrigo antiaéreo, mas de livros. Teve dificuldade em definir seu estado de espírito. Numa primeira análise, sentiu-se confortado e bem, tanto pelo silêncio como por ver-se rodeado de amplo conhecimento. Pensou numa conta maluca: quantas horas todos aqueles autores dedicaram a escrever todos aqueles livros? Horas solitárias e reflexivas.

Quantas seriam, milhares, milhões, bilhões?

Impossível estimar um número.

Escrever um livro é trabalho de presidiário, pensou, de gente que se autoencarcera na esperança de gerar uma obra relevante em alguma medida. Quantos escritores dedicam horas e horas a essa tarefa e, mesmo assim, passam tão despercebidos quanto um vulto na escuridão?

Trabalho ingrato, porém indispensável.

Concluiu que o homem não vive só de sexo, comida e dinheiro.

Foi trazido de volta pelos passos do ancião, ressurgindo da cozinha e depositando uma bandeja com duas xícaras de café e dois copos d'água numa pilha de livros, entre a poltrona em que estava o delegado e a outra, na qual se encaixou em silêncio, como um gato.

– Sirva-se – disse o professor. – Você está em casa.

ISSO! Dornelas teve um estalo. Esse era o sentimento que não conseguia definir. No silêncio, entre os livros, sentiu-se em casa. Ficou contente e pegou sua xícara de café.

– A que devo sua visita, meu pupilo, depois de tanto tempo? – Questionou o professor, os olhos cintilantes de curiosidade e disposição.

Dornelas tirou o celular do bolso, abriu a foto que tirara da escritura no cartório, contou a história do crime, do terreno do Jô e finalizou na foto no seu celular. Ampliou a imagem até o nome do doador tomar toda a tela, entregou o aparelho ao professor e disse:

– Quem é esse José Francisco dos Santos?

– Ah! – disse Othon. – O Alfaiate. Pelo jeito, você esqueceu das minhas aulas no colégio. Falamos dele no último ano do ginásio.

– Hoje ensino fundamental.

— Correto, mas não muda o teor do que está em pauta.

— Em nada.

Othon buscou sua xícara de café, bebeu-a em dois grandes goles, depositou-a de volta na bandeja e cruzou as mãos sobre o peito antes de um longo suspiro. Dornelas conhecia bem a atitude solene, coisa dos tempos de escola, uma espécie de preparação que o professor se dava a fazer antes de discorrer sobre um assunto sobre o qual dominava.

— José Francisco dos Santos foi um dos maiores mercadores de escravos que o mundo já conheceu. Só não foi o maior porque outro superou seus feitos.

— Quem?

— Francisco Félix de Souza, o Chachá, título honorífico que recebeu em Ajudá, cidade no litoral da região da África Ocidental onde se erguia o forte português São João Baptista de Ajudá. Esse lugar, no Golfo do Benim, atual Nigéria, foi, em certo período da história, entreposto de escravos para o Brasil.

— Chachá — repetiu Dornelas, num sussurro.

— Isso mesmo — confirmou o professor. — A história que se sabe é que ele ganhou esse apelido como resultado de uma rixa entre irmãos pelo poder do lugar. Não se sabe a razão, mas Francisco Félix foi preso. Na prisão, fez amizade e firmou um pacto de sangue com o príncipe que ajudaria mais tarde a ascender ao trono, usurpado por seu irmão. Seu nome era Ghezo. Em reconhecimento aos serviços prestados por Francisco Félix, o recém-empossado rei concedeu-lhe monopólio do tráfico de escravos da região. Com isso, Chachá tornou-se um dos homens mais poderosos e abastados de Daomé. Nessa condição, ele seria, segundo Pierre Verger, "o maior traficante de escravos de todos os tempos."

— Um brasileiro na África Ocidental!

— Não apenas brasileiro, mas mulato baiano de pele clara. Ele chegou a Daomé na primeira metade do século XIX sob circunstâncias obscuras. Esse lugar, à época, era um poderoso estado militar escravista africano.

Dornelas se manteve em silêncio. O professor se estendeu:

– Quer números? Espere um momento. – Ficou de pé, zanzou pela sala e voltou com um exemplar de *Escravidão – Volume III*, de Laurentino Gomes. Sentou-se, folheou o livro e disse: – Aqui está, na página 239. "Ao longo de meio século de atividade, Francisco Félix de Souza teria embarcado mais de meio milhão de escravos para o Recôncavo Baiano. Ao morrer, em 1848 aos 94 anos, deixou 53 viúvas, mais de 80 filhos e 2 mil escravos. Teria acumulado uma fortuna hoje equivalente a 120 milhões de dólares. Foi tão importante que ganhou do soberano do Daomé o título de Chachá, honraria hereditária, semelhante ao status de vice-rei, que desde então vem passando de geração em geração dentro da família Souza. Seus descendentes formam hoje uma poderosa e influente dinastia no Golfo do Benim, com ramificações na França. Estão espalhados por quatro países africanos – Benim, Nigéria, Togo e Costa do Marfim." – Correu os olhos pelo texto, virou algumas páginas e retomou: – Veja isso na página 248: "O título de Chachá dava a Francisco Félix a prerrogativa de representar o soberano nas negociações e no embarque de escravos junto ao mar."

– Perdão pela pergunta – interrompeu Dornelas –, mas havia alguma ligação entre Francisco Félix de Souza e José Francisco dos Santos, doador do terreno que chegou ao Jô?

– Total – disse animado o professor. – José Francisco dos Santos se casou com uma das filhas de Francisco Félix.

– Coisa de família, então.

– Claro. E sabe o mais curioso?

– Mais do que estou agora? – rebateu o delegado.

Othon abriu um sorriso.

– José Francisco dos Santos era negro e ex-escravo alforriado.

O delegado ficou confuso.

– Como assim, negro, ex-escravo alforriado e traficante de escravos?

– De novo, e essa história sei de cabeça porque consta num livro indispensável sobre a escravatura, *Fluxo e refluxo*, de Pierre

Verger. José Francisco dos Santos era de Daomé, foi vendido como escravo no Brasil, comprou sua carta de alforria em 1830 e voltou à sua terra natal. Lá se tornou traficante de escravos após se casar com uma das filhas de Francisco Félix e Souza.

– De onde vem o apelido de Alfaiate? – interrompeu Dornelas.

– Era a profissão que ele exercia na Bahia antes de voltar e se estabelecer na costa africana.

– Qual a razão de um ex-escravo operar no mesmo comércio do qual havia sido vítima?

Othon abriu um leve sorriso.

– Dinheiro, meu pupilo.

– Mas...

– Não existe mas. O tráfico de gente era comum no mundo, mesmo na África, antes da chegada dos europeus. Os povos escravizavam e vendiam prisioneiros de guerra, e de sua própria gente, visando se livrar dos criadores de problemas. E, é claro, ganhar dinheiro. – O professor reabriu o livro, procurou outro trecho e disse: – Veja aqui na página 244, em que "...o chefe obi, Assai, de Aboh, reino situado no delta do rio Níger, disse a uma comissão britânica que o visitou em 1841: No passado, nós pensávamos ser a vontade de Deus que os negros deveriam ser escravos dos brancos. Os brancos, primeiro nos disseram que era para vender escravos para eles e nós vendemos. Agora, dizem que não devemos mais vender. Se os brancos pararem de comprar, os negros vão parar de vender." – Correu os olhos algumas linhas abaixo e leu em voz alta: – ""O próprio rei Ghezo, ao recusar-se a assinar, em 1848, um tratado semelhante, explicou ao enviado britânico, Brodie Cruickshank, que fazê-lo seria "mudar a maneira de sentir do meu povo", acostumado desde a mais tenra infância a considerar aquele comércio justo e correto.""

– Que loucura!

– É, meu pupilo. Loucura total – disse Othon, colocando o livro de lado. – Vou mostrar o que outros autores dizem a respeito.

— Ficou de pé e saiu à caça de mais um livro, que garimpou de uma pilha ao lado da mesa de jantar. Voltou, se ajeitou na poltrona mais uma vez, folheou o livro e disse: — Aqui está, em *A África e os africanos na história e nos mitos*, de Alberto da Costa e Silva, outro autor indispensável sobre o tema. Na página 69, ele diz: "Até o século XVIII, a escravidão, como sistema de recrutar e conservar à força, explorando o trabalho de outros seres humanos, não precisava de defensores no mundo atlântico e mediterrâneo. Era tida como fato natural, aceita pelos livros sagrados e pelos grandes filósofos, sancionada pela tradição do direito, por santos da Igreja e pelo papado. Poucas foram as vozes, e, na maior parte dos casos, sem maior ressonância, que a puseram em debate ou a condenaram." — Virou uma página e acrescentou: — "No Antigo e no Novo Testamento, a escravidão aparece como fato natural: não é justificada nem condenada. Para os cristãos dos primeiros séculos, era irrelevante ser escravo ou livre; o que era importante era como cada qual manejava sua alma e sua condição: quem vivesse a experiência do cativeiro para a glória de Deus, Dele ganharia a verdadeira liberdade. Santo Agostinho tinha-a como consequência do pecado — não haverá escravo que não merecesse ser escravo — e a inscrevia no grande esquema ordenado do mundo. Santo Isidoro de Sevilha julgava-a de origem divina e destinada a resgatar o cativo de sua perversidade genética. E Santo Tomás de Aquino, que teorizou demoradamente sobre a escravidão, considerou-a, ainda que dolorosa, útil e necessária ao cumprimento dos propósitos da natureza."

O delegado não sabia o que dizer, estava sem palavras. Othon, vendo uma brecha no que acabara de ler, emendou:

— "Lutero afirmava que o reino deste mundo não se sustentaria sem escravos. A escravidão não sofreu críticas por nomes que hoje lemos, estudamos e respeitamos, como Descartes, Malebranche, Pascal, Espinosa. Mesmo John Locke, o pai do liberalismo inglês, chegou a qualificá-la como vil e miserável, mas foi acionista da Royal African Company, dedicada ao comércio de escravos." — Vendo seu interlocutor confuso, à deriva de si, folheou algumas páginas e prosseguiu: — Na página 72, o autor nos diz algo definitivo e assustador: "O Século das Luzes foi, assim, contraditoriamente, aquele que mais se fez defesa da escravidão."

— Vamos voltar um pouco — disse o delegado que, vendo seu sistema de crenças colocado à prova, apontou para o celular no colo e disse: — Isso quer dizer que esse José Francisco dos Santos, um ex-escravo negro, depois senhor de escravos, esteve em Palmyra e doou um terreno a Castorina, que tudo indica, era uma escrava?

— Sim, esse documento comprova sua passagem por aqui. Se Castorina era sua amiga, namorada ou amante, não se sabe. Mas a ausência de um sobrenome indica, sobretudo, que ela era escrava. — Vendo seu interlocutor indignado, Othon fez uma breve pausa e decidiu prosseguir: — Não fique tão impressionado assim, pois sabemos que havia, sim, situações em que senhores se afeiçoavam por um ou outro escravo. Nesse livro, na página 152, o autor nos diz... Othon chegou à página correta e disse: — "Houve, é certo, senhores que se portavam com os escravos com brandura, e não faltaram casos de confiança mútua, companheirismo ou até amizade. Entre senhor e escrava, conhecemos histórias estáveis e duradouras. Mas são exceções, e mesmo assim condicionadas por violência fundamental: um era propriedade alienável do outro e estava, por isso, sob seu absoluto domínio. Desgostado com o escravo e enfastiado da amante, o dono podia afastá-los facilmente de seu convívio e até de sua vista, vendendo-os." Veja aqui, no parágrafo seguinte: "Manter um bom número de escravos ociosos era, em grande parte da África, uma afirmação de riqueza e poder. Também no Brasil ostentava-se escravos."

— Santo Deus! — desabafou Dornelas, não apenas pela aula de história, mas pelo conhecimento do professor. Ele tinha os textos na cabeça, sabia tudo de cor e salteado, e até mesmo as páginas exatas onde constavam esta ou aquela citação, como se a biblioteca que os rodeava tivesse se tornado uma extensão física do seu sistema nervoso central.

Vendo-o pasmo e mudo, o professor foi em socorro de seu pupilo.

– Sugiro que você leia *Casa Grande e Senzala*, de Gilberto Freire e *Fluxo e refluxo*, de Pierre Verger. Para escrever esse livro sobre a história de José Francisco dos Santos, o autor teve acesso a documentos de família, fotografias e cartas antigas. – O professor esticou o braço e colocou o livro no colo do delegado. – Fique com ele. Tenho outro exemplar em algum lugar.

Atônito, Dornelas voltou a si e resolveu mudar de assunto. Deixaria para depois a reflexão sobre a aula que acabara de ter.

– E quanto à sua mulher?

– Ah, a Isaltina adorava ver um bom pôr do sol. Gostava tanto que se tornou um faz poucos anos.

– Sinto muito.

– Sei disso, Joca, e agradeço por sua amizade. E sua vida, como vai?

Dornelas discorreu sobre seus dois casamentos, seus três filhos e a profissão.

– Não há muito mais, além disso – concluiu.

– E não está bom?

Fez um meneio com a cabeça, o delegado.

– E o senhor, como está sua saúde?

– Estou bem, um pouco fraco das pernas, mas bem. Passo meus dias aqui sozinho, lendo, estudando. – Com um gesto das mãos no ar, simulou abraçar os livros à sua volta. – Isaltina faz uma tremenda falta, mas estou muito bem acompanhado dos meus livros.

– O senhor leu todos?

– Nah, estão aí só para impressionar meus amigos.

Ambos deram uma longa e extensa risada, ficaram de pé, despediram-se com um abraço fraternal e o delegado saiu para a rua.

Capítulo 15

O movimento de pedestres, dos carros e do comércio transportou-o de volta para a realidade caótica da cidade.

Um retrocesso.

Resignado, olhou o relógio, estudou o entorno e resolveu entrar no Contra-Filé.

Acomodou-se numa mesa e notou a ausência de cardápio. Havia apenas um quadradinho com retículas estouradas – um QR Code – grudado no tampo da mesa.

Por um instante, viu-se imerso no caos total: ele mesmo fazendo *jogging* sozinho, sobre um piso pé de moleque, no interior de uma roda gigante flutuando e girando devagarinho entre as estrelas na versão Palmyrense de *2001 – Uma odisseia no espaço*, de Stanley Kubrick.

Horrorizado e dono de um espírito rebelde, porém conservador – se é que ambos podem conviver em paz em um mesmo homem –, resolveu não se entregar a essa tal de tecnologia e levantou a mão para o garçom. Sem saber a textura, nem mesmo o sabor, pediu um cheeseburguer de mentira – de plantas – e um suco detox.

Saiu meia hora mais tarde com a nítida sensação de ter comido uma salada em forma de sanduíche, para não dizer pastado por meia hora. Teria agora de ruminar o almoço até o Centro Espírita Tupinambá?

Pegou o carro e deu o fora.

★

Na saída da cidade, e antes de cair na estrada, lembrou-se do pedido de André Cruz de usar roupas brancas. Deu então uma volta completa na rotatória, voltou para a cidade e largou o carro de qualquer jeito na frente da casa.

Entrou, deu beijos apressados na mulher e na filha, e subiu como um raio para o quarto. Vestiu-se ligeiro e desceu. Para espanto de Helena, surgiu na sala alvinho da cabeça aos pés, como se recém-saído de um banho de água sanitária. A menina virou para Dulce e disparou:

— Ué, mãe, já é réveillon?

Dulce caiu na gargalhada. Sem entender bem o que estava acontecendo, Helena fez o mesmo. Sem tempo para explicar os detalhes do que estava prestes a fazer, Dornelas apenas disse estar a caminho de uma cerimônia de umbanda. Voltaria mais tarde.

— Mãe, o que é umbanda?

Melhor ir embora. Deu-lhes mais dois beijos apressados, as costas, entrou no carro e se atirou na estrada.

★

Se as ideias viessem à mente como naqueles filmes clássicos do cinema em que uma cena sucede a outra e a história sempre avança, nunca retrocede, ele não precisaria passar pela área do Jô pela segunda vez no mesmo dia. Se tivesse uma mente realmente organizada, como pensava ter, visitaria ambos os lugares numa mesma viagem.

Mas como no terreno mítico da intuição o passado, o presente e o futuro não passam de uma ilusão, viu-se mais uma vez diante da estradinha de terra que descambava morro abaixo.

Rodou por mais alguns quilômetros e parou no acostamento; aguardou a estrada esvaziar, atravessou a pista e entrou numa rua de chão batido que avançava duzentos metros paralela à rodovia.

Havia um mercadinho modesto, duas casas com gente curiosa nas varandas — não é comum um carro de polícia aparecer por aquelas bandas — e muitos carros estacionados de qualquer jeito nas redondezas. As calçadas, tomadas pelo mato baixo, e o terreno baldio mais adiante estavam completamente cheios.

Magro e com a camiseta jogada sobre o ombro, um menino o abordou assim que se viu indeciso sobre onde estacionar.

— Vai pra cerimônia, chefia? — perguntou o moleque.

— Vou. Tem onde deixar o carro?

— No terreno de casa. Vinte pratas.

— Fechado.

Dornelas estacionou no lugar indicado, pagou o moleque e passou na vendinha, onde comprou uma garrafa d'água.

Bastou a andadinha até a entrada do centro para marcas de suor brotarem na camiseta. O sol abrasador, a falta de vento e a exuberante faixa de Mata Atlântica em volta — a umidade era palpável — faziam do lugar uma sauna ao ar livre.

Entrou numa fila — todas as pessoas à frente e em volta vestidas de branco — e inscreveu-se para a cerimônia com uma moça sentada atrás de uma mesinha de montar, sob um guarda-sol. Ganhou um crachá com o número 27, que pendurou em volta do pescoço.

Sentou sob a sombra de uma bananeira, as costas numa mureta, e aguardou. Embalado pela mata, a falta do que fazer e o papo maçante de duas mulheres ao lado — o fracasso no tratamento de pele de uma amiga em comum —, abraçou os joelhos e caiu no sono minutos depois.

Foi acordado — sem saber quanto tempo havia cochilado — com um leve toque no ombro.

— Vamos lá? — disse uma moça de olhar gentil e acolhedor.

As pernas e os braços coçavam. Péssima ideia ter optado pela bermuda e a camiseta. Tornou-se uma presa fácil para os mosquitos.

Ficou de pé num salto e entrou em outra fila. Chegou a um sujeito com um vaso de barro nas mãos, um turíbulo rústico, do qual saía uma fumacinha de sândalo queimado. Estacou diante do homem e deixou-se ser banhado pela fumaça da cabeça aos pés.

De espírito purificado para melhorar a conexão com as entidades espirituais, foi liberado para entrar no centro.

Ao fundo, de algum lugar no meio da mata, ecoava uma música alegre, festiva, uma espécie de samba.

Atravessou um portão, subiu uma longa rampa e deu num octógono enorme: colunas de madeira, sem paredes, teto de sapé e piso de areia.

A festa era ali. A música vinha dali.

O Centro Espírita Tupinambá elevava-se do solo como um templo sagrado, integrado à terra e à mata em volta, como se tivesse brotado do chão lenta e naturalmente, e não sido erguido e moldado por mãos humanas.

No interior do octógono, médiuns dançavam, batiam palmas e clamavam aos seus deuses a plenos pulmões. Alguns deles rodopiavam num ritmo próprio, alheios ao som e ao agito.

Os murros dos atabaques, o rilhar das conchas dos aguês, o timbre moribundo dos berimbaus e agogôs davam à celebração uma dramaticidade pomposa e, ao mesmo tempo, mundana.

Certamente sagrada.

O burburinho de uma cachoeira ali ao lado reforçava a conexão do lugar, e da cerimônia, com a natureza.

Uma mulher de branco com uma bandana colorida nos cabelos orientou-o a tomar uma das diversas cadeiras plásticas alinhadas numa das laterais do templo, do lado de fora. Só havia homens ali. Todas as mulheres foram encaminhadas para um conjunto similar, do lado oposto.

Em síntese, um sistema antilibido.

Dornelas se ajeitou numa das cadeiras e inspecionou o lugar.

Uma espessa viga central de madeira sustentava o teto de sapé. Na base, estatuetas de Nossa Senhora Aparecida, Arcanjo Miguel, São Jorge e Iemanjá desfilavam entre vasos com pipocas, flores e o lumiar quente e colorido de velas.

Enquanto reverenciavam forças sagradas e invisíveis, num rito de invocação alegre e animado, os médiuns eram banhados com a fumaça do sândalo queimado.

O sujeito do portão trabalhava sem parar.

Para que não tropeçassem, caíssem ou trombassem em seus pares, cada médium era auxiliado por um assistente. A consagração do mundo concreto, dedicada aos deuses do sobrenatural, seguia seu curso.

O canto, a dança e os batuques evoluíram ao ponto em que todos os médiuns, amparados pelas divindades no além, haviam canalizado a força sagrada.

A fusão com o transcendente aconteceria a qualquer momento.

E assim, sem aviso, um após o outro, deram-se a vacilar, oscilaram como pêndulos e fecharam os olhos; um espasmo do corpo e a possessão se completava numa espécie de metamorfose; e uma divindade passou a dançar no corpo de cada um.

O rito, beirando o teatral, havia chegado a seu ápice.

Dornelas identificou André Cruz ali no meio. O pai de santo comandava a casa, ordenando o local, aqui e ali, onde cada médium deveria postar-se com seu assistente.

Era chegada a hora de atender o público.

Em dado momento, André o viu de esguelha e o cumprimentou com um gesto de mão. O delegado retribuiu com outro.

E aguardou.

A mulher que o acolhera na entrada começou a chamar o público para atendimento no interior do templo.

Demorou mais de meia hora para seu número, 27, ser chamado. Quando aconteceu, foi-lhe instruído deixar os pertences na cadeira — carteira, chaves, celular e sapatos — e entrar no terreiro descalço.

Ressabiado por ter de deixar suas coisas para trás, Dornelas foi conduzido a um médium que havia incorporado o espírito de um marinheiro.

Coberto de suor, cabelos empapados e olhos semicerrados, o sujeito balançava no lugar como se procurasse manter o equilíbrio no convés de um barco em mar revolto. No canto da boca, um cigarro de palha aceso.

Uma mulher o acompanhava, impedindo-o de cair no chão.

Era a primeira participação do delegado numa cerimônia de umbanda. De mente e peito abertos, entregou-se à experiência e recebeu a pergunta:

— O que o camarada quer saber?

Dornelas pensou na melhor construção da pergunta. Ao sentir-se satisfeito, colocou-a em palavras:

— Procuro o responsável por um crime.

— Hum! — disse o médium e deu uma baforada no cigarro. Espirais de fumaça o envolveram — Crime, é?

— Arrã — grunhiu o delegado.

— Crime de roubo ou de gente morta?

— Gente morta.

— O camarada aí perambula muito por essas bandas, não é?

Dornelas estranhou a pergunta.

— Que bandas?

— Do crime.

— Bom, sou delegado de polícia.

— Trabalha com as leis dos homens, então.

— Mais ou menos isso.

— E as leis de Deus?

— O que têm elas?

— Não são as dos homens.

— Não, não são.

— Aí está uma encruzilhada — disse o médium, o dedo em riste.

Dornelas ficou confuso.

— Como assim?

— As leis de Deus são para todos os homens. Já as dos homens, cada grupo inventa as suas. É raro as leis dos homens estarem em sintonia com as de Deus.

Sem saber para onde a conversa o estava levando, Dornelas resolveu seguir adiante mesmo assim, atirar-se no escuro para ver no que ia dar. Num instante, lembrou das aulas de religião dos tempos da escola, em especial dos Dez Mandamentos da Igreja Católica.

— Não matarás?

O sujeito deu outra baforada no cigarro de palha, colocou-o sob o foco de um olhar embaçado e disse:

— O camarada é um bom delegado.

— Obrigado, mas estou um pouco perdido nesta investigação. Tudo indica ser um crime racial, mas um conflito de terras pode ser o motivo.

— Quem morreu?

— Um homem, voluntário aqui do centro.

— Um homem livre, então — afirmou o médium.

Dornelas entrou na dança e o desafiou.

— Existe alguém livre de verdade no mundo de hoje?

— É livre quem não se deixa cair nas garras do diabo.

— Qual o segredo para isso?

— Viver em constante estado de alerta.

Dornelas pensou um pouco e disse:

— Conheço uma regra mais simples. Funciona assim: se o diabo te ignora, você está fazendo algo errado. Se o interesse dele é atrapalhar seu caminho, está fazendo a coisa certa.

O médium caiu na gargalhada e deu outra baforada no cigarro.

— O camarada é vivo!

O delegado resolveu esperar. Na essência, sabia que a conversa tomaria outro caminho mais uma vez.

— Não se preocupe com a morte — disse o médium. — A morte é uma libertação para quem viveu se libertando. A morte só é uma escravidão para quem viveu se escravizando. Aquele que investe toda sua energia em coisas: a casa, a moto, o carro do ano, é um escravo. Quando essa pessoa vê que tem de deixar tudo isso para trás, se dá conta de que foi escravo por vontade própria, a vida toda. Quando você vive uma vida usando as coisas, sem permitir que essas coisas te usem, você está livre. Não seja escravo da sua casa, da sua moto, do seu carro. Adore tudo isso, mas não seja escravo de nada disso.

O papo ganhou tons filosóficos. Dornelas sentiu-se estimulado por isso, mas decidiu manter o foco no trabalho.

— Entendo. Mas um homem morreu. Alguém o matou. É meu dever encontrar o responsável.

— Não matarás — repetiu o médium.

Nova baforada e ele fechou os olhos de vez. A pequena reunião caiu num silêncio. Ficaram assim: o médium oscilando de olhos fechados, a assistente cuidando para que ele não desmoronasse no chão, e o delegado à espera de uma pista vinda do além. Em dado momento, o sujeito estremeceu como uma antiga lava-roupa, adotou um olhar esgazeado, perdido no etéreo e desabafou:

— A vida é uma luta — a voz embargada de uma paixão tresloucada.

— Tem razão — disse Dornelas.

— Uma luta.

O delegado ficou sem saber o que dizer, fazer ou pensar. O médium prosseguiu:

— O espírito do homem morto é de pura luz. Como muitos, não soube diferenciar luz de escuridão e se aliou às forças das trevas. — Os olhos deram-se a explorar o vazio, como se buscassem instruções no etéreo, e ele deu mais uma baforada. Retomou: — Hum, isso mesmo. Sim, sim... — Voltou-se então ao delegado: — Fique tranquilo. Maria Mulambo o resgatou do reino das sombras. Ele passa agora por tratamento. Está sendo muito bem cuidado. Mas houve um acerto de contas aqui. E ele sabe disso.

— Maria Mulambo?

O médium nada disse e fechou-se dentro de si como uma lâmpada que se apaga. Dornelas entendeu o recado. Se quisesse saber mais, que se aprofundasse no assunto por conta própria, ou em outra ocasião.

A sessão havia terminado.

O delegado agradeceu.

Na saída, cruzou com André Cruz e ambos firmaram um aperto de mãos.

Recuperou seus pertences — estavam todos lá — desceu a rampa e andou até o carro. Acionou o motor e viu-se impelido a mediar a batalha que se iniciara na mente: como basear a investigação no depoimento de um menino de cinco anos e num médium de uma sessão de umbanda?

O que o chefe pensaria disso?

Ficou louco, Dornelas!

Por outro lado, o que fazer? Não havia outro caminho a seguir.

Pôs o carro na estrada e pisou fundo.

★

Passava das 17h quando estacionou o carro na frente da casa. Envolto numa nuvem almiscarada de sândalo e fumo queimados, foi recebido pelo olhar gelado de Dulce, daqueles de arrepiar os pentelhos.

— Caiu na farra este final de semana, heim! — disse a mulher enquanto o aroma do incenso lhe chegava ao nariz.

— Farra? — espantou-se Dornelas.

— Ontem no cartório. Hoje na umbanda.

O marido notou o silêncio na casa e resolveu mudar de assunto. Ele não estava com espírito para entrar numa contenda, fosse pelo que fosse.

— E Helena?

— Tirando uma soneca. Saímos para almoçar e passear. Chegamos há pouco e a coloquei para dormir. Vou acordá-la em meia hora para dar o jantar.

Dornelas sentou-se no sofá ao lado da mulher.

— Estou cada vez mais confuso com esse caso — disse em tom de desabafo.

— Confuso como? — rebateu Dulce, mudando o tom. O olhar ganhou um calor acolhedor que segundos antes não existia.

E o marido desatou a falar.

Contou do homem visto pelo Pedrinho, da chave da jaula do Boris, da visita ao terreno e à casa do Jô, falou do mistério da luz negra, da reunião com seu professor de história e das diretrizes na cerimônia de umbanda. Os pensamentos rodopiavam na cabeça e ele se via como uma mariposa em voo no meio de uma tempestade.

O que fazer?

Sua alma precisava de conforto, carinho e compreensão.

Ele queria aterrissar os pés no chão.

Mas como?

Ficou de pé, pegou a garrafa de Canarinha – sua cachaça favorita – e se serviu de uma dose. Botou para dentro numa talagada, serviu-se de outra e voltou para o sofá.

Vendo esse movimento como um ato de desespero, Dulce despiu-se das rusgas dos últimos dias.

Ela então o encarou e, de uma hora para outra, entendeu o momento, o marido, sua vida e todos os sacrifícios que fez por ter se casado com um policial: as ausências em eventos de família, as viagens e os jantares cancelados na última hora, a cama que se esvazia no meio da noite – uma vida em constante suspense – e teve a certeza de ter se casado com o homem certo, não apenas porque o amava profundamente, como sabia que sua profissão de legista trazia à relação riscos semelhantes.

Numa manobra calorosa e receptiva, digna de mulheres que amam sem reservas, envolveu o rosto do marido entre as mãos, deu-lhe um longo e carinhoso beijo na boca e o abraçou com vontade de colocá-lo no coração.

Dornelas entregou-se ao amor de Dulce e teve, em poucos minutos, sua dor aplacada. Parcialmente curado, desvencilhou-se do abraço e disse:

– Vou fazer o possível para chegar para o jantar.

E ganhou mais um beijo.

Entornou a cachaça, ficou de pé e subiu para o quarto.

Tomou um banho demorado e relaxante. Voltou ao quarto e vestiu-se com terno e gravata.

A coletiva de imprensa começaria dali a meia hora.

Capítulo 16

Restabelecido pelo amor de Dulce, se quisesse, poderia estacionar no pátio da frente e cruzar as linhas inimigas – a imprensa – com o peito aberto e a altivez de Kirk Douglas em *Glória feita de sangue.*

Resolveu preservar-se e ir direto ao pátio dos fundos, onde estacionou o carro. E dali para sua sala sem tumulto.

No caminho, fez uma parada na sala dos investigadores. Estavam todos lá. Equipe reunida. Ficou satisfeito.

Deu um olá geral, prontificou-se a fazer uma reunião com todos assim que a coletiva terminasse – para fechar o domingo – e foi para sua sala, o centro nervoso de toda a operação.

Lembrou-se da noite do crime, quando pôs os pés na Ilha Plana e depois na tábua em que pisava, o marco zero da investigação. Pensou na distância dali à sua sala. Deus, o quanto já não havia sido feito, visto e revirado em apenas dois dias!

Olhou o relógio, 17h47, e lembrou do papo com o Frango, aquele jornalista que, de um jeito ou de outro, conseguia informações impossíveis que o colocavam sempre à frente da polícia. Ele daria um excelente investigador, ponderou, não fosse o fato de ser um pentelho criado e seboso. Imaginou ter de lidar com o sujeito no dia a dia da delegacia e desistiu da ideia.

Nem pensar!

Sem ao menos tirar o paletó, largou o corpo na cadeira e abriu a primeira gaveta da escrivaninha.

Nada de chocolate.

Um sorriso de satisfação formou-se nos cantos da boca. Ficou de pé e voltou resoluto para o carro. As barras haviam ficado numa sacolinha plástica sobre o banco de passageiros.

Enfiou o pacote no bolso do terno e deslizou para dentro da delegacia. Se algum dia desejou se tornar invisível, aquele seria o momento ideal.

Ao chegar à porta de ligação com o corredor das salas, estacou, deu meia volta e foi à garrafa térmica em cima da pia. Pegou um copinho e, enquanto se servia, a porta se abriu e uma figura estranha materializou-se sob a soleira.

— Doutor?

Dornelas voltou-se para o dono da voz — um tom familiar — e tomou um susto. Quase não o reconheceu. Pudera, fazia muito tempo que não o via. Foram necessários alguns segundos para ele casar a imagem na cabeça com a do homem à sua frente. Havia bolsas escuras sob os olhos, bochechas flácidas lhe escorriam no rosto, argolas de gordura engrossavam o pescoço outrora fino e o penacho no cocuruto se transformara num tufo rarefeito. O retrato escarrado de um galo obeso e cansado.

— Frango! — disse o delegado, nitidamente surpreso. — O que você está fazendo aqui?

— Perdão aparecer assim, doutor. Vi o senhor entrando com o carro pelo portão dos fundos.

Sem dizer uma palavra, Dornelas o colocou sob um olhar severo.

— Preciso muito conversar com o senhor antes da coletiva — insistiu o homem.

Dornelas olhou o relógio e pensou na conveniência do papo. Por que não?, e disse:

— Café?

Frango largou a porta e adiantou-se na direção do delegado, que serviu mais um copinho e o entregou.

— Obrigado.

Dornelas deu um gole no seu, olhou bem para o homem à sua frente e disparou:

— O que você tem para mim de tão importante?

Frango aproximou-se ainda mais do delegado – que não gostou da investida – e disse em tom conspiratório:

– A coisa é mais complicada do que o senhor imagina.

– Que coisa?

– Esse crime do Jô.

– Crime? Você não disse que ele se suicidou? Foi o que li no site do seu jornal.

– Meu não. Quem dera.

– Você me entendeu.

Incapaz de conter a ansiedade, Frango entornou o café.

– As informações que eu tinha à época eram diferentes das que tenho agora.

Dornelas não se deixou alterar pelo que poderia ser uma revelação ou pura bravata.

– Que informações você tinha à época, quer dizer, dois dias atrás?

– Que o Jô não estava conseguindo pagar as dívidas com o Grego.

– Você acha que ele se suicidou por causa disso?

– Doze mil reais de dívida, doutor! Quem comete suicídio por doze mil reais?

– Eu é que pergunto.

– Ele foi assassinado – afirmou Frango.

Nada de novo até aqui, pensou Dornelas, mas fez cara de quem estava visivelmente impressionado.

– Sério? E quem você acha que está envolvido nisso?

Frango lançou um olhar alucinado para o delegado. Em mente, formulava equações mirabolantes.

– Se eu disser, o senhor dá a exclusividade para mim, como da última vez?

– Se a informação for quente, como da última vez, a exclusividade é sua.

O jornalista estendeu a mão na direção do delegado. Pegar ou largar. Dornelas sentiu-se intimidado pelo gesto, ponderou algumas questões e devolveu o aperto. No íntimo sabia que não tinha nada a perder, só a ganhar.

— E então?

— O senhor já ouviu falar num tal de Cleudson?

— Talvez. O que tem ele?

— Tem passagem pela polícia.

Dornelas teve uma súbita mudança de humor e deu uma boa olhada no relógio.

— Vamos acabar com o mistério? Por que você não diz logo o que quer? Meu café está esfriando e a coletiva começa em dois minutos.

— O Cleudson foi visto comprando veneno.

O interesse do delegado foi despertado.

— Quando? — deu um golinho.

— Faz menos de uma semana.

— Onde?

— Numa loja de produtos veterinários.

— Tem o endereço?

Frango enfiou a mão num dos bolsos da calça, tirou um cartão de visitas amassado e entregou-o ao delegado.

— Aqui está.

Dornelas pegou o cartão, leu o conteúdo e disparou:

— Onde você conseguiu essa informação?

— Digamos que um pessoal aí deseja ver o Cleudson fora de circulação.

— Morto?

— Não seja tão dramático, doutor. Gente do meio em que ele trabalha. Ouvi dizer que o Cleudson anda derrubando os preços dos passeios de barco. Isso deixa uma turminha da velha guarda lá do cais um pouco irritada com ele.

— Entendo. E essa gente quer usar a polícia para isso — ofereceu o cartão de volta.

— Não, doutor. Veja bem.

Dornelas deu outra olhada no relógio e disse:

— Façamos o seguinte. Vou atrás dessa informação. Se for comprovada, verdadeira, aviso você e damos sequência ao nosso acordo. — O delegado enfiou o cartão no bolso e depois estendeu a mão ao jornalista. — Feito?

Relutante, Frango a apertou e, a caminho da porta, foi interrompido pela pergunta:

— Você não tem mais nada pra mim?

— Não senhor. Por enquanto, é isso — e saiu para a recepção.

★

Se fosse um teatro, Dornelas diria que a casa estava cheia. Lotação total. Nem mesmo um final de tarde de domingo teve o poder de intimidar a opinião pública. Havia gente acompanhando até do lado de fora.

O delegado sentiu-se levemente pressionado por isso.

Assim que entrou e se ajeitou na cadeira diante do painel com os logotipos do governo do Estado e da Polícia Civil, luzes se acenderam, câmeras foram ligadas, microfones foram acionados.

Havia três partes interessadas no espetáculo prestes a acontecer.

De um lado, a Polícia Civil — lê-se Dornelas e sua equipe — apressada para elucidar um caso que ardia nos jornais, internet e TV por ter como tema central o racismo. Essa pressão externa não alterava em nada o compromisso com a verdade, a clareza e a elucidação dos fatos.

Do outro, um punhado de jornalistas comprometidos com prioridades diferentes: arregimentar o maior número possível de seguidores, curtidas, leitores e espectadores.

Nesse caso, a verdade seria relegada a um segundo lugar.

E de outro ainda, o povo clamando por justiça e, na maioria, influenciado pelos jornalistas.

O nítido choque de interesses expunha um problema adicional: não havia, no ambiente, quem pudesse intermediar a contenda. Caberia a Dornelas desempenhar o desconfortável papel de agente duplo. Ou triplo.

Assim que ligou seu microfone, um bate-boca começou entre o povo e os jornalistas. Numa luta de quem grita mais alto vence, surgiu a primeira pergunta, a segunda, a terceira, a quarta e assim por diante, por mais de meia hora.

Tarimbado na arte do samba com a imprensa, Dornelas usou de cautela e ponderação para não se deixar cair em armadilhas de perguntas que, em si, traziam respostas, na maioria dos casos, tendenciosas.

Ao cessar o interrogatório invertido, em que a autoridade policial é colocada sob os holofotes, o delegado desligou o microfone e ficou de pé. Queria esticar um pouco as pernas e destravar as costas. Um jornalista se desgarrou do grupo, aproximou-se da mesa e arriscou:

— Vamos fazer uma entrevista exclusiva, doutor?

Com um sinal negativo da mão, Dornelas deu-lhe as costas e ganhou o corredor.

★

Como mamãe gansa e seus filhotes, todos os investigadores foram atrás, em fila indiana. Sobrou Marilda para lidar com os frustrados e insistentes.

Dornelas entrou na sua sala, vestiu o paletó no espaldar e desabou na cadeira.

Enquanto Jaque e Lotufo, que entraram na frente, ajeitavam-se nas cadeiras de visita — e Solano, Caparrós e Peixoto traziam cadeiras da sala de reunião — o chefe formava criteriosamente a pilha de Diamantes Negros num canto da gaveta. O cansaço era enorme. Ele nem sequer se preocupou em largar uma barra sobre a mesa, chegando até a oferecer sua guloseima aos subordinados que, educadamente, recusaram.

— Bom, gente, chegamos a um ponto em que todos devemos ter a mesma informação a respeito deste caso. — E discorreu sobre o inquérito com os caseiros, a chave da jaula do Boris, o sujeito visto pelo Pedrinho, a visita à casa do Jô, o enigma da luz negra, a ligação da vítima com a canoa, a visita ao cartório e ao Centro Espiritual Tupinambá, suprimindo, obviamente, a pista dada pelo médium em transe. Bastava ele próprio duvidar da própria sanidade, quanto mais seus subordinados diretos. Pera, lá! Que pista? Que a vida é uma luta? Indignou-se consigo mesmo por ter acreditado no médium e resolveu prosseguir: — O Frango me abordou antes da coletiva e disse, em *off*, que o Cleudson comprou veneno na semana passada neste lugar. — Tirou o cartão de visitas do bolso e jogou-o sobre a mesa. Voltou-se para o vice: — Você está atrás do Cleudson, vá atrás disso.

Peixoto puxou o cartão sobre a mesa como uma carta numa partida de truco. Estudou-o e disse:

— Sei onde fica. Deixe comigo.

Solano voltou-se para o vice e tomou a palavra.

— Conversei com ele ontem.

— Tem razão — disse o delegado para Solano.

— Sujeito liso. Marinheiro novo. Licença de arrais recente — colocou o investigador. — Disse ter comprado o barco faz pouco tempo e estar com as parcelas em dia.

Dornelas voltou-se para Peixoto e contou da insatisfação dos demais barqueiros com a prática de *dumping* do Cleudson.

— Esse rapaz é nosso principal suspeito. Traga-o para tirar as impressões digitais. Quero ver se batem com as da faca. — Fez uma pausa e resmungou: — Cadê a porra do relatório do Chagas?

— Ele perdeu o celular — disse Jaque.

— Estou sabendo, mas não justifica o atraso — completou o chefe. — Paciência. — Voltou-se para Peixoto. — Você conseguiu o horário da entrega de comida na ilha na noite do crime, chegada e saída?

— Os aplicativos estão usando barco para entregar comida? — estranhou Caparrós.

— Sim — respondeu Peixoto — Houve um pedido de comida feito às 20h05 na Cantina do Almirante.

Caparrós voltou-se para o chefe.

— O patrão do Jô, com quem ele tinha uma dívida.

— Doze mil reais — completou Dornelas, que ligou algumas pontas e desabafou: — Jô tinha dívida com o Grego, que entrega comida na ilha na noite do crime. Cleudson faz a entrega. Tudo indica que Cleudson comprou o veneno que pode ou não ter sido usado para matar o cachorro. Pouco provável que toda essa volta seja produto de uma coincidência.

— O círculo está se fechando, doutor — disse Lotufo, saindo do silêncio.

— Tem mais — disse Peixoto.

Cinco ávidos pares de olhos pousaram sobre ele.

— Encontrei uma troca de mensagens do Caio com um sujeito, um corretor de imóveis. Tratavam de um imóvel na cidade.

— Ele não trabalha no mercado financeiro em São Paulo? — quis saber o chefe, que teve sua curiosidade aguçada com a notícia.

— Num fundo de investimento imobiliário, doutor. Parece que estão querendo construir alguma coisa por aqui.

Dornelas deu um tapa na mesa.

— Tá todo mundo querendo comprar imóvel em Palmyra agora? Faça o seguinte. Ligue para ele e combine de ele e a moça... Qual o nome mesmo?

— Luana — disse Peixoto.

— Isso, ele e a Luana virem à delegacia amanhã para uma conversa. — Voltou-se para Solano. — Esteja no cartório às 9h. Combinei tudo com a sua irmã. Ela sabe o que fazer.

— Combinado — disse Solano.

— O que mais? — quis saber o chefe, ávido por informação, varrendo sua equipe com os olhos.

Lotufo levantou o dedo no ar como um colegial.

— O senhor teve tempo de falar com a Mari?

— Ainda não.

— Tranquilo. Ela ficou de vir aqui amanhã às 10h30.

— Ótimo. Pergunta para os universitários: alguém conseguiu

algum documento do Jô? Precisamos liberar o corpo.

Lotufo respondeu:

– A Mari ficou de trazer a carteira do Jô amanhã, doutor – disse Lotufo.

– E o Grego, quando vem? – perguntou Dornelas a Solano.

– Marquei para amanhã às 11h.

– Perfeito – o chefe se voltou para Jaque. – O que você conseguiu com as amigas da namorada?

– Nada relevante – disse a investigadora. – Todas confirmaram a noitada num bar com a Mari.

– Na noite do crime – disse o delegado, e ponderou: – Ela tem um bom álibi – enfatizou com o dedo em riste. Todos concordaram com movimentos sutis da cabeça, em silêncio. Prosseguiu: – O Jô não tinha família, herdeiros, nada. Para quem entregaremos o corpo?

– Sobra a Mari – disse Lotufo.

– Muito estranho tudo isso – desabafou o delegado, pensativo.

Um silêncio tomou conta do ambiente. Todos aguardaram uma manifestação. Caparrós, o quietão da turma, levantou a mão no ar e tomou a palavra:

– Aluguei outro barco, como o senhor instruiu, e saí pela costa. Naveguei por tudo ali: ilhas da Bexiga, Duas Irmãs, dos Cachorros, do Mantimento. Parei também na Enseada do Bom Jardim, do Engenho D'Água e nas praias do Marangoni e Jurumirim.

– Conversou de novo com o Aristides?

– Quem é? – indagou Lotufo.

– O dono da canoa – respondeu Caparrós, voltando-se para ele. – Mora na Ponta Grossa. Teve a canoa roubada no dia do crime enquanto estava pescando.

– Hum – grunhiu Solano e uma sucessão de movimentos se espalhou pela sala: Peixoto recostou-se, Jaque puxou o rabo de cavalo para a frente do nariz e cheirou-o, Lotufo apoiou as mãos sobre a barriga. – A ilha do Mantimento é muito próxima da Ponta Grossa.

— Tem razão — confirmou Caparrós. — Lá tem a mansão daquele empresário italiano... piscina com borda de vidro... vista para o mar... quadra de tênis...

— Isso, e o que você encontrou? — interrompeu o chefe, impedindo-o de divagar.

Caparrós voltou a atenção para ele e prosseguiu:

— Nada. O caseiro mora numa casa do outro lado da ilha, com vista para fora da baía. Não sabe e não viu nada.

Silêncio na sala.

— O que mais? — cobrou o chefe, ansioso.

— Segui para a Ilha do Cachorro. Conversei com o Everton, um pescador. Ele mora sozinho numa cabana.

— Tem canoa? — interrompeu Dornelas.

— Sim. Estava lá, assim como a baleeira velha.

— Vale notar que a Ilha do Cachorro é a mais próxima da Ilha Plana, a cena do crime, do que a do Mantimento e a Ponta Grossa, onde mora o Aristides, dono da Musa da Cajaíba. Perdão, prossiga — instruiu o chefe.

— O Everton não viu nem escutou nada. Disse que o mar estava agitado na noite do crime e que foi cedo para a cama. Na ilha não chega luz elétrica. Ele depende de botijões de gás e lampião.

— Ainda tem gente que vive assim? — disse Jaque com cara de muxoxo. — E tão perto da cidade.

— Tem razão — apoiou Lotufo, transbordando em simpatia.

O chefe viu escondido, no puxa-saquismo do investigador, um pacote de segundas intenções embrulhados numa dúzia de rosas vermelhas. Que se entendam!, pensou e voltou-se novamente para Caparrós, que viu um vácuo e resolveu seguir adiante. Ele ainda tinha cartas a apresentar.

— Bom, nada na Ilha do Bexiga também. Os pilares da velha casa seguem abandonados e pouco se usa o cais.

— Tempo aqui — interrompeu o delegado, fazendo um T com as mãos. — Na época da escravatura, a Ilha do Bexiga era usada como local de quarentena para os escravos que chegavam doentes nos navios negreiros vindos da África. Pode não existir conexão alguma desse fato com o crime, mas não podemos esquecer que nossa vítima é o Escravo de Palmyra. Vai saber! – O assunto incomodou, pois todos se remexeram nos assentos. – E tem mais: é a ilha mais próxima da cidade. Prossiga!

– Bem lembrado, doutor. Por ser área de proteção ambiental, não havia ninguém lá com quem trocar uma ideia. Bom, depois segui para a Duas Irmãs. Uma das ilhas segue vazia de tão pequena. Na maior, sobrou a construção do Kon Tiki, aquele restaurante que a Secretaria do Meio Ambiente fechou há muitos anos. E uma casa menor.

– Alguém mora lá? – perguntou Solano.

– Seu Antunes e dona Geralda, ambos idosos e quase surdos. Eles cuidam do lugar, evitam que a ilha seja invadida. Não ajudaram em muita coisa.

– Frustrante isso – intrometeu-se Jaque. – Embora estejamos falando de alguns quilômetros quadrados de mar na baía, muito pouca gente vive ali.

– Nas ilhas – contrapôs Caparrós. – Na costa e nas praias próximas tem mais gente.

– Quanta gente? – desafiou Jaque.

– Nas praias e comunidades, acredito que cem, duzentas pessoas, no máximo – especulou Caparrós.

Para o delegado, o assunto das ilhas havia terminado. Hora de seguir em frente.

– O que você encontrou na costa?

Capítulo 17

— Da Ilha Duas Irmãs – disse Caparrós – passei naquela praia particular de um pessoal envolvido na Lava Jato. Não fui bem recebido. Os seguranças mal-encarados não me deixaram desembarcar e o caseiro mal me atendeu.

– Pessoal folgado – indignou-se Lotufo.

– Você disse ser da polícia? – retrucou o chefe.

– Claro, mas não ajudou em nada.

– O que disse o caseiro? – interpelou Solano.

– Que os patrões não dão as caras por lá faz um tempão. E nada mais. Subi então a costa para a Enseada do Bom Jardim. Havia muitos barcos ancorados ali, mais de dez, de gente que pernoita embarcado.

– Eles se aproveitam da segurança da praia particular – completou Jaque.

– Casa linda, aliás – disse Peixoto. – Não era nessa praia que foram instalados dois gorilas de plástico, usados na década de 80 no lançamento do King Kong nos cinemas?

– Isso – respondeu Dornelas, impaciente com a interrupção. Sem tirar os olhos de Caparrós, instruiu: – Vá em frente!

– Conversei com as pessoas de todos os barcos, passageiros e tripulantes. Poucos estavam ancorados desde o dia do crime. Dos que estavam, ninguém viu nada de anormal. Dizem que sempre existe um movimento à noite, um trança-trança, que isso é normal.

– Tinha gente hospedada na casa na praia?

– Não. A casa havia sido alugada, mas como a previsão do

final de semana era de tempo ruim, o aluguel foi prorrogado para outro final de semana.

Dornelas tomou a palavra.

— Embora a Enseada do Bom Jardim seja muito próxima da Ilha Plana, acho pouco provável alguém ter saído de lá com um cadáver numa canoa. — E teve um lampejo. — Por que não uma voadeira? Resolveu contar essa parte da história para todos, uma parte que ele próprio não havia dado muita atenção.

— O senhor está sugerindo irmos atrás de uma voadeira, doutor? — indagou Solano.

Dornelas fez uma pausa, avançou mentalmente por um caminho, fez uma curva e deu noutro. Retomou:

— Aposto uma cerveja como essa voadeira tem o nome de Zero Bala.

— A mesma que o Cleudson usou para levar o jantar para o casalzinho na ilha — disparou Peixoto.

— Isso mesmo — confirmou o delegado. — Quem se candidata a tirar isso a limpo?

Jaque levantou a mão no ar.

— Mas tem um perrengue aqui — completou o delegado. — Solano viu a Polícia Federal no cais na noite do crime, na certa numa operação sob sigilo. Todos os marinheiros devem estar em estado de alerta com isso.

— Bem lembrado, doutor — disse Solano.

— Mas vale ir atrás da voadeira mesmo assim — concluiu Dornelas. Satisfeito com as evoluções até ali, encarou Caparrós e lançou a pergunta: — O que mais?

— Bom, de lá fui à prainha de Marangoni — prosseguiu o investigador. — A praia é mínima. Em razão do mau tempo, nem barracas de *camping* encontrei. Então fui para a Praia de Jurumirim. Esse lugar me intrigou.

— Por quê? — quis saber o chefe.

Caparrós adotou uma expressão severa e cruzou as mãos sobre os joelhos antes de dizer:

— Lembro que existia uma casinha ali. Não existe mais, foi derrubada. A praia estava vazia, mas encontrei uma trilha de ligação com o outro lado da baía.

— A trilha desemboca na Enseada da Feera, em frente à Ilha da Cotia — preencheu Jaque.

— Um atalho por terra — inteirou Lotufo. — Para se chegar de barco à Feera é preciso dar a volta na baía toda. Demora boas duas horas de navegação.

— Prossiga — instruiu Dornelas, alheio à interrupção.

— Nessa trilha encontrei marcas na areia.

— Que tipo de marcas?

— Pegadas humanas, da mesma pessoa, pés descalços, e uma marca contínua no meio.

— Em que sentido? — questionou Solano.

— Nos dois, da Feera para Jurumirim, ida e volta.

— Uma pessoa arrastando alguma coisa na areia — presumiu Solano.

— Foi o que pensei — reforçou Caparrós.

— Você encontrou marcas de casco de uma voadeira na praia? — interpelou o chefe. — É assim que os pilotos mantêm esses barcos na areia. Aceleram o motor, soltam a presilha da rabeta e sobem a praia com tudo.

— Sim senhor. As marcas devem estar lá até agora.

— As peças do quebra-cabeça estão se encaixando — sussurrou o delegado, mais para si do que para os demais. — O que você encontrou na Cajaíba?

— Bem lembrado, doutor. Eu já estava mesmo me esquecendo. Em suma, o francês e a mulher não estiveram lá no dia do crime. Com o tempo ruim, o bar recebeu apenas um grupo de quatro pessoas, um rapaz e três moças. E tem mais: eles estão sem pastel de arraia nesse momento.

— O que fazemos, doutor? — perguntou Solano, de supetão.

Dornelas fez uma pausa e mergulhou em pensamentos. A mente fervilhava. O silêncio na sala era absoluto. Ninguém se mexia. Não se ouvia sequer a respiração dos presentes. Em dado momento, deixou a reflexão de lado e voltou-se para o investigador.

— Algum chaveiro fez a cópia de uma chave a partir de um molde?

— Sim senhor. No Pedrão, o chaveiro lá da Mangueira. Um homem entregou para ele um pedaço de massinha de moldar, essas de criança, com os dois lados de uma chave marcados em baixo-relevo. O chaveiro afirmou ser de um cadeado.

— Ele lembra como era esse homem?

Solano balançou a cabeça de cima a baixo:

— Bate com a descrição do menino, doutor.

★

Dornelas pediu uma pausa. A bexiga estava a ponto de explodir. Saiu da sala, entrou no banheiro do corredor e fechou a porta.

Numa manobra muito bem articulada, com uma mão baixou o zíper da calça enquanto, com a outra, ligou o interruptor; e antes mesmo de tirar o indigitado das calças, teve um estalo; uma lâmpada se acendeu no cérebro, ainda mais forte que a do teto.

Voltou como um raio para a sala.

— Quem está livre amanhã cedo?

Caparrós levantou a mão. Dornelas deu a instrução:

— Vá à Secretaria do Meio Ambiente e verifique se o Jô tinha autorização para desmatar a área dele. A meu ver, não tinha. Para mim, ele vinha desmatando durante a noite, nos dias de semana, para não levantar suspeita. Por isso, a luz negra, a motosserra e o gerador portátil.

— Deixa comigo, doutor.

Solano ficou incomodado com a teoria.

— Mas por que a luz negra estava na casa dele e não no terreno junto do gerador?

— A Mari vai ter de explicar isso e a razão de estar com a carteira do Jô — completou o delegado que, mesmo exausto, saiu à procura de novas questões na mente. Não encontrando nenhuma, arrematou: — Acho que terminamos por hoje. Algo mais?

Solano levantou timidamente a mão no ar.

— Diga — disparou Dornelas.

O investigador apontou para o zíper aberto.

— O passarinho vai voar, doutor.

Risadas na sala. O delegado deu-lhes as costas e saiu para se aliviar em paz.

★

Como nos filmes de faroeste, em que o burburinho desaparece quando o pistoleiro entra armado no bar para tomar um trago, com Dornelas não foi diferente assim que entrou, de terno e gravata, na Cantina do Almirante na noite de domingo, e foi direto para o caixa, onde um sujeito parrudo, cabelos grisalhos despenteados, óculos pendurados na ponta do nariz, digitava num teclado.

— Procuro Gregório Quintino da Silva, o Grego — assuntou o delegado.

O homem levantou a cabeça e pôs Dornelas no foco das lentes.

— Sou eu. Sobre o que é?

— Delegado Joaquim Dornelas. Preciso de cinco minutos do seu tempo.

O sujeito ficou rígido, depois vermelho como um tomate, e os bigodes se eriçaram — batia com a descrição de Lotufo — e então voltou-se para uma mulher que comandava o salão.

— Soraia, preciso de um minuto. Assuma aqui.

Troca da guarda feita, o sujeito estudou o salão, a ausência de mesas disponíveis e puxou o delegado de lado para a ponta do balcão.

— O senhor toma alguma coisa, uma água, refrigerante, cerveja?

Com o fim do expediente à vista, Dornelas respondeu:

— Uma dose de Canarinha, se tiver.

O homem deu a volta no bar, puxou uma garrafa da prateleira e serviu uma dose num copinho; entregou-o ao delegado, que o pegou, agradeceu, deu um golinho e pousou o copo em cima do tampo antes de dizer:

— Quem recebe os pedidos que chegam pelos aplicativos?

— Eu mesmo, no meu celular. Minha operação é pequena. Olhe em volta — Dornelas assim o fez, e viu oito mesas e apenas alguns lugares no balcão.

— Então, o senhor lembra de ter recebido um pedido de comida para entrega na Ilha Plana na última sexta-feira à noite.

Os olhos do português se injetaram de uma raiva contida e ele ficou vermelho novamente, num instante. Estaria ele à beira de um enfarte?, pensou o delegado.

— Talvez — rebateu Grego.

— O pedido foi feito às 20h05 por um desses aplicativos de comida. O nome do solicitante é Caio.

— O que o senhor quer com isso?

— A razão de o senhor ter omitido essa informação quando meu investigador esteve aqui ontem.

Acuado, Grego soltou o ar pesadamente e pareceu ter envelhecido dez anos ali mesmo.

— Eu não queria me envolver nisso, doutor.

Dornelas nada disse, deixou o homem soltar a língua e, quem sabe, tirar o peso dos ombros.

— Sim, recebi o pedido de dois bifes a cavalo e uma salada *caprese* com a instrução de que um rapaz específico viria retirar.

— Aconteceu como previsto?

— Sim, senhor.

Pressentindo que Grego tinha mais a dizer, porém, relutava, o delegado o provocou:

— Agora é uma boa hora para deixarmos esse assunto... — buscou as palavras, estudou o salão e concluiu: — ... em pratos limpos.

Dando-lhe as costas, Grego pegou mais um copinho e neste serviu uma dose de Canarinha. Levantou o copo num brinde, virou-o de uma vez e disparou:

— Antes dessa instrução, veio outra.

— Qual?

— A de que o mesmo rapaz entregaria, mais tarde naquela mesma noite, um envelope com o dinheiro que o Jô me devia.

Dornelas deu mais um gole.

— Essa instrução não foi enviada pelo app de comida.

— Não senhor.

— Como veio?

— Pelo WhatsApp.

— De quem?

— Do próprio Jô.

Dornelas franziu o cenho.

— A que horas foi isso?

— Isso o quê?

— A mensagem. A que horas o senhor recebeu a mensagem do Jô?

— De manhã naquele mesmo dia. Em torno de 11h30.

— A que horas esse rapaz voltou com o dinheiro?

— Em torno de 22h. O salão estava bem vazio. Ele entrou, deixou o envelope comigo e foi embora. Não disse uma palavra.

— Estava tudo ali?

— Sim, R$ 14.357,40 em espécie com um bilhete.

— O que dizia esse bilhete?

— Que aquele era o valor corrigido do dinheiro que ele me devia.

O delegado pensou um pouco.

— O senhor ainda tem esse bilhete?

— Não senhor. Foi pro lixo naquela mesma noite.

Uma breve pausa para organizar a mente e Dornelas tomou mais um golinho. Voltou à carga: — O senhor não achou estranho receber a quitação da dívida do seu funcionário pelas mãos de um entregador de comida?

— Muito. O Jô sempre me pagou em espécie, pessoalmente. — Grego ficou mudo de repente. Estava assustado. — Eu realmente não tenho nada a ver com o que aconteceu com ele.

Estudou-o por um instante, o delegado, e disse:

– Tenho apenas mais duas perguntas.

– Pode dizer, doutor.

– A primeira: o senhor sabe o destino que ele dava ao dinheiro que o senhor emprestava? E a segunda: por que continuou emprestando mesmo depois que ele parou de pagar as parcelas?

Com os óculos prestes a cair da ponta do nariz, o português colocou-os de volta no lugar e disse:

– O Jô tinha um terreno aqui em Palmyra.

– Estou sabendo.

– Então, ele me falou que estava tirando algumas árvores nobres para vender a madeira. Para isso, precisava de gente especializada, equipamento, caminhões, essas coisas.

– Essa é a resposta da primeira pergunta. E a segunda?

– Ele estava preparando o terreno para ser vendido. Uma área como aquela deve valer um bom dinheiro. Resolvi emprestar porque sabia que ele tinha patrimônio para pagar de volta.

– E ele pagou no dia em que foi morto.

– Felizmente e infelizmente.

– E ele não veio trabalhar naquele dia.

O homem balançou a cabeça para ambos os lados.

– Mesmo assim, ele mandou uma mensagem e o pagou.

– Tudinho.

– Como era ele aqui no trabalho?

– Ótimo. Se dava bem com toda a equipe. Nunca tive problemas com o Jô.

Dornelas pensou um pouco, entornou o resto da cachaça e disse:

– Surgiu uma terceira pergunta.

– Diga.

– Qual o nome do rapaz que retirou o pedido e entregou o dinheiro?

– Cleudson.

– Obrigado. Quanto devo pela cachaça?

— Cortesia da casa.

— Nada disso. Quero pagar.

Acertaram as contas, os dois homens firmaram um aperto de mãos e o delegado saiu pra rua.

★

Equilibrando-se no piso pé de moleque do Centro Histórico, puxou o celular do bolso e fez uma ligação, a última do dia.

— Pois não, doutor — disse Lotufo.

— Passe amanhã nas agências dos quatro bancos da cidade e pegue as imagens das câmeras de segurança do dia do crime. Caixas eletrônicos inclusive.

— Algum horário específico?

— Expediente completo.

— Deixa comigo — confirmou o investigador e desligou.

★

Milagres acontecem, foi o que pensou ao abrir a porta da casa dez minutos antes da hora do jantar. Cruzou a soleira sentindo-se um trapo humano, mesmo que ornado pelo terno amassado e a gravata solta.

Mal conseguia raciocinar de tão cansado.

Dulce o recebeu com um beijo e ele subiu para o quarto para mais um banho e roupas limpas. Seria o que, a terceira chuveirada do dia? Vai saber.

Asseado e envolto numa nuvem de perfume, resolveu dar uma passada no quarto da filha. A menina estava esparramada no colchão a sono solto.

Deu-lhe um beijinho na testa enquanto lamentava não ter conseguido ficar com ela ao longo de todo o dia. Ele nunca engoliu a teoria do tempo de qualidade que certos pais se obrigam a dedicar aos filhos. Para ele, essa teoria foi construída para aplacar a culpa de pais ausentes. Ele nunca foi um pai ausente, mas um pai forçado a se ausentar. Coisas da profissão. E não havia culpa alguma com a qual lidar.

Desceu para a sala e logo se enfiou nos aromas que fumegavam das travessas sobre a mesa. Foi à cozinha e voltou com a garrafa de um bom vinho.

Uma família, duas, três filhos, uma mulher que amava.

Lembrou-se da velha regra matemática aprendida nos tempos da escola. Na verdade, uma das poucas coisas que lembrava dos tempos de escola: a ordem dos fatores não altera o produto.

Por outro lado, que diferença isso faz a essa altura da vida?

A rolha espocou do gargalo e ele serviu uma taça para Dulce e outra para si.

Secaram a garrafa antes mesmo de chegarem à sobremesa. Abandonaram a bagunça na mesa e subiram para o quarto como dois animais jovens e saudáveis.

O momento a dois pedia uma celebração.

★

Foi-lhe possível ver, de dois quarteirões de distância, uma turminha amontoada em frente à entrada da delegacia. Olhou o relógio. Não eram nem 8h da manhã.

Que inferno!

Estava certo de ter saciado o apetite da imprensa com a coletiva na noite anterior. Ledo engano. Estavam todos lá, sinal de o assunto ainda encontrar eco na opinião pública de Palmyra, para não dizer de todo o país.

Com uma guinada no volante, entrou numa transversal, deu a volta no quarteirão e embicou o carro no portão dos fundos; num passe de mágica, as folhas se abriram como na *Porta da Esperança*, no quadro do programa de TV de Silvio Santos. Faltava *Pompa e Circunstância*, de Edward Elgar, para embalar a cena.

Solano estava lá, fumando um cigarrinho, que jogou na sarjeta assim que o chefe entrou com o carro e estacionou numa vaga qualquer.

— Achei que o senhor iria chegar mais tarde hoje, doutor — disse o investigador.

— Os pesadelos não deixaram. Alguma novidade?

— Os donos da Ilha Plana estão aí.

— Mais de um?

— Um casal. Chamei para a parte da tarde. Não sei por que vieram tão cedo.

Dornelas balançou a cabeça e seguiu direto para a copa, onde serviu café em dois copinhos. Ficou com um e entregou o outro ao investigador.

Não abriu o bico.

Sentia-se agitado, intranquilo, incomodado. Não sabia definir o motivador daquele estado.

— Dê cinco minutos e entre com os dois — pediu ao investigador.

Solano fez que sim com a cabeça. O chefe seguiu para sua sala emburrado, introspectivo, com o copinho em mãos.

Terminou o café ao entrar e atirou o copo no lixo. Vestiu o espaldar com o paletó, afastou a cadeira e se sentou. Largou o celular sobre a mesa e ligou o computador. Cogitou passar os olhos na caixa de e-mails. Desistiu. As respostas que procurava não estariam ali.

Quem sabe devorar uma tira inteira de chocolate. Chegou a olhar para a gaveta, mas não sentiu ímpeto de abri-la.

Voltou a ficar de pé e caminhou à janela anti-ruídos de vidros blindados. Abriu uma fresta. O barulho da rua entrou sem dó. Fechou-a e voltou para a mesa.

Uma batidinha na porta e ela abriu. Um setentão firme apareceu na soleira seguido de uma senhora que, aos olhos do delegado, parecia alguns anos mais velha que ele.

— Entrem — instruiu o delegado.

Solano sinalizou da porta a impossibilidade de participar. O delegado anuiu com um movimento da cabeça e disse ao casal:

— Sentem-se.

O sujeito se aproximou da mesa com passadas irregulares e estendeu a mão por sobre o tampo. Ao ficar de pé para completar o cumprimento, o delegado notou que ele usava uma bota ortopédica no pé direito.

— Damião, doutor — disse o dono de um aperto firme.

— Joaquim Dornelas. Como machucou o pé?

A mulher, que se ajeitara na cadeira e engalfinhara as mãos sobre o colo mudinha da silva, tomou a palavra:

— Esse velho não para. Eu estava só esperando a hora de algo assim acontecer. Estava marcadinho, sabe! Não foi falta de avisar.

Damião girou os olhos e se sentou na cadeira vazia.

— Caí da escada na despensa de casa. Nada grave. Daqui a duas semanas tiro essa porcaria.

— Quem manda velho subir em escada? — disparou a mulher.

Contendo uma risada, o delegado olhou bem para ela e notou a pele do rosto tão esticada que suas feições se assemelhavam às de uma marionete. Os lábios estavam absurdamente inchados. O que teria feito ela? Um boquete numa colmeia de vespas?

Limitou-se a dizer:

— Perdão. Qual o nome da senhora?

— Eulália — respondeu ela secamente. — Mas pode me chamar de Lalá.

Eulália é melhor, pensou o delegado, mas disse:

— Perfeito. Vocês são os proprietários da Ilha Plana.

— Ele é — retrucou a mulher. — Não tenho porra nenhuma a ver com aquela merda.

Dornelas ficou surpreso com a truculência. Damião, por sua vez, parecia acostumado às interrupções dela, tanto que a aguardou terminar a litania de imprecações para tomar a palavra.

— Sim, sou o dono e estou consternado com o que aconteceu ali.

— Fale mais sobre isso — pediu-lhe o delegado.

— Eu conhecia o rapaz morto. Eu sempre cruzava com ele em frente à Igreja de Santa Thereza. Passo por ali quase todos os dias. É o caminho que faço da minha casa ao cais. Uma tristeza enorme. Não sei o que será dos meus negócios depois dessa tragédia, especialmente a pousada na ilha.

— Por que diz isso?

— Pense bem, doutor. Quem vai se hospedar num lugar onde um homem foi assassinado?

O sujeito tem lá seu fundo de razão, pensou Dornelas, mas ponderou:

— Em pouco tempo tudo volta ao normal. O povo tem memória curta.

— Deus te ouça.

— Vamos chamar um padre para benzer aquele inferno — disparou Lalá.

Damião não lhe deu ouvidos.

— Quando o senhor acha que poderemos voltar a operar? Estou perdendo clientes a cada dia que passa. Seis reservas foram canceladas de sábado para cá.

— Sinto por isso, mas precisaremos de mais um ou dois dias.

— Se for apenas isso, agradeço.

— Melhor chamar um pai de santo — acrescentou a mulher. — Na certa, alguém deve ter feito uma macumba naquele lugar.

Dornelas pensou em sugerir André Cruz, ponderou a questão e resolveu ficar quieto. Melhor não se meter, concluiu intimamente.

— Conversei com sua filha e seu genro. Tive a impressão de que ambos administram bem a pousada.

— Graças a Deus. Minha filha gosta do lugar e meu genro comprou a briga. Eles são jovens, estão começando ainda. Mesmo assim, estão fazendo um bom trabalho.

— Desde quando eles estão à frente da administração?

— Desde que descobriram a gravidez do meu neto.

— Aquele menino é uma peste — intrometeu-se Lalá.

Que chatice, pensou Dornelas! Damião, tão surpreso quanto o delegado, olhou para a esposa e disparou:

— Você está falando do seu neto!

— E daí? O moleque é uma peste mesmo. O que posso fazer?

O marido achou melhor não retrucar. Deu um longo suspiro e retomou:

— Eles aprenderam a duras penas. Tivemos um acidente com o cachorro.

— O Boris — interrompeu o delegado.

— Isso mesmo. Ele foi solto sem querer durante o dia e mordeu um dos hóspedes.

— Faz tempo isso?

— Assim que eles se mudaram para lá. Fomos processados, mas entramos num acordo. Melhor assim.

— Entendo. Solano, meu investigador, apareceu ontem com a lista de passageiros e equipes das escunas que o senhor administra. — O delegado fez uma breve pausa para poder acomodar na mente a melhor forma de propor a questão. Ao se sentir confortável, articulou-a em voz alta: — Alguém da sua equipe, marinheiros e ajudantes, é de cor?

— O senhor quer dizer negro, doutor?

— Isso mesmo.

— Não vejo relevância nisso.

Dornelas foi forçado a rebater.

— Seu neto disse ter visto um homem negro na casa no dia do crime. Ao que tudo indica, esse homem fez o decalque da chave da jaula do Boris num pedaço de massinha e ele, ou algum outro, fabricou uma cópia num chaveiro aqui da cidade.

— Essa é uma acusação muito grave.

— Não é uma acusação, mas uma constatação. Na segunda parte, uma suposição.

— O senhor vai basear sua constatação, suposição, sei lá, no depoimento de um menino de cinco anos?

E num vidente, pensou o delegado, mas resolveu omitir essa parte e ainda pontuou:

– Sua filha e o marido estavam presentes, sentados nas cadeiras que os senhores agora ocupam, quando ele disse isso.

Damião olhou para o chão. Estava irritado.

– Aquele menino é uma peste, mas é sabido – disse Lalá.

O homem levantou os olhos e disse:

– Tenho dois negros na minha equipe, um marinheiro e um ajudante. Cada um trabalha num barco. Acho pouco provável que qualquer um deles esteja envolvido numa coisa dessas.

– O senhor pode me dar os nomes?

– Miguel é marinheiro. Lauro é o ajudante.

– Um momento, por favor.

Dornelas levantou o fone do gancho e apertou três teclas. Solano atendeu de bate-pronto.

– Venha até minha sala. Traga a lista do pessoal dos barcos da Ilha Plana.

Dois minutos e o investigador abriu a porta e entrou segurando folhas soltas de papel. O delegado repetiu os nomes e cargos ditos por Damião, que completou:

– Puxo anualmente a ficha de antecedentes criminais das pessoas que trabalham comigo.

– Algo surgiu na ficha desses dois ou de qualquer outro?

– Nada. Nunca – enfatizou Damião.

– Desde quando ambos trabalham para o senhor?

– Muitos anos, mais de dez, eu diria.

– E passageiros, o senhor lembra de algum de cor entre eles?

– Negro?

– Sim.

– Sempre tem, mas é difícil agora casar nome e pessoa. É muita gente para lembrar. Preciso averiguar com os marinheiros e ajudantes.

– Eu mesmo farei isso – intrometeu-se Solano, firme.

Damião girou o corpo na cadeira, olhou bem para o

investigador que se postava atrás dele e da mulher, e voltou a atenção ao delegado.

— Como posso ajudar?

— Passe os dados de contato de todos — disse Solano.

Damião tirou um celular do bolso e começou a ditar os números de telefone dos seus seis funcionários. O investigador, de lista em mãos, avançou para a mesa do chefe — este lhe deu uma caneta — e anotou o número ao lado de cada nome. Agradeceu ao terminar.

— Vá atrás disso — ordenou Dornelas.

Sem dizer palavra, Solano devolveu a caneta, saiu da sala e fechou a porta atrás de si.

— Eu estava vendo a hora que ia dar alguma merda naquele lugar. — disse Lalá, quebrando o silêncio que ocupou a sala desde a saída do investigador.

— Como assim? — quis saber Dornelas.

— O senhor já administrou um hotel, delegado?

— Nunca.

— É um inferno na terra. Os hóspedes são sempre um pé no saco. A manutenção, interminável. Naquele lugar, a maresia estraga tudo num estalar de dedos. Um porre!

Dornelas concordou com um movimento da cabeça. Lembrou que na sua casa não é diferente. Mesmo estando alguns quarteirões longe do mar, os móveis e utensílios sofrem os mesmos efeitos.

Vasculhou a mente à procura de mais questões e resolveu dar a oitiva por terminada. Ele não via, naquele momento, motivo para avançar com o casal.

— Acho que deu por hoje. Agradeço a disposição dos senhores de virem até aqui.

Ficou de pé, deu a volta na mesa e abriu a porta. Sem nem sequer um olharzinho de bom dia, a mulher passou pelo vão como um raio e sumiu para a recepção. Vendo-se sozinho com Damião, o delegado aproveitou a oportunidade e perguntou de modo conspiratório:

– Está com dificuldade para andar?

– Nenhuma. Por que a pergunta?

– Não vi motivos para o senhor vir acompanhado. Sua mulher contribuiu muito pouco para a elucidação dos fatos.

– O senhor quer dizer que ela atrapalhou?

Não tendo como negar, por educação, Dornelas limitou-se a um aceno com a cabeça e disse:

– Tumultuou seria mais adequado.

– Ela é um pé no saco, doutor, eu sei, mas é uma boa mulher. Quando disse que viria, ela insistiu em que eu viesse com uma bengala ou com ela. Sozinho, sem bengala, jamais. Recusei ambos. Ela bateu o pé. No fim, preferi trazê-la. Estou velho, mas não sou um velhinho inútil.

– É uma demonstração de que cuida bem do senhor.

– De mim? Nada comparado ao como cuida de si mesma. O que esperar de uma mulher que usa meu creme de hemorroidas para suavizar as rugas no rosto?

Incapaz de se conter, Dornelas descortinou um sorriso.

– Engraçado pro senhor, trágico para mim – lamentou Damião e estendeu o braço para o delegado, que completou o aperto de mãos.

– Obrigado por vir.

– Precisando, é só chamar.

Capítulo 18

Nem todos os depoimentos são tensos e penosos. Ainda bem. A revelação do homem o deixou com o espírito leve, seu humor voltou. Coisa boa.

Deu a volta na mesa e largou o corpo na cadeira; destrancou a gaveta e puxou uma barra novinha de Diamante Negro; rasgou o papel, o envoltório metálico e separou uma tira inteira; enfiou-a na boca e colou-a à bochecha; recostou-se e deixou a guloseima derreter lentamente.

Fechou os olhos e subiu aos céus.

Ele nunca entendeu o que leva uma pessoa a colocar um pedaço de chocolate na boca e já triturar tudo em pedacinhos.

Para que a pressa?

Relaxado, entregue ao deleite, foi subitamente interrompido pelo celular saçaricando em cima da mesa. Agarrou-o, olhou o nome no visor e atendeu:

— Diga, Peixoto.

— Más notícias, doutor.

Dornelas endireitou-se no assento e engoliu à força o que restava do chocolate.

— O que foi?

— O Cleudson.

— O que tem ele?

— Está morto.

— Como? Onde?

— Na casa dele, quarto, sei lá. Encontrei o corpo em cima da cama com diversas lesões provenientes de uma arma branca possivelmente. Há sinais de luta e sangue por todos os lados.

– Puta que pariu! – disparou o delegado e fez uma pausa para organizar a cabeça.

– Como devo proceder, doutor?

– O cardápio de sempre: bombeiros, perícia, IML. Que merda! Como uma coisa dessas foi acontecer a essa altura da investigação? – desabafou mais para si do que para o subordinado.

– O cerco está se fechando.

Ocupado com um pensamento em formação num canto da mente, Dornelas nada disse. Ao concluir, disparou:

– Peça prioridade ao Chagas na coleta das digitais.

– Deixa comigo.

– Você encontrou algum veneno por aí?

– Ainda não olhei.

– Procure. Se encontrar, me avise imediatamente.

– Deixe comigo. Algo mais?

– Aproveite que você vai se encontrar com o Chagas e cobre a porra do relatório. Sem celular, ele está mudo para nós. – E uma ideia emergiu na mente. – Procure um celular por aí.

– Já encontrei.

– Ótimo. Faça um chupa-cabra no Cellebrite assim que voltar à delegacia. Passe o número ao Lotufo. Urgente!

Ao se preparar para desligar, foi interrompido por Peixoto:

– Doutor!

– Diga.

– Consegui a autorização do juiz Souza Botelho para a quebra de sigilo dos dados dos celulares. Incluirei este.

Ótimo, desligaram e o delegado ficou de pé.

Precisava se mexer.

Abriu a porta, foi ligeiro para a cozinha e se serviu de mais um café. Ao sentir o aroma e molhar os lábios, desejou que fosse cachaça. Às nove da manhã de uma segunda-feira?, berrou a voz da consciência.

Afastou-se da bronca, encostou o bundão na pia e pôs-se

a refletir. Notou-se agitado, ansioso. Viu-se sofrendo do mesmo mal dos tenistas quando encontram dificuldade para fechar uma partida. É nesse momento do jogo que o pretenso vencedor se vê diante de uma muralha. Ou ele escala, ou ele fica. Nesse ponto, separam-se os fracos dos fortes, o desleixo da responsabilidade, a glória do fracasso.

Quantos heróis na mitologia, literatura, teatro, cinema, música – vida cotidiana incluída – não ficaram pelo caminho, sucumbiram exatamente aí, diante da muralha?

Dotado de profunda confiança por estar no caminho certo, Dornelas viu-se em turbulento conflito interno, tanto para os casos do Jô, quanto agora do Cleudson.

Como bom e velho cão de caça, cujo faro fora apurado por anos e anos de treino, via-se no rastro de alguma coisa ainda oculta por uma espécie de véu. Faltava a confirmação de algumas provas que porventura pudessem revelar-lhe um nome.

Sua fé foi depositada nessa premissa.

Repassou na mente os passos planejados para aquela manhã: Solano no cartório e nos inquéritos com a Mari e os funcionários do Damião, Caparrós na Secretaria do Meio Ambiente, Lotufo atrás das imagens das câmeras de segurança dos bancos e dos registros de ligações dos celulares, Jaque procurando uma voadeira de nome Zero Bala e Peixoto cuidando da morte do Cleudson, do local onde o marinheiro presumidamente comprou veneno, da autorização com o juiz Souza Botelho e também do Chagas.

Não seriam coisas demais nas mãos do vice?

Pode ser, mas não tem jeito. Talvez tenha chegado a hora de dar um voto de confiança ao homem, espaço, oportunidade, para ver se ele prova seu valor. E a pergunta fatídica surgiu: será que o Peixoto escala a muralha ou fica pelo caminho?

Por um instante, viu-se num vácuo, numa posição nada confortável.

Sim, precisava se mexer de verdade.

Terminou o café, livrou-se do copinho e voltou à sua sala; arrancou a gravata, deixou o paletó no espaldar, pegou a arma na gaveta, o celular sobre a mesa e deu o fora.

★

Já no carro, fez uma ligação.

– Cláudio – disse assim que o amigo atendeu. – Está no seco ou no mar?

– Ainda no seco, esperando a maré subir para poder sair.

– Quanto tempo para isso?

– Meia hora, no máximo.

– Preciso de uma carona para a Ilha Plana.

– Chega aí.

Desligaram.

★

– Vai demorar, doutor? – perguntou o marinheiro assim que Dornelas pulou do barco para o deque.

– Não sei.

– Bom, estou por aqui.

O marinheiro puxou a tampa do motor, colocou-a de lado e buscou a bomba de porão. O tempo livre abriu uma janela de oportunidade para drenar a água que vazava pela gaxeta.

Do seu lado, o delegado viu-se pisando no mesmo deque, na mesma tábua, o ponto inicial da investigação, quase 72 horas depois do crime.

Desta vez, de dia. E nada glorioso.

Rajadas do sudoeste empurravam nuvens escuras e ameaçadoras para cima da cidade, como uma pororoca, só que no céu. Mesmo envolvido pelas montanhas em volta, o mar se enrugava por toda a baía.

Ao cruzar a ponte de ligação do deque com a ilha, analisou a distância dali para a Ilha do Mantimento, depois para Ponta Grossa mais ao fundo, e considerou muita água para se percorrer no mar encrespado da última sexta-feira com um cadáver numa canoa. E mais, a remo.

Analisou o lado oposto, as Ilha Duas Irmãs, bem próximas, a Ilha do Bexiga, mais distante, hoje Parque Nacional, e a cidade ao fundo.

Nada digno de nota.

Passou os olhos pela praia daquela gente envolvida na Lava Jato, depois pela Enseada do Bom Jardim – a ponta de costa mais próxima, onde diversos barcos passaram ancorados na noite do crime – e não se convenceu de nenhum desses ter sido o local de partida da Musa da Cajaíba.

Girou sobre os calcanhares e analisou o lado norte da baía, a tirinha verde e embaçada das montanhas ao longe, sobre a linha d'água, e questionou-se: por que alguém sairia com a canoa da Ponta Grossa, de onde fora roubada, cruzaria quilômetros de baía, ida e volta, para depois atracá-la na Ilha Plana no dia do crime? Pensou no terreno do Jô, ainda mais distante, em Taquari, no caminho para Marealto, e considerou a tarefa como impossível.

Deixou as informações decantarem na alma e sentiu uma atração na altura da nuca, como um ímã, que o fez girar 180° no próprio eixo e fincar os olhos na boca da pequena Praia de Jurumirim, onde Caparrós disse ter visto pegadas humanas e marcas de arrasto.

O celular tocou. Olhou o nome no visor e atendeu:

– Diga, Solano.

– Estou no cartório. O senhor não vai acreditar. Sabe quem pediu a matrícula do terreno do Jô?

– Me surpreenda.

– A Marisvânia.

– Fala sério!

– Ela disse ter encomendado a matrícula a pedido do Jô. Ele estava negociando a venda do terreno.

– Com quem?

— Ela não sabe. Mas a coisa não termina por aí.

— Desembucha!

— Pedi para a minha irmã fazer uma pesquisa no sistema do cartório com o nome da Mari. Essa é de assustar. O Jô havia feito um testamento, deixando o terreno para ela caso alguma coisa acontecesse com ele.

— Bom, isso faz dela nossa principal suspeita. Você continua no cartório com a Mari?

— Não senhor. Estou com ela a caminho da delegacia para interrogatório. Estou levando a matrícula atualizada e o testamento.

— Boa, garoto! — elogiou Dornelas, orgulhoso do seu subordinado. — Não se esqueça da oitiva com o pessoal do Damião.

— Assim que der, doutor.

Com uma equipe enxuta e todos atarefados, o delegado foi forçado a concordar. Quem dera ter mais verba, mais gente. E uma ideia surgiu.

— Diga uma coisa. Os responsáveis pelos barcos de passeio não são obrigados a informar à Capitania dos Portos o número de passageiros a bordo e o destino antes de saírem para o mar?

— Sim, são — respondeu o investigador.

— Você chegou a dar uma olhada nisso?

Do seu lado da linha, Solano sentiu-se com um metro de altura e devolveu:

— Não deu, doutor. Com a situação em casa..., muita coisa pra fazer... passou. Me perdoe.

— Está em tempo. Foco nisso. Veja se os marinheiros dos barcos de passeio, incluindo os do Damião, fizeram isso no dia do crime.

— Deixe comigo.

O chefe discorreu sobre a morte do Cleudson e arrematou:

— Estou na Ilha Plana. Volto para a delegacia assim que terminar.

Abraços, passar bem, desligaram.

E retomou sua análise.

★

Por onde começar?

Sob a luz do dia, considerou refazer o mesmo percurso de quando chegou à ilha na noite do crime: os restaurantes, a vítima, a jaula do Boris, o areião, o gerador, os chalés e depois a língua de rochas com as vigas, onde encontrou a Musa da Cajaíba.

Com a pousada fechada, os chalés vazios, mudou de ideia e foi direto à casa dos caseiros.

A janela da cozinha e a porta de entrada estavam fechadas.

Bateu palmas e aguardou um pouco.

Nada.

Bateu de novo.

Nada.

Resolveu forçar a maçaneta com a mão.

Trancada.

Deu a volta na casa.

As duas venezianas, que supôs serem dos quartos do casal e do Pedrinho, estavam fechadas também. Entre elas, uma janela basculante, possivelmente de um banheiro. Aproximou-se, ficou na ponta dos pés e espiou pelo vão dos vidros canelados.

Um banheiro como muitos.

Presumiu-se sozinho na ilha e olhou para as duas pontas. A leste ficavam os restaurantes. Não havia movimento algum naquela área. Estudou a oeste, na direção dos chalés, e deu-se conta de que, por causa da extensão de areia, da vegetação rasteira, dos coqueiros e chapéus de sol, daquele ponto não se podia ver além dos dois primeiros chalés. A visão das unidades usadas pelos hóspedes ficava completamente bloqueada por estas duas, quanto mais as vigas de concreto onde, numa delas, a canoa foi amarrada.

Mentalmente, criou um filminho: os dois barcos do Damião aportados no deque principal; os dois restaurantes apinhados de turistas bebendo, comendo, divertindo-se; os dois marinheiros e os quatro ajudantes, com o apoio de Elma e Robson, servindo todo mundo. Imaginou o Pedrinho brincando no chão da sala, a TV ligada, um estranho entrando na casa, deparando-se com o menino; depois, tirando a chave da jaula do Boris do prego na parede, fazendo dela o decalque num pedaço de massinha de modelar, depositando a chave sobre a pia e saindo de fininho.

Em pensamento, distanciou-se da cena e concluiu que, se algum barco pequeno – canoa ou voadeira – tivesse atracado atrás dos chalés, qualquer movimento por ali seria ignorado pelos caseiros, marinheiros ou hóspedes no extremo oposto da ilha.

Caminhou até o primeiro restaurante, inspecionou-o como fez na última sexta-feira, deu a volta na rocha divisora deste com o outro, postou-se no local onde cumprimentara o Nogueira, da Capitania dos Portos, depois os marinheiros, e olhou para a viga onde encontrou pendurado o corpo do Jô.

Espantou-se com a lembrança do choque elétrico que lhe correu de alto a baixo na coluna e do sangue ao lhe gelar nas veias.

Deu meia volta, entrou na trilha detrás da casa dos caseiros e estacou diante da jaula aberta do Boris. A fedentina era ainda pungente.

Avançou um pouco mais e analisou o local onde foi encontrado o corpo do cachorro.

Sem os cuidados diários que a pousada exige, folhas dos chapéus de sol e dos coqueiros se acumulavam pelo caminho. O aspecto de abandono era evidente. Quem sabe em alguns dias a coisa volta ao normal, ponderou.

À procura de algum objeto além da faca de limão, trançou um bocado pela areia. Nada encontrando, passou por detrás dos dois chalés não usados até chegar ao de Caio e Luana.

Forçou a maçaneta da porta dos fundos.

Trancada.

Deu a volta, chegou ao terraço e tentou a porta-balcão.

Trancada também.

Espiou para dentro pelo vão das cortinas fechadas. Olhou aqui e ali e notou que a cama era do estilo baú. Em consequência da escuridão, e por não querer invadir o espaço privado dos hóspedes naquele momento, isso passara despercebido na noite do crime.

Analisou o lugar, subiu na mureta à beira-mar e deu-se a olhar para o mar, a parte de costa mais próxima, depois para lugar nenhum. Alheio ao entorno, e sem identificar a origem, seu faro aguçado havia captado o rastro de alguma coisa.

Voltou ao terraço, coçou a cabeça e saiu para o chalé de Sueli e do francês.

Fez nas portas deste as mesmas tentativas que fizera no anterior.

Ambas estavam trancadas.

Espiou pelo vão das cortinas e confirmou a cama estilo baú também nesse quarto. Lamentou a ilha vazia sem os caseiros. No íntimo, o desejo de esmiuçar o quarto, centímetro a centímetro.

Encafifado, saracoteou pelo terraço, um olhar bovino no chão e viu, por acaso, de relance, por uma fresta entre as tábuas, um pequeno brilho dois palmos abaixo, no escuro, na terra, encostado numa das vigas de sustentação do deque. Puxou o celular do bolso, ficou de joelhos e acendeu a lanterna; o facho de luz revelou outro aparelho celular.

Teve um estalo, daqueles de se ver com três metros de altura e ouvir a voz do Criador: o aparelho do Chagas ou do francês?

Tomado por um ímpeto alucinado, correu até a casa dos caseiros sem saber ao certo a razão de ir até lá. No caminho, lembrou de Robson ter mencionado um quartinho anexo à casa onde ficava um bote inflável com um motor de popa de 15hp.

Estacou diante da porta e forçou a maçaneta.

Trancada.

Que inferno!

Sozinho, olhou em volta, articulou pensamentos malignos e deu com o ombro na folha, estourando a fechadura e abrindo a porta num estrondo.

O quartinho era pequeno e apertado. Havia prateleiras com ferramentas variadas para consertos e jardinagem. Viu o bote de pé contra a parede e o motor logo ao lado, preso a um carrinho. No chão, um galão plástico, possivelmente com gasolina.

Avidamente revirou as ferramentas e encontrou um pé de cabra num canto; saiu como um rojão para o chalé, enfiou-o na fresta, fez alavanca, ouviu-se um estalo e a madeira soltou; meteu a mão no vão e pegou o celular pela pontinha. Não queria contaminar o aparelho com suas próprias digitais.

Colocou-o no chão, puxou o pé de cabra da fresta e, com uma pisada firme, recolocou a tábua; voltou ao quartinho e devolveu a ferramenta ao lugar onde estava.

Procurou um saco plástico.

Encontrou um rolo com pequenos sacos de lixo para banheiro. Destacou um. Ciente da obrigação de explicar aos caseiros o dano causado na fechadura, encostou a porta da melhor forma possível ao sair.

Voltou ao chalé e ensacou o aparelho.

Tentou ligá-lo. Sem bateria.

Por puro preciosismo, pois intimamente sabia ter cumprido com sua missão na ilha, passou os olhos no deque e nas vigas onde encontrou a Musa da Cajaíba.

Sem ter mais o que fazer ali, subiu no barco e gritou:

— Cláudio!

O marinheiro estava com metade do corpo enfiado num vão no piso. Ao ouvir o delegado, arrastou-se para fora como um animal marinho e disse:

— Vou fechar tudo aqui, doutor. Partimos em cinco minutos.

Enquanto esperava, seu celular deu-se a tocar no bolso. Puxou-o e atendeu:

— Diga, Marilda.

— Aquele casalzinho, Caio e Luana, chegou aqui. Disseram ter uma conversa marcada com o senhor para as 10h.

Dornelas olhou o relógio, fez algumas contas e disse:

— Ponha-os na sala de reunião.

— A Marisvânia está lá, doutor.

— Leve-os para a minha sala, então.

— O marceneiro chegou. Posso autorizá-lo a fazer o serviço nas suas gavetas?

— As chaves estão no meu bolso.

– Tenho uma cópia, doutor. Lembra de ter me dado depois daquele atentado que o senhor sofreu aqui na delegacia?

Por alto, Dornelas lembrou do evento, do tiro que tomou, dos dias no hospital, mas sua atenção convergiu para o crime que acabara de elucidar: Marilda devorou seu chocolate.

Resignado, limitou-se a dizer:

– Autorizado o serviço. Chego em meia hora. – E antes de desligar, vociferou: – Negocie bem esse preço.

Capítulo 19

De uma ponta a outra, a Praia de Jurumirim não chegava a duzentos metros.

Cláudio aproximou a proa da baleeira o máximo possível da areia. Além desse ponto, seria encalhe na certa.

Antes de desembarcar em terra firme, Dornelas tirou os sapatos, as meias e arregaçou as pernas das calças até a altura dos joelhos. Ao terminar, pulou na rebentação e caminhou para o seco.

À procura de marcas de uma voadeira no chão, caminhou de um lado a outro e nada encontrou. A maré alta e agitada dos últimos dias apagou-as por completo, supôs. Subiu para um platô onde encontrou folhas, lixo e demais restos carregados pelo mar.

No meio disso, havia marcas evidentes de arrasto se embrenhando na mata; ao lado, pegadas mal definidas, ida e volta, entre a Baía da Feera e a Praia de Jurumirim.

Dornelas seguiu os rastros, entrou na mata, caminhou um tantinho e deu em outra praia ainda menor, que se abria para outra baía. Ao fundo, a Ilha da Cotia. Lembrou-se do que disse Lotufo: de uma praia a outra, por mar, são necessárias boas duas horas de navegação. Bateu os olhos no relógio e concluiu: a travessia por terra não tomava mais de cinco minutos.

Estudou ambos os lados e não viu ninguém, nem mesmo alguma construção.

Tentando entender a razão de se arrastar uma canoa roubada de uma praia a outra, formulou equações sofisticadas na mente, mas não desembocou em nenhuma conclusão satisfatória, apenas hipóteses absurdas.

Resignado, voltou à Praia de Jurumirim, subiu no barco e navegou de volta para Palmyra.

★

— Mande o valor do diesel no meu zap.

— Pode deixar — disse Cláudio com o dedão levantado.

Dornelas pulou do barco para o cais da cidade, sacou o celular do bolso e ligou no número de Peixoto.

— Diga, doutor.

— Onde você está?

— Saindo da casa do Cleudson. Chego na delegacia em meia hora.

— Ótimo. Nos vemos lá.

E antes de o chefe desligar, o vice, afoito, adiantou-se:

— Estou levando um filminho que a vizinha da frente fez do possível assassino do rapaz.

— Mande no meu zap.

Desligou e ligou no número do Lotufo. Disparou assim que o subordinado atendeu:

— Alguma previsão dos registros das ligações?

— Devem vir ainda hoje.

— Além desses, temos mais dois números para trabalhar.

— De quem?

— Um aparelho encontrado na casa do Cleudson e outro que encontrei agora na Ilha Plana.

— Mande os números no meu zap assim que possível, doutor. Despacho ao meu amigo quando chegarem.

— Prioridade total! — enfatizou o chefe.

Combinado, até mais, desligaram. E o seu celular tocou. Leu o nome no visor e levantou as mãos para o céu.

— Aleluia! Por onde você andou?

— Acabei de sair da loja de celular. Comprei outro aparelho — disse Chagas.

Dornelas considerou contar do seu achado, mas resolveu, sem saber a razão, manter essa informação sob sigilo.

– E o relatório, quando você pensa em entregar?

– Levo para o senhor logo depois do almoço.

★

A ansiedade era tamanha que Dornelas cruzou a cozinha sem nem uma olhadela para a cafeteira, quanto mais se servir de um copinho.

Passou na sala de reunião e deparou com Marisvânia enfiada no celular. Lotufo tinha razão, a mulher era mesmo um estouro: linda, firme e sinuosa, certamente capaz de causar um engavetamento numa via expressa de quatro pistas.

Foi para a sala dos investigadores. Jaque e Peixoto estavam lá.

Tirou o celular ensacado do bolso e estendeu a mão ao vice.

– Ponha para carregar e chupe tudo agora mesmo. Passe ao Lotufo o número deste e do aparelho do Cleudson. Urgente! – O vice tomou o celular da mão do chefe, que completou: – Compartilhe os arquivos dos aparelhos apreendidos.

– Já estão na pasta do caso, doutor. Mandei o acesso no seu e-mail.

– Ótimo. Peça ao Chagas a datiloscopia desses dois aparelhos. – Voltou-se para Jaque. – E você, alguma novidade?

– A voadeira Zero Bala não está no nome do Jô, mas de um sujeito de quem o Cleudson alugava sempre que aparecia um bico e ele precisava de um barco mais rápido.

– Que tipo de bico?

– Entregas e servicinhos de transporte na baía. Cleudson alugou o barco por um mês inteiro. O dono disse ter visto o Jô por ali mais de uma vez. Mas o senhor não vai acreditar no que encontrei no barco?

– Diga!

– Uma caixa de 1 kg de veneno de rato. Pela metade.

— Chumbinho — completou o chefe.

— Arrã. Troquei informações com o Peixoto e visitei a loja indicada por aquele jornalista. Tudo bate, doutor.

— Bom trabalho.

Deu-lhe as costas e foi à sua sala; deparou-se com uma cena chocante: Caio auxiliava o marceneiro a esvaziar as gavetas, enquanto Luana destacava uma tira inteira de Diamante Negro para depois a enfiar na boca.

— Boa tarde! — disse o delegado, severo, sob o batente.

No susto, Caio largou o que carregava em cima da mesa e se enrijeceu como uma estátua; Luana arregalou os olhos e abocanhou o chocolate, nem sequer mastigou; o marceneiro apenas devolveu o cumprimento e seguiu com o serviço. Dornelas levantou então um dedo no ar e chamou o casal para o canto da sala.

— Preciso conversar com vocês, mas agora complicou. — Deu uma boa olhada no relógio, fez algumas contas e voltou-se ao marceneiro: — Quanto tempo para terminar o serviço?

— Uma hora, doutor.

Voltou-se para o casal.

— Almocem com calma. Voltem aqui às 14h30. Pode ser?

— Podemos levar nossos celulares agora? — perguntou Caio.

— Mais tarde.

Forçado a concordar, Caio anuiu de leve com a cabeça, pegou Luana pela mão e conduziu-a para fora da sala. Dornelas catou a barra de chocolate aberta, destacou um quadradinho e, para ver se acalmava a irritação causada por mais um delito com sua guloseima, enfiou-o na boca.

Enquanto o marceneiro trabalhava, o delegado arrastou sua cadeira para um canto da sala e lá se acomodou. Tirou o celular do bolso e assistiu com calma o filminho feito pela vizinha do Cleudson.

Uma peça importante se encaixava no complexo quebra-cabeça do caso. Mais uma.

★

Sem lugar decente onde trabalhar, e com a fome em franco processo de ressurreição, o delegado aportou no bar do Vito quinze minutos mais tarde. O italiano, paninho no braço, saracoteava por entre as mesas, tirando pedidos e servindo os clientes. A mulher, simpática e atenta como sempre ao que se passava no salão, não saía de trás do caixa. Ao ver seu cliente ilustre, chamou o marido.

— Vito!

O italiano lançou um olhar inquisitivo para ela.

— O delegado — disse a mulher, apontando para Dornelas. — Arrume uma mesa nos fundos. Rápido!

Ao vê-lo, Vito jogou o pano sobre o ombro e fez gestos ligeiros para o delegado, conduzindo-o para uma pequena mesa onde arrumou um prato, talheres e um copo.

— Buona tardi, dotore. Una Canarinha para abri o apititi?

— Boa pedida.

— E pra comê?

— Sobrou feijoada de ontem?

— Con essi tempu feio, a cidadi vazia, sobrô mais do qui devia. Vô fazê um pratu generosu pro senhor.

— Obrigado.

Dornelas se ajeitou no lugar. Vito correu para a cozinha. O telefone tocou. Solano.

— Alguma novidade? — disparou o chefe.

— O Robson está no fixo. Alguém invadiu a Ilha Plana e arrombou o quartinho onde ele guarda o bote.

Puta que pariu!, levou a mão à cabeça o delegado, e contou da sua visita fazia algumas horas. Instruiu Solano a pedir não apenas desculpas, mas para Robson fazer o conserto na porta e mandar a conta para a delegacia cobrir a despesa.

— Mais uma coisa — disse Dornelas. — Pergunte se o Pedrinho brinca com massa de modelar.

A voz de Solano se reduziu a um fiapo, sinal de que ele havia retomado a ligação com Robson. O delegado, enquanto aguardava a resposta, tentava decifrar os sussurros vindos da chamada com o investigador.

— Brinca, doutor — disse Solano voltando à ligação com o chefe. — Ele tem uma caixa de massinha de diversas cores.

— Ótimo. Obrigado.

Depositou o celular em cima da mesa ao mesmo tempo que Vito colocava à sua frente um gigantesco prato com feijoada, couve, farofa, pepitas de bacon torrado e rodelas de laranja. Ao lado, um copinho, que depois encheu com Canarinha até a beirada.

★

Pesado e sonolento, cruzou a recepção sem forças para cumprimentar decentemente Marilda. No íntimo, ainda borbulhava uma raiva por ela ter atacado seu chocolate sem seu expresso consentimento.

Entrou na sala dos investigadores e deparou-se com Peixoto analisando o celular encontrado na ilha.

— Consegui dar uma carga rápida nesse negócio. Veja isso, doutor — disse o investigador, virando a tela acesa para o chefe.

Dornelas deu uma boa olhada numa foto e, resignado, apenas disse:

— Ah! Ao terminar o chupa-cabra, suba tudo para a pasta do caso.

— Pode deixar.

— E deixe o aparelho na minha mesa.

Saiu e resolveu passar na sala de reunião. Quem sabe a exuberância da Mari o deixasse mais alegrinho. Não podia estar mais enganado. A mulher estava enfiada no celular com uma tromba gigantesca no rosto.

— Alguém te serviu uma água ou um café? — tateou o delegado, da porta.

Mari levantou os olhos raivosos do aparelho e retrucou:

— Água apenas.

– Quer um café?

Ela fez que sim com a cabeça.

– Venha comigo.

A mulher ficou de pé, rebolou ao dar a volta na mesa e passou pela porta. O delegado conduziu-a para a copa e serviu café em dois copinhos.

– Açúcar ou adoçante?

– Nada. Puro mesmo.

Dornelas entregou-lhe um copinho, assoprou no seu e disparou antes do primeiro gole:

– O testamento do Jô não te ajuda em nada.

– Estou ligada, doutor.

– Solano disse que ele vinha sendo ameaçado de morte. Por isso o testamento. Confirma?

– Sim senhor.

– Quem o ameaçava?

– Não faço ideia.

– Que tipo de ameaça sofria?

– Não sei. Ele nunca me contou, por mais que eu tivesse insistido na pergunta.

– Você nunca chegou a dar uma espiada no celular dele, pegado um rabo de conversa aqui e ali, nada disso?

– Nada mesmo.

Assunto encerrado. Melhor mudar de rumo.

– Você trouxe a carteira do Jô?

– Entreguei-a ao seu investigador. Pelo jeito, o senhor ainda não deu uma olhada nela.

– Não.

– Não tem quase nada ali. O Jô nunca andava com carteira. Também, qual a utilidade disso? Ninguém mais aceita dinheiro vivo!

Ela tem seu fundo de razão, pensou o delegado.

– E o documento?

– Ele usava o RG digital, um aplicativo de banco e um cartão de crédito, tudo no celular.

— Qual a razão de a carteira estar com você?

— O senhor viu a quantidade de roupas no quarto dele? Viu como o Jô andava vestido no Centro Histórico, com aquela calça velha, descalço e sem camisa? A calça nem sequer tinha bolso.

— Tem razão.

— A carteira ficava sempre comigo por pura praticidade. O Jô vivia de um jeito muito leve, simples. Ele era muito desapegado das coisas.

Dornelas lembrou-se do papo com o guia no Centro Espírita Tupinambá. Mari prosseguiu:

— Presumo que o senhor tenha visitado o quarto dele.

— Sim, visitei.

— Não tem nada ali.

— Nada mesmo.

Mas uma questão incômoda surgiu. Dornelas aguardou o tema se acomodar na alma e disse com muito tato:

— Qual a sua ligação com ele?

— Como assim? Eu era sua namorada — e os olhos amendoados se encheram de lágrimas que transbordaram.

O delegado abriu e tirou um chumaço de guardanapos de uma das gavetas da pia. Entregou-o à mulher, aguardou que se recompusesse e disse:

— Veja bem. Me perdoe por isso, mas preciso ser mais direto. Por que uma mulher tão linda como você, capaz de ter o homem que quiser, decide namorar um homem tão simples e desapegado como o Jô?

Dornelas pôde testemunhar uma alteração repentina no rosto dela; de um segundo para outro, a expressão doce foi substituída por um azedume agressivo.

— O senhor é casado, delegado?

— Sim, sou.

— Qual a razão de o senhor se casar com a sua mulher e não com outra qualquer?

— Amo minha mulher.

— O senhor acaba de responder à pergunta que me fez.

Incrível essa Mari, ponderou. Além de linda e sincera, é inteligente e articulada, características que ele não esperava. Pelo breve e deturpado relato de Lotufo, estava preparado para lidar com uma mulher linda, bobinha e fútil.

— Vou fazer outra pergunta que pode ser desconfortável.

— O que pode ser mais desconfortável do que o senhor considerar que sou burra porque sou bonita?

Palmas para a Marisvânia!

— Qual a razão de eu encontrar uma luz negra na casa, quarto, sei lá, do Jô?

Mari virou o café de uma vez, que estava frio, e disse:

— Podemos sentar, doutor? Não me sinto confortável de tratar desse assunto na cozinha de uma delegacia.

— Claro. Me desculpe por isso.

Dornelas deu uma bicada no seu café, fez cara feia e jogou o resto na pia. E o copinho no lixo. Depois, conduziu-a de volta à sala de reunião. Ao se acomodarem, Mari passou a responder:

— Chegamos a usar aquela luz negra para, digamos assim, apimentar a transa naquele quartinho tão feio.

— Obrigado pela sinceridade.

Mari fez um aceno condescendente com a cabeça e disse:

— Mas esse não era o único uso para aquilo.

Pressupondo a resposta, Dornelas resolveu aguardar calado. A mulher se estendeu:

— Aquele maldito terreno em Palmyra, no caminho para Taquari.

— Tô sabendo.

— Ele recebeu de herança. Coisa que veio de uma tia-bisavó que havia sido vendida pelo próprio pai a um traficante de escravos também negro de Daomé, atual Nigéria.

— Úrsula era o nome da tia.

— Isso mesmo.

— Conheço uma pequena parte da história da escravatura e do doador do terreno à tia-bisavó do Jô: José Francisco dos Santos.

— O Alfaiate. Esse homem era negro e traficava gente do seu próprio povo a torto e a direito.

— Quem poderia imaginar?

— Está nos livros de história, um capítulo que muita gente se recusa a aceitar que existe. E sabe o que mais: vocês brancos receberam toda a culpa por isso.

— Talvez em razão da quantidade de gente envolvida.

— Com certeza. Mas os negros são tão culpados quanto os brancos. A pergunta que resta é uma só: quem, no topo da pirâmide de poder, ganhava, e ganha, com o conflito de negros contra brancos e vice-versa? Já ouviu falar que é mais fácil governar um povo dividido do que um povo coeso, unido?

— Essa é a primeira vez que ouço um negro falando isso.

— Eram os tempos, doutor, a cultura da época. Como podemos recriminar, hoje, uma prática vil do passado? Negros também traficaram brancos, assim como os brancos traficaram negros e brancos. O contexto era outro. O que importa é que, no fundo, no fundo, e independente de raça, cor ou religião, seres humanos traficaram outros seres humanos. É a natureza humana, a competição.

Dornelas via-se cada vez mais impressionado, para não dizer que havia se tornado um admirador secreto dela.

— Pode parecer um exagero — alongou-se a Mari — mas o número de pessoas escravizadas no mundo hoje é maior do que quando essa prática foi proibida lá atrás. E sabe o que é pior? Grande parte desse contingente é de crianças traficadas para serem usadas como escravas sexuais.

Dornelas pensou nos próprios filhos, especialmente em Helena, tão pequena e vulnerável.

— Sei bem.

— Por que ninguém está falando sobre isso?

A pergunta ficou no ar. Dornelas resolveu encerrar o assunto.

— Vamos voltar ao terreno.

— Claro! O Jô estava negociando a venda do terreno.

— Para quem?

— Como disse ao Solano, não faço ideia. Mas, respondendo à sua pergunta lá de trás, o Jô usava essa luz negra para limpar esse terreno à noite. Não apenas a luz negra, como também um gerador de energia e uma motosserra.

Bingo!, pensou o delegado.

— Ele alugou esses equipamentos?

— Nada, comprou com o dinheiro emprestado pelo patrão.

— Ele fazia esse trabalho sozinho?

— Não, com um ajudante.

— Como ele fazia se trabalhava na Cantina do Almirante?

— Ele pegava o turno do almoço. Costumava sair de Palmyra ao final da tarde para trabalhar até o começo da madrugada no terreno.

— Como ele chegava até lá, por mar ou terra?

— Mar.

— Numa voadeira de nome Zero Bala?

— Sim senhor, que ele pegava no cais.

— Ele mesmo pilotava?

— Não, o Jô não entendia nada de barcos. Um rapaz pilotava, o mesmo que o ajudava a limpar o terreno.

— Você sabe o nome desse rapaz?

— Cleudson.

— Ótimo. Ainda precisarei da sua ajuda hoje. Você pode esperar um pouco mais?

— Claro!

Dornelas ficou de pé e voltou para sua sala.

Capítulo 20

Deparou-se com o marceneiro agarrado a uma vassoura, empurrando as lascas de madeira e fuligem espalhadas no chão para uma pá.

— Tudo novo, doutor — disse o homem ao terminar. — As chaves estão penduradas nas fechaduras com as respectivas cópias.

Dornelas agradeceu e o sujeito saiu; voltou dois minutos mais tarde para buscar a caixa de ferramentas; agradeceu pelo serviço e fechou a porta atrás de si. Sozinho na sala, o delegado largou o corpo na cadeira, tirou o celular do bolso e ligou para o número de Caparrós.

— Você continua na Secretaria do Meio Ambiente?

— Saindo, doutor.

— Nada de autorização para limpar o terreno, correto?

— Nada mesmo — confirmou o investigador. — Se tivesse pedido, dificilmente teria conseguido.

— Qual a razão?

— A mata predominante ali é Atlântica. Só depois de muito estudo, o pessoal do Meio Ambiente libera, ou não, a derrubada de mata nativa. O processo é lento e, muitas vezes, a autorização não sai. A legislação ambiental é bastante restritiva.

— Entendi. Passe então na pousada da Sueli e do francês e traga-os à delegacia.

— O que digo pra eles? Qual a razão do chamado?

— Quero esclarecer uma coisa a respeito dos celulares.

— É pra já, doutor.

Desligou e o fixo começou a tocar. Atendeu.

— Diga, Marilda — e, irrevogavelmente convicto, decidiu dar um basta no compartilhamento das chaves das suas gavetas, em especial a dos chocolates.

— O Chagas está aqui.

— Mande-o entrar.

Desligou.

★

— Aqui está, doutor — disse o chefe da perícia ao jogar um calhamaço encadernado em cima da mesa.

— Ótimo. Obrigado — disse o delegado, puxando o relatório para si e abrindo-o. — Você tem alguma coisa a acrescentar?

— O caso do Cleudson, cujas evidências acabei de coletar. É mais simples. Arma branca mesmo, talvez uma faca de cozinha, que não encontrei na cena do crime. Nada de impressões digitais. Quem fez isso tomou cuidado para não deixar rastros.

— A vizinha da frente fez um filme que substitui tudo isso.

— Melhor ainda.

Dornelas fechou o relatório e arrematou:

— A bola está comigo agora. Obrigado.

— Disponha, doutor.

O chefe da perícia saiu da sala. O delegado puxou o fixo do gancho e ligou para o número da recepcionista.

— Não me chame para nada ou passe nenhuma ligação, nem mesmo se for do Papa.

— Nem mesmo do doutor Amarildo?

— Nem dele.

Bateu o telefone. Dois toques na porta e ela se abriu. Lotufo enfiou a cabeça no vão.

— Tem um minuto, doutor?

— Um só.

O investigador entrou com papéis nas mãos. Solano aproveitou a oportunidade e entrou atrás. O chefe bufou.

— Aqui estão os registros das ligações dos três aparelhos apreendidos na ilha e as capturas de tela das imagens das câmeras de segurança dos bancos, como o senhor pediu. Os registros de ligações dos dois celulares encontrados esta manhã chegam mais tarde. Mando no seu e-mail assim que entrarem no meu.

— Ótimo. E sobre os quilombolas, o que você conseguiu?

— Bem lembrado, doutor. Visitei o quilombo do Morrinho. Conversei com um griô.

— Quem?

— Griô, um ancião. Ele contou algumas histórias dos ancestrais quilombolas.

— Prossiga.

— Disse que o terreno do Jô era um dos últimos remanescentes da época da escravatura, ainda nas mãos de um descendente de escravos. Talvez por isso, a quilombola tenha questionado o senhor com tanta veemência. O griô explicou o motivo: na década de 70, um grupo de advogados de São Paulo apareceu na Praia de Trindade e comprou boa parte daquelas terras a preço de banana, literalmente. Ele contou a história de um idoso. Gente simples, doutor. O sujeito vendeu a terra onde morava por um par de botinas. Depois de muito insistirem, os advogados compraram tudo ali e construíram um condomínio de luxo.

— Conheço um pouco dessa história.

Eletrizado pelo tema, Lotufo se estendeu:

— Fechado o negócio, os advogados convenceram o então prefeito a mudar os desalojados para um canto da cidade, num pedaço de terra desabitado. Imagine o senhor, de um dia para o outro, essa gente ficou sem casa e sem terras para cultivar. E sem emprego. Não demorou e apareceu o proprietário da área ocupada. Ele entrou na justiça reclamando invasão de propriedade. A prefeitura foi forçada a desapropriar a área e pagar um caminhão de dinheiro ao dono. Tudo arranjado desde o início. Dizem as más línguas que o então prefeito estava envolvido no esquema.

— Predadores imobiliários se aproveitaram da inocência e da falta de instrução daquela gente. Lembre-se de que, até o começo da década de 70, Palmyra mal existia para o resto do Brasil. A cidade foi descoberta apenas com a abertura da Rio-Santos, em 1974. Mais alguma coisa?

— Isso é tudo.

— Ah!, importante. Conversei ontem à noite com o Grego, no restaurante dele. Ele não ficou de vir hoje?

— Às 11h.

— Ótimo. Apenas pegue e registre o depoimento dele.

Lotufo deixou a papelada em cima da mesa e saiu de fininho. Solano aproveitou o vácuo e se aproximou da mesa. Vendo o chefe ocupado e afobado, não se deu a firulas e foi direto ao ponto:

— Conversei com o Nogueira. Antes de saírem para o mar, os marinheiros do Damião comunicaram oficialmente o número de passageiros à Capitania dos Portos, assim como o Benedito. Nenhuma comunicação de saída do Cleudson no dia do crime.

— Faz sentido — disse o delegado, pensativo.

— Mais alguma coisa, doutor?

— Se procurarem por mim, estou em Marte. Avise todo mundo.

— Ok.

— E feche a porta ao sair.

★

Foram necessárias quase três horas para Dornelas estudar os arquivos puxados pelo Cellebrite, os registros de ligações dos aparelhos apreendidos na noite do crime e ler os relatórios da Perícia e do IML de cabo a rabo. Nesse meio tempo, entrou o e-mail de Lotufo com os registros das ligações dos aparelhos do Cleudson e do coletado na ilha.

Cruzou dados, fez contas.

Puxou uma folha da impressora e nela desenhou uma espécie de coluna dorsal e traços transversais com o que pareceram as espinhas de um peixe. Nos vértices, inseriu horários, números de telefone, mensagens de WhatsApp, descrições de fotos, descobertas empíricas e nas oitivas, suas e da equipe, além das impressões pessoais — uma maçaroca de dados — na tentativa de elaborar uma linha do tempo destinada a criar uma história.

Ao terminar, o cérebro já cansado de tantas piruetas, puxou o telefone do gancho e ligou para Marilda.

— Pois não, doutor.

— Caio e Luana chegaram do almoço?

— Faz tempo.

— Sueli e o francês estão aí?

— Caparrós chegou agorinha com eles.

— Ótimo. Dê cinco minutos e traga ambos os casais e a Marisvânia à minha sala. Segure todas as ligações depois disso.

— Pode deixar.

Bateu o telefone e ligou na sala dos investigadores. Solano atendeu no primeiro toque.

— Equipe completa na casa?

— Sim senhor.

— Chame todos imediatamente à minha sala. Traga as cadeiras da sala de reunião. E peça ao Peixoto vir com os cinco aparelhos de celular apreendidos.

— É pra já!

Dornelas bateu o telefone e concluiu: chegou a hora de escalar a muralha, fechar a partida.

★

Em menos de cinco minutos, a porta da sala se tornou a de um daqueles minúsculos calhambeques de circo por onde saem mais e mais palhaços de dentro. Nas cadeiras, sentaram-se os casais, Marisvânia e Jaque, cujo lugar fora gentilmente preparado por Lotufo, que permaneceu fiel e de pé ao seu lado. O vice e os demais investigadores ficaram de pé atrás destes.

O delegado aguardou que todos tivessem tomado seus lugares, olhou bem para o material organizado à sua frente sobre a mesa — papéis diversos e cinco aparelhos celulares alinhados — e começou:

— Desde o início desta investigação, eu e minha equipe trabalhamos com a premissa de o Joviro dos Reis ter sido levado já sem vida à Ilha Plana. Nós, aqui, quebramos a cabeça na tentativa de elucidar o local exato de onde saiu o corpo do Jô, apelido da vítima, para ser pendurado no local onde foi encontrado na noite da última sexta-feira. Um exercício exaustivo que nos tomou muito tempo e esforços. Isso mudou hoje pela manhã quando encontrei este aparelho debaixo do deque do chalé usado por Sueli e Patrice.

Dornelas pegou o aparelho, levantou-o no ar com a tela virada para seus interlocutores e apertou o botão na lateral. A foto de um casal surgiu. Todos na sala, sem exceção, levantaram as sobrancelhas de espanto. O delegado prosseguiu:

— Isso mesmo: Joviro e Marisvânia — esticou o braço e entregou-o à viúva. — Você pode confirmar?

A mulher agarrou-o e entrou na tela de aplicativos sem ter de digitar senha alguma.

— É dele mesmo, doutor — disse e devolveu-o ao delegado.

— Obrigado. — Dornelas pegou o aparelho de volta e colocou-o onde estava. Disse ao terminar a manobra: — Além disso, o relatório da perícia apontou uma mancha de sangue no interior de uma das camas-baú de um dos chalés da Ilha Plana. Entrarei nisso mais para a frente. Com essas duas evidências, além de todo o material levantado e do que eu e minha equipe descobrimos, passo a descrever a sequência de fatos que conduzem o inquérito ao responsável pelas mortes do Jô e, agora, do marinheiro Cleudson, esta ocorrida hoje de manhã.

Os diversos pares de olhos mal piscavam. Conquistada a atenção da plateia, o delegado prosseguiu:

— Joviro dos Reis era proprietário de um terreno na Rio-Santos, próximo ao bairro de Taquari. Esse terreno chegou como herança que remonta ao período da escravatura. — Dornelas levantou no ar a matrícula atualizada do terreno. — Não vou entrar nos detalhes disso, pois esse fato é irrelevante ao caso em questão. – Depositou a prova num canto da mesa, separada das demais. – Segundo os registros de mensagens de WhatsApp e de ligações colhidas no aparelho do Joviro, ficou claro que a venda do terreno foi o motivador do crime. – Fez uma pausa, encarou ambos os casais à sua frente e prosseguiu: – Os fatos aconteceram da seguinte forma: faz mais de mês, um número da França, de propriedade de Sueli Marques DeChambeau, iniciou a troca de mensagens por WhatsApp com Joviro dos Reis. – Dornelas pegou o respectivo aparelho na mesa, levantou-o para o grupo à sua frente e colocou-o de volta onde estava. – Os conteúdos dessas mensagens eram, na maioria, de tratativas para a aquisição do terreno. As negociações avançaram a ponto de Sueli e Patrice adquirirem passagens aéreas e virem ao Brasil na semana passada para selar o negócio. No entanto, aconteceu um imprevisto: Sueli e Patrice não sabiam que Jô vinha negociando o mesmo terreno com outra pessoa, o senhor Caio de Abreu Bieguelman, dono deste aparelho aqui. – Levantou o celular de Caio no ar e depois depositou-o de volta na mesa. – Da sua parte, e enquanto as negociações avançavam com Sueli e Caio, pois Jô estava inclinado a vender pelo melhor preço, fosse para quem fosse, ele trabalhava na surdina, durante a noite, para extrair madeiras nobres da área. Essa prática visava não apenas receber uns trocados extras, como assegurar ao comprador que a área não sofreria impedimento por parte da Secretaria do Meio Ambiente para que ali fosse erguida qualquer construção. Madeiras nobres e mata Atlântica são impeditivos para aprovação de desmatamento. Pelas mensagens trocadas entre Caio e Joviro, e Sueli e Joviro, a vítima assegurara ao potencial comprador que não haveria tais restrições nessa propriedade.

Em silêncio, Caio baixou a cabeça e Luana agarrou-se ao seu braço. Patrice esfregava uma mão na outra enquanto Sueli, estoica, colocava o delegado sob um olhar enviesado.

Dornelas foi em frente:

– Além de seu trabalho puramente voluntário, pelo qual recebeu o apelido de Escravo de Palmyra, Joviro trabalhava como garçom na Cantina do Almirante. Seu patrão, Gregório Quintino da Silva, o Grego, emprestou-lhe dinheiro, o qual foi usado na compra de material para desmatar o terreno, alugar uma voadeira de nome Zero Bala e contratar um marinheiro e ajudante de nome Cleudson Ramos, assassinado hoje de manhã. Encontrei no terreno madeira picada, uma motosserra e combustível. Na casa do Jô, uma luminária de mecânico com uma lâmpada de luz negra. Segundo o que descobrimos pelo depoimento do senhor Gregório e de Marisvânia, esse equipamento era usado para extrair as árvores nobres do terreno durante a noite. Além disso, Cleudson havia adquirido uma caixa de 1 kg de veneno contra ratos. A informação foi-nos passada por um jornalista e depois confirmada por um de nossos investigadores. Embora a caixa de veneno tenha sido encontrada no barco Zero Bala, não vejo conexão do veneno para ratos com a limpeza do terreno, reforçando minha tese de que a compra foi motivada para levar Boris a óbito na Ilha Plana na noite do crime. Boris era o cão-guarda da ilha. O relatório do IML confirma isso. Chegaremos nesse ponto mais tarde. Tudo certo até aqui?

Ambos os casais se contorceram nos assentos.

— Ótimo. Vamos agora fazer uma retrospectiva do dia do crime. Segundo o depoimento do senhor Gregório, depois confirmado pela mensagem que a vítima enviou ao seu empregador naquele dia às 9h35 por WhatsApp, o rapaz avisou que não iria comparecer ao trabalho na última sexta-feira. Marisvânia confirmou esse dado, mas não sabia onde Joviro estaria durante aquele dia. E mais, que ele voltaria apenas no dia seguinte. No entanto, Marisvânia teria sido avisada por Jô por WhatsApp às 15h20 da sexta-feira. Pelo cálculo do IML de Marealto, Joviro foi a óbito entre 12h e 13h.

A viúva, que até então ouvia tudo calada, procurando esconder um mal disfarçado estado de choque, rompeu em lágrimas.

— Eu achava que ele estava bem — disse, aos soluços.

O delegado abriu uma das gavetas, tirou uma caixa de lenços de papel e entregou-a à mulher. Aguardou que se recompusesse e prosseguiu:

— Os registros de ligações dos aparelhos do Jô e do Cleudson, além dos dados baixados pelo Cellebrite, com ordem judicial, mostram diversas ligações e mensagens entre o Jô e outro número da França que, como mostrado no WhatsApp do senhor Joviro, são de um número usado por Patrice DeChambeau. — Dornelas voltou-se para o francês. — Você nega ter enviado mensagens ao senhor Joviro dos Reis?

— Aqueli mentirosso — disparou Patrice e pôs-se de pé. — E o crrimi qui aqueli merrda cometeu con a genti?

— Que crime? — rebateu o delegado, encarando-o. Com um gesto de mão, instruiu Patrice a voltar a se sentar. O francês não acatou a ordem. Sueli agarrou o marido pelo braço e conduziu-o de volta ao assento.

Sem deixar que a interrupção o fizesse perder o fio de Ariadne que, meticulosamente, havia tecido na mente, o delegado retomou:

— O teor das mensagens era agressivo por parte do senhor DeChambeau. — O delegado girou a cadeira para a frente do computador, abriu algumas pastas com ajuda do *mouse* e passou a dizer em voz alta: — *Seu filio de uma pute. Você fechô negoçiô con a genti. Você num teim palavvrra.* — Girou de volta para seu lugar na mesa e prosseguiu: — Essas mensagens, além das trocadas entre Caio e Joviro, evidenciam o seguinte: por volta de 11h da manhã de sexta-feira, Joviro chegou à Ilha Plana na voadeira Zero Bala pilotada por Cleudson. Por não termos depoimentos de que o barco foi visto no deque principal da ilha, suponho que o marinheiro tenha chegado na ponta atrás dos chalés, local que impede a visibilidade de quem estivesse no bar ou restaurante. Ao descer na ilha, o Jô foi direto para o chalé de Patrice e Sueli.

— Foi isso mesmo que aconteceu — intrometeu-se Caio, visivelmente assustado.

Dornelas nada acrescentou e foi em frente:

— Nesse momento, Caio foi chamado ao chalé de Patrice para uma conversa com Joviro.

— Ele veio me chamar pessoalmente — completou Caio, afoito. — Disse querer tirar a limpo a disputa pelo terreno.

— Uma pergunta: você e o Patrice sabiam da existência um do outro como concorrentes na compra do terreno?

— Não senhor — disse Caio. — Eu vinha tratando tudo com o Jô por telefone e WhatsApp. Nunca imaginei que existisse outro interessado, muito menos que houvesse uma negociação tão avançada quanto a minha.

— Quer dizer, o senhor Patrice descobriu naquele momento que havia outro interessado pelo terreno. Não apenas isso, mas que o mesmo estava hospedado no chalé ao lado — concluiu Dornelas voltando-se para o francês.

O sujeito olhou para Sueli, que lhe sussurrou algo, depois voltou-se ao delegado e disse com desdém:

— Aqueli iscrravo enganô a genti.

— Outra pergunta: quem sugeriu que vocês — apontando para os quatro hóspedes à sua frente — se hospedassem naquele hotel na semana passada?

— O Jô — disseram em uníssimo Caio e Sueli.

O delegado fez uma breve pausa e tirou o fone do gancho. Digitou algumas teclas e disse a Marilda:

— Traga café e água para todos na minha sala. Somos onze.

— Pode deixar, doutor.

Pôs o fone no gancho e voltou a atenção à pequena plateia.

— Não sei os detalhes do que aconteceu naquele quarto, mas de uma coisa eu sei. — Silêncio total na sala. — Joviro dos Reis foi morto ali.

— NÃO FUI EU — gritou Caio pondo-se de pé e levantando o dedo apontado para Patrice. — Foi ele!

Foi a vez de Patrice ficar de pé. Bastou um olhar do delegado para que Solano e Caparrós reconduzissem os dois homens aos respectivos assentos.

— Quem estava presente? Quem testemunhou? — inquiriu Dornelas.

Patrice olhou para a mulher e ficou quieto. Caio tomou a palavra.

— Eu, ele e ela — disse, apontando para Sueli.

— Ela não? — quis saber o delegado, apontando para Luana, que permanecia calada.

— Não — disse Caio, enfático. — Luana não saiu do nosso chalé.

— Foi um tremendo acidente — adiantou Sueli. — Meu marido, ao se dar conta de que o Jô havia fechado negócio com o Caio, ficou uma fera. Veja, doutor, a venda estava fechada conosco... estava tudo certo... meu marido...

Sueli desatou em lágrimas. O delegado, desconfiado de que a cena não passava de uma encenação, lançou um olhar para Marisvânia, que entregou a caixa de lenços de papel a Sueli. Dornelas aguardou que ela se aprumasse para dizer:

— Como foi?

Sueli lançou um olhar de desespero para Caio e deu uma fungada antes de responder.

— Meu marido partiu para cima do rapaz, jogou-o no chão e os dois entraram numa luta.

E as palavras do médium — a vida é uma luta — fizeram sentido ao delegado. Jô teve de lutar pela própria vida, concluiu.

— Você não fez nada para impedir?

— Como poderia? Ele é ex-lutador de judô e muito mais forte do que eu — desabafou Sueli.

— E você? — disse o delegado, voltando-se para Caio.

— Até que tentei, doutor, mas não consegui.

— Non vai tirrando o seu da rreta non — indignou-se Patrice, pondo-se de pé novamente. — Você ajudô eu a matar o Jô tambein.

— Ajudou como? — inquiriu o delegado.

— Segurrei o Jô no chon e esse sujeito entrrou na briga.

— Por que razão?

Caio tomou a palavra.

— Fui tentar ajudar, separar, sei lá. No tumulto, não sei de quem foi, tomei um tabefe. Sem querer, acabei entrando na confusão.

— Deu no que deu — disse o delegado, em lamento. Uma briga idiota que evoluiu para um crime bestial, cometido por puro descuido num instante qualquer do dia, na hora do diabo, a hora vazia, concluiu. — Voltou-se para Patrice e completou, firme: — Sente-se!

O francês assim o fez, contrariado. Dornelas prosseguiu:

— Segundo o exame do IML, Joviro veio a óbito por... — procurou a frase correta em meio à papelada diante de si. Ao encontrá-la, disse ao ler do papel: — Asfixia mecânica por sufocação indireta. Em bom português, um joelho no peito impediu-o de respirar. — Depositou o papel junto das provas analisadas e retomou: — Agora vou explicar o que se seguiu. Jô estava morto e vocês precisavam decidir o que fazer com o corpo. Com as evidências à disposição, posso afirmar que a coisa aconteceu da seguinte forma: era por volta de meio-dia, o Cleudson permanecia na voadeira atracada numa das vigas na ponta da ilha, e o Benedito, do barco Charmosa, aguardava no deque, na ponta oposta, desde às 11h. — O delegado voltou-se para Caio. — Vocês o encontraram para sair apenas às 12h. Correto?

— Sim senhor — confirmou Caio, cabisbaixo.

— E digo a razão. Você e Luana foram à cidade não apenas para almoçar, mas para sacar dinheiro no banco Itaú.

O rapaz ficou lívido e sem palavras.

— Pelas mensagens do Joviro ao Grego, era condição para ele fechar negócio que, além do preço, o comprador adiantasse o valor integral da dívida que ele tinha com o patrão, e em dinheiro vivo. Em razão dos juros exorbitantes, o Jô queria quitar o débito o mais rápido possível. Ele não queria aguardar a assinatura da escritura, o que poderia demorar semanas. Pelas imagens das câmeras que obtivemos nos bancos da cidade, você sacou dinheiro na boca do caixa em torno de 13h. Confirma?

Caio anuiu com um movimento sutil da cabeça. O delegado voltou-se para Lotufo.

— Quero esse extrato ainda hoje nos autos.

— Pode deixar, doutor — respondeu o investigador.

Satisfeito com o teor da conversa até ali, Dornelas resolveu avançar:

— Para não levantar suspeita de que o Jô já se encontrava morto, você mesmo mandou uma mensagem ao Grego pelo celular do Jô confirmando a entrega do dinheiro para aquela noite. A diferença, que me fez suspeitar do esquema, é que o Jô sempre pagava o chefe pessoalmente. Dessa vez, foi enviado um emissário. Alguma ideia de quem foi?

— Cleudson — disse gravemente Solano, dos fundos.

— Ele mesmo — confirmou o delegado. — Vamos então analisar o motivo de os senhores o contratarem para ocultar o corpo do Jô. Sabemos que o rapaz tinha passagem pela polícia e que sua fidelidade ou ajuda tinha apenas um mandante: dinheiro. Assim que vocês, Caio e Patrice, viram a merda que fizeram, precisavam de algum esquema para se livrar do corpo. Cleudson e uma voadeira viriam bem a calhar. No entanto, como sair do chalé com um corpo e carregá-lo em plena luz do dia para fora da ilha? A opção: manter o corpo na ilha até a noite cair. Além disso, ele precisava confirmar o álibi que Patrice e Sueli apresentaram em seu depoimento no dia seguinte ao crime: que Cleudson os levou para a Ponta Negra em torno das 9h da sexta-feira, onde visitaram a cachoeira, almoçaram pastéis de arraia num boteco na Praia da Cajaíba e ele os deixou de volta na ilha às 17h. — Dornelas voltou-se para Sueli e o marido, olhou para um e depois para o outro e comentou: — Em suma, vocês não pisaram na Ponta Negra e não comeram pastéis de arraia no dia do crime. Quer saber como descobri? — O delegado levantou a mão no ar e passou a contar os dedos na outra. — Primeiro: o Cleudson passou o dia do crime com a voadeira Zero Bala e não com a baleeira Remanso. Não há registro de saída do Remanso para o mar na Capitania dos Portos naquele dia. Segundo, o Cleudson estava à disposição do Jô e ancorado com a voadeira numa das pilastras fundeadas atrás dos chalés na Ilha Plana. Terceiro, o bar da Cajaíba recebeu apenas um grupo de três mulheres e um homem no dia do crime. E ninguém comeu pastéis de arraia porque eles estão sem arraia nesse momento. Quer mais uma?

— Não precisa, doutor — acatou Sueli, cabisbaixa.

— Muito bem. Não faço ideia e não importa para onde você e seu marido foram ou o que fizeram do momento do óbito do Jô à ida para jantar na cidade. Mas de uma coisa eu sei. — Ninguém na sala deu um pio ou se mexeu. O único movimento foi a mudança de número no mostrador do relógio-bomba em cima da mesa. — O corpo do Jô passou toda a tarde e o começo da noite na cama-baú do quarto de vocês — Dornelas apontou para Patrice e Sueli — da hora do óbito até ser retirado para ser pendurado na viga do restaurante. Sei disso pela mancha de sangue no interior da cama, no forro. Era o mesmo sangue de peixe que o Jô trazia nas calças e que estava acumulado no fundo da canoa Musa da Cajaíba, encontrada amarrada a uma das pilastras. Tenho uma ideia bastante clara de como Jô manchou as calças de sangue, mas gostaria de ouvir a versão de vocês.

Patrice e Caio se entreolharam. Nenhum dos dois disse uma palavra. Dornelas tomou-a de supetão:

— Vai ficar muito melhor se vocês me contarem do que eu ter de descobrir por conta própria.

Visivelmente acuado, Caio resolveu sair do silêncio.

— Conversamos com o Cleudson sobre tirar o corpo da ilha e ele o transportar para algum lugar. Isso não podia ser feito durante o dia, como o senhor mencionou. O tráfego de barcos em frente à Ilha Plana era intenso. O Cleudson nos recomendou fazer à noite.

— E agora explico a canoa — retomou o delegado. — Vocês podiam muito bem ter colocado o corpo na voadeira e o Cleudson ter se livrado dele em algum lugar. Ou vocês mesmos poderiam ter jogado o corpo no mar ali mesmo, de algum ponto da ilha. Seria muito mais fácil e eficiente. A única explicação que me vem à mente é que vocês queriam enganar a polícia, levar o local do crime para longe da ilha. Não apenas isso. Com a Polícia Federal patrulhando a baía, posso afirmar que o Cleudson se negou a usar a voadeira. Confere?

— A ideia da canoa foi do Patrice — disse Caio.

— Filio de uma putain agora quer jogarr a cullpa in mim — disparou o francês.

— Tá bravo por quê? A ideia foi sua mesmo.

Patrice ficou de pé e ameaçou partir para cima de Caio. Lotufo e Solano, os mais próximos, o seguraram pelos ombros e o forçaram a voltar ao assento.

— Quando você viu a canoa pela primeira vez? — quis saber o delegado, voltando-se para Patrice.

— À noitinha.

Dornelas levantou os olhos para o teto, registrou mentalmente um raciocínio e divagou em voz alta:

— Cleudson roubou a canoa do Aristides na Ponta Grossa na parte da tarde e levou-a à Praia de Jurumirim. Ao chegar, arrastou-a pela areia e escondeu-a na baía da Feera. À noite, fez o percurso de volta, puxou a canoa com a voadeira até a parte de trás da ilha e ali amarrou-a a uma das pilastras. — Voltou a atenção à plateia e concluiu: — Faz sentido.

Ninguém ousou dizer uma palavra. O delegado virou o rosto e encarou Patrice.

— Então, novamente para enganar a polícia, você fingiu ter fumado três baseados naquela noite. No final das contas, quantos você fumou?

Patrice levantou o indicador no ar.

— E ainda foram e voltaram do jantar na cidade como se nada tivesse acontecido.

Patrice e Sueli baixaram os olhos para o chão.

— E, durante todo esse tempo, da hora do almoço até a hora de ser retirado, o corpo do Jô permaneceu na cama-baú do quarto de vocês. Horas a fio.

Silêncio total.

— Que frieza — disse o delegado em desabafo e fez uma pausa

para acomodar a indignação num canto da mente. Ao terminar, retomou: — Da sua parte, Caio fechou um acordo com o Cleudson não apenas para buscar comida no restaurante do Grego, como para que ele entregasse o dinheiro para a quitação da dívida. Tudo para mostrar que o Jô estava vivo e a vida seguia seu fluxo normal. Um jogo de cena.

Caio mal mexeu a cabeça num sim. Luana, como sempre, permaneceu calada e sem tirar os olhos do chão.

— Vamos voltar à canoa. Vocês chegaram a colocar o corpo do Jô nela. A mancha de sangue na traseira das calças explica esse movimento, o qual foi feito depois de vocês, Patrice e Sueli, voltarem do jantar na cidade e a luz da ilha ser apagada — afirmou o delegado, voltando-se para Sueli.

— Sim — confirmou a mulher, num fiapo de voz.

— E desistiram. Por quê? A escuridão certamente ajudaria.

— O mar agitado — respondeu Caio. — A canoa viraria e o corpo cairia no mar.

Impulsionado pela indignação e sem pensar, Dornelas rebateu:

— Não era o que vocês queriam, se livrar dele?

A brutalidade da pergunta arrastou Marisvânia aos prantos. Pesaroso, o delegado lançou um olhar para Solano, que captou a intenção do chefe. O investigador foi até a mulher, sussurrou em seus ouvidos e conduziu-a gentilmente para fora da sala. Ao ver a porta ser fechada, Dornelas prosseguiu:

— E depois disso, ainda abriram os olhos da vítima, a boca e puxaram a língua para fora de modo a simular um enforcamento. — Fez uma breve pausa e disparou: — Por que, então, a viga do restaurante?

Patrice, vendo-se encurralado, tomou a palavra:

— O Jô erra negro, parrente longi de iscravos. A question da escrravaturra poderia nos ajudarr. Afinau, o Braziu é um dos país mais racista qui conheçu.

A atmosfera na sala esquentou e ficou pesada. Por um instante, Dornelas teve de forçar o ar para dentro dos pulmões.

— Para completar, vocês criaram mais uma dificuldade para a polícia: o cachorro. Para explicar essa parte, teremos de voltar a um momento da tarde em que a ilha estava ocupada pelos passageiros dos barcos operados pelo dono da pousada. Com o corpo do Jô já na cama-baú do quarto de Patrice e Sueli, Cleudson, até então aguardando no Zero Bala, subiu em terra firme e entrou na surdina na casa dos caseiros. Mal ele imaginava que se depararia com o Pedrinho, filho dos caseiros, brincando no chão. O marinheiro, vendo esta cena, tirou a chave da jaula do cachorro de um prego em cima da pia da cozinha, fingiu brincar com o menino e, sem que ele percebesse, pegou um pedaço da massa de modelar e nela fez um decalque com os dois lados da chave. Cleudson foi esperto e, ao mesmo tempo, desleixado. Por um lado, não levou a chave. Isso teria acionado um alarme para a polícia. Por outro, largou-a sobre a pia e não no prego onde Robson costuma deixar. Vamos fazer uma pausa? Alguém precisa usar o banheiro?

★

Ao voltarem para a sala e todos retomarem seus lugares, Dornelas alongou-se:

— O envenenamento do cachorro foi fácil. Cleudson tinha o veneno na voadeira e a cópia da chave na mão. Caio forneceu o veículo para o veneno: o mesmo bife pedido na Cantina do Almirante horas antes. Daí até a morte do cachorro, foi tudo muito rápido. A sequência de eventos que faz mais sentido para mim é do envenenamento ter sido feito antes de o corpo ser pendurado na viga do restaurante — disse o delegado, voltando-se para Caio e, depois, Patrice. — Isso evitaria que o cachorro latisse enquanto vocês passavam com o corpo do Jô pelos fundos da casa dos caseiros. Lembramos que, após a luz ser desligada na ilha, Elma e o Pedrinho foram deitar-se e o Robson permaneceu na casa assistindo a um filme com fones de ouvido. Tudo isso contribuiu para que esse plano pudesse dar certo. Tem mais. Não podemos esquecer dos nós. Presumo que nenhum de vocês dois entenda de barcos ou nós de oito, de forca ou coisa parecida.

Cabisbaixo, Caio permaneceu em silêncio. Patrice limitou-se a balançar a cabeça de um lado a outro. Sueli olhava fixamente para o chão.

— Aqui entra mais uma contribuição do marinheiro Cleudson, tanto em relação ao nó usado para simular um enforcamento, quanto no utilizado para prender o cabo à viga. Coisa natural para os marinheiros.

Dornelas fez uma breve pausa, tempo empregado para seus interlocutores se remexerem nos lugares, inclusive ele próprio. Instalado numa posição mais confortável, prosseguiu:

— Quanto à morte do Cleudson, essa é ainda mais fácil. Com tantos segredos guardados, o marinheiro se tornou mais um problema a ser resolvido no curto e no longo prazo.

— Não tive nada a ver com isso, doutor — disparou Caio, ficando de pé num salto.

— Sei disso. O filme enviado pela vizinha da frente do Cleudson evidencia apenas o Patrice saindo da casa, guardando uma faca na cintura da bermuda e tirando luvas de borracha das mãos. Você, certamente, se livrou delas, e da faca, numa das lixeiras espalhadas pela cidade — afirmou, voltando-se para o francês, que nada disse. — Duas coisas me intrigam. — A frase pairou no ar. Dornelas preencheu o silêncio: — Quanto vocês ofereceram ao Cleudson para ele entrar no jogo?

— Vinte pratas — murmurou Caio.

— Vinte mil reais — repetiu o delegado, em desalento. — Mas uma pergunta não sai da minha cabeça, uma só — Dornelas voltou-se para Patrice e disparou: — Depois de tudo que vocês fizeram juntos, por que matar o Cleudson sozinho?

— Essi froxo pulô forra — disse o francês apontando o dedo para Caio.

Como um gato, Caio deu um salto e agarrou Patrice pela camiseta e puxou-o para fora da cadeira. Ao preparar um soco, foi impedido por Lotufo e Solano. No mesmo instante, e visando conter uma reação, Caparrós e Peixoto agarraram Patrice pelos braços.

— FROUXO É VOCÊ, SEU FRANCÊS FILHO DA PUTA!

Com um movimento da cabeça, o delegado ordenou que ambos fossem levados para fora da sala.

As prisões haviam sido decretadas.

★

Marilda entrou com a bandeja com os cafés e os copos d'água após Sueli ser levada como cúmplice e o delegado explicar a Luana o processo pelo qual Caio passaria a partir daquele momento. Dornelas deixou claro, também, que ela própria ainda precisaria dar algumas explicações.

A sala se esvaziou minutos depois. Um enorme vácuo permaneceu.

Dornelas passou a mão no telefone e ligou para Dulce. Havia duas ligações dela no celular. Ligou de volta. Nada. Ligou no fixo do IML de Marealto. A recepcionista informou que Dulce estava ocupada trabalhando no corpo de um tal de Cleudson. Dornelas pensou em Neide com Helena e decidiu deixar recado, pedindo que Dulce ligasse de volta assim que possível.

Colocou e tirou o fone do gancho. Ligou para Marilda.

— Ligue para o doutor Amarildo.

Aguardou alguns minutos e o telefone tocou. Atendeu.

— Ele não está, doutor. Tentei o celular. A ligação caiu direto na caixa postal.

O delegado colocou o fone no gancho e pegou o celular. Ligou para o número do Frango. O mesmo.

Que diabos!

Olhou o relógio: 19h35. Resolveu ligar para os filhos, no fixo.

Luciano atendeu.

— Oi, pai. Tudo bem?

— Tudo bem, meu filho! Saudades!

A filha entrou na chamada por uma extensão.

— Tudo bem, pai? — perguntou Roberta.

— Tudo. E com você?

— Pai — disse Roberta, enfática. — Estamos de saída para um show, mas pensamos em ir à Palmyra neste final de semana para o seu aniversário. O que você quer de presente?

★

Colocou o fone no gancho e uma aguinha salgada deu-se a escorrer aos borbotões dos olhos.

Dornelas chorou um rio Amazonas.

Desaguado e exaurido, o rio de emoções reduzido a um filete até secar, abriu a gaveta dos chocolates, depositou a barra já aberta de Diamante Negro em cima da mesa e passou a devorar sua guloseima quadradinho a quadradinho até chegar ao fim.

O telefone tocou. Secou os olhos com as costas da mão e atendeu.

— Dornelas.

— Boa noite, doutor.

A voz não era estranha e nem familiar.

— Quem é?

— André Cruz, delegado.

— Perdão não ter reconhecido sua voz.

— Sem problemas. Estou ligando porque soube da captura dos assassinos do Jô.

— Sim, foi um trabalho imenso, mas foi feito.

— Esse é o motivo da minha ligação.

— Diga.

— Os guias lá de cima dizem para o senhor voltar ao Centro Espírita Tupinambá para agradecer toda a ajuda que recebeu nesse caso. E leve uma boa cachaça. A melhor!

— Voltar?

— Claro! Ou o senhor pensa ter resolvido esse crime sozinho!

Agradecimentos

Agradeço imensamente à ajuda de amigos e profissionais, paratienses e paulistanos, que tanto enriqueceram a pesquisa deste livro. Agradeço a Dinuer Mello, Dr. Daniel Castro, Dr. Matheus Faria e Ana Paula Barros, pelas pistas e acesso a documentos históricos no cartório e no IHAP – Instituto Histórico e Artístico de Paraty. A Adriana Mattoso, pela história dos sem terra de Trindade. A Antonio Cabral, meu amigo fraterno, pelas revisões. Ao Joca, meu irmão, e a Steven Mazzetti, pelas leituras críticas. Ao delegado Cláudio Henrique de Assis Lopes, pela paciência em tirar dúvidas sobre procedimentos policiais, e Talita Zerbini, médica legista do Instituto Médico Legal do Estado de São Paulo, pelas esclarecedoras aulas de anatomia. A Luiz Alexandre, do Templo da Liberdade Tupinambá – CECURE, agradeço pela orientação e pelo acolhimento nos rituais para as Entidades Guias e Orixás, em Paraty. A Sebastião Cabral, pelos livros sobre Maria Mulambo e Exu Veludo. E por último, mas não menos importante, a Suzy, minha mulher, pelo amor e compreensão neste artesanato ao qual dedico tanta energia e tempo.

Esta obra foi composta em Goudy Old Style
por Editora Bússola em março de 2025